fishy

金原ひとみ

朝日文庫

本書は二〇二〇年九月、小社より刊行されたものです。

contents

fishy

episode 0
fishy

美玖《みく》

焼き鳥屋ののれんをくぐって引き戸を開ける。いらっしゃいませーと元気な声を上げた店員にあそこと一緒ですと奥の席を指差し、ビールを一杯お願いしますと続けてテーブルに向かった。「事故レベルで血が出るんだけど、一ミリはほんと〇・五とは比べ物にならない効果があったわけ。セルフで定期的にやろうと思ってこの間ネットで買っちゃったよ」。ユリの言葉に「私顔に針さしまくるとか無理」と弓子《ゆみこ》が返した。ほぼ同時に私に気づいた二人は片手を挙げ、ひっくり返したビールケースに板を貼り付けただけの簡素な椅子を引いた弓子にありがとと言って腰掛ける。

「何、ダーマローラーの話？」

二十代には関係ねーし、と一言目から相変わらずのユリに、私だって充分衰え感じてるよと眉間に皺を寄せて言う。「どこに感じてる？」と返され、体重が五年前に比べて五キロ増。それに食事制限してるのに全然体重減らないの、と怖い話をするテンションで言うとユリは鼻で笑った。

「本当の恐怖は、昔と同じ体重なのに全く違う体形の自分に気づく瞬間なんだよ。私たちが風船だとしたら、美玖は一口分膨らみかけた風船。私らは一回完膚なきまでに膨らませてから空気抜いた風船だからね。こっちはもう騙し騙しやっていくしかないんだよ」

「いや、妊娠出産を経てないことは私にとってはプレッシャーでもあるんだけどね」

「そんな呪いにかけられる歳じゃないよ二十八は。少なくとも東京で仕事してる女にとってはね」

その言葉有難く受け取っておきますと弓子に頭を下げ、店員が持ってきたビールを二人が持ち上げたグラスにぶつける。弓子は出版社に勤める編集者で、彼女が週刊誌の編集をやっていた頃、私はグルメページのライターとして起用され知り合った。仕事抜きでも弓子と飲みに行くようになった頃、ちょっと前に意気投合して、と何の縁で知り合ったのかは知らないが、当時家具メーカーの商品開発部にいたユリを紹介された。ユリは数年前に退社し、今はフリーのインテリアデザイナーとして働いている。このキャラクターからは想像もつかないが、前に見せてもらった自宅の写真はどこかの画廊のようなモダンなインテリアで固められていた。弓子も数年前にカルチャー雑誌の編集部に異動し、直接仕事で関わることはなくなったが、この三人で飲む機会は誰からともなく定期的に設けている。

光岡《みつおか》さんて、サバサバアピール激し過ぎません？　弓子が週刊誌にいた頃、編集部にいた若い女の子が失笑気味に弓子をそう揶揄《やゆ》したことがあった。確かに、弓子は常に男性の意見に迎合しがちで、女性たちの意見をことごとく「私はそうじゃない」と切り捨てるところがあった。女性によるミソジニーは出身地や家庭環境などが要因であることが多く、さほど珍しいものでもないが、意識高い系が集う出版社では彼女を滑稽に感じる人は少なくなかったようだ。何かと優劣や勝ち負けにこだわる、コンプレックスと選民意識がないまぜになった弓子の性格は、そういうものから既に解放されている者の目には耐えがたいまでに醜悪に映るのだろう。

しかしそんな弓子も、競争の激しい部署を離れてからは随分アピールが減り付き合いやすい人になった。自分の中の女性性とミソジニーとの矛盾に葛藤していた弓子自身こそ、救われたのではないだろうか。

「焼き鳥追加しようよ、あとあれ頼もう、何だっけそうそうチキン南蛮、私たちは三十代で代謝落ちてるから一切れでいいんだよ。残りは二十代が食えよ」

年齢的には、弓子が三十七で、ユリは三十二、私が二十八だからユリは私に近いにも拘《かかわ》らずそんな言い方をする。ユリは拒食と過食嘔吐を繰り返す典型的な摂食障害であると公言しており、ダーマローラーやフラクショナルレーザーなど流行の美容法はすぐに試すタイプで、やり方はどうかと思うが体形も美肌も保っている。風船どうこうと言っていたが、どちらかと言えば元々寸胴な私の方が経産婦体形だ。

そうしてあっけらかんと摂食障害や美容外科通いについて語るユリと、対照的なのが弓子だ。ユリのやっている肌を針で刺したり、レーザーを当てたりというレベルから一歩進んだ、ヒアルロン酸注入、ボトックス注入辺りをやっているであろう弓子は、そのことを少なくとも私たちの前では公言しない。「私はそんなこと気にしない」という態度を貫きたいのだろう。勉強？　してないよ、と言いながら隠れて猛勉強しているタイプだ。自分の外見以外のことに無頓着なユリは、弓子がそういう施術を受けていることにも気づいていないようだが、私がそういうことに勘づいていることは弓子も気づいているはずで、自分がそういうことを公言したがらないタイプであることをあなたは分かっているだろうし、あなたがそういうことを暴きたてない人間であることを信じている、という無言の圧力を感じる。そういう「女性性」の塊のような粘液をマグマのごとく溜め込んでいる彼女のサバサバアピールを目にすると、今や虚しささえ感じる。

「でどうなの美玖。例の彼とはどうなったの？」

「寝たのは言いましたよね？　それ以降は何もないですよ」

「え寝たの？　あのゼネコンの？」

「あ、ユリには言ってなかったっけ。そう寝たの。彼が向こうに行く前に一回だけ」

「一回だけって、比喩じゃなくて本当に一回だけ？」

「うん。ホテル行って、一回だけして、明け方じゃあねって。それが最後」

それって酷じゃね？　と弓子に同意を求めるユリに胸が痛くなる。酷なのだ。それは酷なのだ。でも今ここで酷だと言われるまで、私はそれが酷だということすら認識できていなかったように思う。それくらい彼と寝てからの私はまるで浮き足立って、物事を把握できないまま、上の空で今の今まで生きてきた気がする。もやもやしていた世界が、強制的に度を合わされたようにぴったりと焦点が合い、その酷の鮮明さが耐え難い。

「どうなの？　最後に一回だけでもできて良かった？　それとも後悔してる？」

ユリの不躾《ぶしつけ》な質問に、うーんと間延びした声を出して時間稼ぎをしながら、ダムが決壊したように溢れ出すものを胸に感じる。

「後悔はしてないよ。でも、何かずっとその時の記憶に閉じ込められてるっていうか、あの時から生きてる心地がしなくて」

そこまで言ったところでどっと目に涙が浮かんだ。まばたきをしたら溢れる、というところで息を止め、ヒールを一気に半分くらい飲む。弓子は物々しい空気に気づいたようで、私からそっと視線を逸らした。面倒臭い自意識を持ち合わせているが、いや持ち合わせているからかもしれないが、弓子はこういう時ユリと違って気遣いのできる人なのだ。その気遣いが有難い時とうざったい時とあるが、今日は前者だった。

彼とは五年前、友人が開催した飲み会で知り合った。最初から気になってはいたものの、当時は付き合ってる人がいたり、彼が海外に赴任してしまったりで、最後まで何のアクションを起こすこともできなかった。結局彼は同業他社の広報部にいた女性と、交際半年で結婚した。結婚が早かったのは、彼が海外のプロジェクトに参加し、また数年間シンガポールに駐在することが決まったからだった。奥さんは寿退社して、彼に付いていくという。結婚式にも出席した。照明を浴びて煌《きら》びやかな彼らの姿に、何度も拍手を送った。二次会のカフェバーでほんの僅かな時間、彼と二人で話した。人気《ひとけ》の少ないバーカウンターで、知りあった頃はお互いああだったこうだったと、茶化したりからかったりしながら、式に来られなかった共通の知人の話、シンガポールで担当する仕事の話、そういう話の中でああこの人は本当に結婚したんだ、あの女性と海外に行き子供を作ったりして、これからどんどん遠い人になっていくんだ、と実感し悲しみさえ湧き上がらないまま諦めが身体中を覆い尽くそうとしていた時、「俺が上海にいた時、美玖ちゃん彼氏と別れたって連絡してきたよね」と彼がまさに今思い出したように、でも今思い出した風を装っているのであろうことが、その言葉の滑らかさから感じ取れる口調で言った。

「うん。結婚間近、って友達たちに囃《はや》されてたから、振られたって誰にも言えなくて。一番最初に松本《まつもと》さんに連絡したの。ほんと、あの時は話聞いてくれて助かった」

「いや、あの頃俺も仕事で煮詰まってて、美玖ちゃんとのやり取りで救われたんだよ」

「ほんとに？　私自分のことで精一杯で、泣き言ばっかり言ってた気がする」

「あの時、まだいつ日本に帰れるか分かってなくて思い切れなかったんだけど、帰国の時期が分かったら美玖ちゃんに付き合ってくれないかって言おうと思ってたんだ」

身体中が凍りつき、首筋と二の腕がぴりぴりと痛んだ。どうして今そんなことを言うのか、訳が分からなくて混乱して、同時にあの頃自分が犯した罪がじわじわと思い出される。あの頃、彼氏と別れた寂しさから、私は婚活アプリで知り合った人たちと会いまくり、その中で最もましだった人とフライング気味に付き合い始めたのだ。

「でも帰国が決まった頃、もう美玖ちゃんには新しい彼氏がいて、楽しそうな美玖ちゃんには何も言えなくてさ」

最もましと思ったのは大間違いで、その男は婚活アプリで結婚に焦る女性を食いまくっているヤリモクの男だった。私と付き合い始めた後も彼がマッチングした女の子と会いまくっていると知り別れた時は、あまりにも自分が惨めで彼に相談しようという気にもなれなかった。彼が帰国する頃にはもう別れていたはずだが、恋愛にうんざりして仕事と趣味にのめり込んでいたため、帰国した彼に別れたアピールもしなかったのだ。彼が帰国した頃、あの頃に何か一押ししていれば、ちょっと飲みに行かない？　と一度でも誘っていれば、今日彼の隣にいたのは私だったのかもしれない。二の腕に鳥肌が立ち、何でもいいから何かを強烈に呪いたい気持ちでいっぱいになった時、酔っ払った友達が何だよしみじみすんなよお前らー、と私たちをテーブル席に連れて行った。

私は自分のバカさ加減によって世界に置き去りにされたような気分でいた。地球上に一人きりで生きていたら、こんな気持ちかもしれない。内臓が疼《うず》くような心細さだった。過去の自分の過ちが、こんな風に長い時を経て今の私を傷つけるなんて、考えたこともなかった。

彼は式の一ヶ月後、シンガポールに発つ予定だった。引っ越し準備、仕事の引き継ぎ、新天地の調査や契約など、あらゆることに追われているであろう彼を想像し尽くした挙句、向こうに行く前に一回飲まない？　とメールを送った。返事は三日こなかった。四日目に、じゃあ炉端焼き行こうと返事が来て、数日後私たちは炉端焼きに行き、二軒ハシゴした後ホテルに入った。朝六時、先行くから寝てていいよ、と言って服を着た彼は私の額を撫で、またねと一言呟いて部屋を出て行った。七時半、待ち合わせた恵比寿の改札で彼と落ち合った瞬間から、そうして彼が部屋を出て行く瞬間までの十時間の記憶が、私の中で延々リピートしている。彼がシンガポールに発ってから一ヶ月が経つ。寝た日の夜に、昨日は会えてよかったとLINEが来て、また会おうねと返事をしてから返事はない。あれからじっと耐えている。縦横無尽に彼の記憶が蘇り、その都度息が止まるような思いをして、食欲をなくし、性欲をなくし、彼以外のものへの欲望をなくした。眠るとたまに彼の夢を見るから、よく眠った。どうしたらいいか分からない。そう思いながら、毎時毎分彼のいない世界の無意味さに傷つき続け、ここまで生きてきた。こんな世界で生きていかれない。ずっとそう思っている。今この瞬間も、私は着実に絶望し続けている。

これから海外行くって時に一回だけヤる男って妊娠とかそういう可能性完全無視してるのかな？　と言うユリに、まあ後悔してないって言うんだからいいじゃないと弓子が慌てたようにフォローする。二人の言葉を無視して「あ、美味しそうチキン南蛮」と声を弾ませ、端っこの一番衣が多く高カロリーな部分に、タルタルソースを限界まで載せて頬張った。あ、弓子さんはどうなりました？　旦那さんのこと。胸に湧き上がった意地悪の染みを、無邪気な笑顔に隠して言葉にする。やっぱり私は、弓子のことが嫌いなのだ。

弓子

「そろそろ探偵頼むかな」

えっまじですかと驚く美玖に頷いて、えっ何？　何の話？　と混乱しているユリに、前回話したよね？　と眉を顰《ひそ》める。

「えっ、前っていつだっけ」

「先々月赤坂の焼肉屋でランチしたじゃん。あん時話したじゃん、旦那が怪しいって」

「ああ、あの、何曜日かにアルマーニのパンツ穿いてくって話？」

「絶妙なとこ覚えてるね。そうそう、毎週水曜か金曜、後で見ると大抵パンツがアルマーニ。アルマーニのパンツがおしゃれだと思ってる辺り死刑だよね」

「え、今日水曜じゃん大丈夫なの？」

「知らないよそんなん」

「でも、子供たちもいるのに、そんな簡単に家庭を裏切るような真似しますかね？」

「私は心優しい妻ではないし、子供たちも男兄弟だからね」

「別に子供が男だって女だって変わんないし、弓子が心優しいかどうかも浮気するしないとは関係なくない？」

　ユリの言葉に、一ミリの狂いもなく折りあげた繊細な折り紙を、ぐしゃっと無造作に、本人は踏んだことにも気づいていないような顔で踏み潰されたような痛みを感じる。

「まあ、そうかもね。とにかくもうずっと、私たちはうまくいってない。レスも最長記録更新中。もう二年」

「三十代で二年レスって、重いですね」

「は？　四十代なら重くないってこと？」

　ユリが美玖に突っかかる。でも女の性欲って三十代より四十代の方が強くなるって言うよね？　とやはりズレた主張をするユリに、でも四十代のセックスレスと三十代のセックスレスは悲壮感が違うと思わない？　と美玖が反論する。それはそうだ。二十代のセックスレスは、何か遠距離恋愛だとか、彼氏がインポだとか、何かしらイレギュラーな理由がありそうだ。四十代でセックスレスは、まあ皆結構そんなもんじゃないのという意見が日本では根強いだろう。そう比較すれば、三十代でセックスレスが最も悲壮感が漂うというのはあながち間違いではないはずだ。

「二十代だからって四十代なめんなよ」

　ユリの言葉には半分同意するけれど、半分は同意できない。恋愛したい、セックスしたい、そういう欲望と同時に、私には「そういうものから解放されて楽になりたい」という思いもあるのだ。例えば、もし今突然旦那に求められたとしたら、排卵日いつだっけとか、脱毛から時間の経ったＶＩＯが少し復活していたはずとか、ゴムつけて欲しいとか、色んな雑念が入り乱れるだろう。でもそうして抱かれることに面倒臭さを感じながら、同時に抱かれないことに蝕《むしば》まれてもいる。抱かれたい気持ちと抱かれたくない気持ちの両方が、三十七の私を引き裂いているのだ。そして夫が浮気を始めたことで事態は複雑化した。私を抱かない男でも、若い女にハイエナのように持って行かれるのはプライドが許さない。でも若い女を抱いている夫に抱かれるのも嫌なのだ。

「そもそも弓子は旦那とこれからどういう関係を築きたいの？」

「旦那が浮気してるかしてないかで理想は変わってくるし、旦那がこの先私とどんな関係を築きたいのか、あるいは築きたくないのかによっても変わってくるよ」

「違うよだから、全部取っ払って弓子はどうしたいの？」

「全部取っ払うなんてことできないよ。ユリって共感能力と想像力が著しく欠けてない？人ってそんな一元的に世の中見てないんだよ。自分がどうしたいかなんて、相手がどうしたいってこと抜きには語れない」

「弓子って、そんな後出しじゃんけんみたいなことして生きてるの？」

堪えきれないというようにユリが笑う。

「弓子、相手が自分のこと好きだって確信がないと告白できない人？」

「大体の人はそうなんじゃないの？　ユリだって、絶対無理だなって人に告白なんてしないでしょ？」

「弓子の打率が八割だとしたら、私は九割かな。もちろんこれは無理って人は諦めてきたけど、これはどうかなってとこからもう二押しくらいして落ちた男の方が質が良い法則だよ。男女関係なんてUFOキャッチャーみたいなもんで、一ミリの掛け違えとか一瞬のタイミングでコロッと落ちたり落ちなかったりするんだよ。小銭がなくなって諦めたら、脇役みたいなしけた奴が百円で落としていく。そういうちょっとした差で右にも左にも転ぶものなんだよ。今弓子は離婚と継続っていう選択肢を前に、ちょっとでも右に、ちょっとでも左に、傾いたら全く違う人生が待ってるって所にいて、その未来を左右できるのは弓子の気持ちだけでしょ？」

「そんな、右か左かなんていうすっきりした話じゃないんだよ。子供もいるし、養育費とか慰謝料の話になったらもっとすっきりしない、ぐずぐずした話になる。ユリの言うことは分からなくはないけど、人生ゲームじゃないんだからそんな簡単な話じゃないんだよ。私にも夫にも立場があって、もちろん子供たちの気持ちも、学校とか実家のことだって考えなきゃいけない。私は子供の望むこと、夫の望むこと、その間でどこに着地すればいいか考えて、それに合わせて生きて行く。それだけだよ。夫がいなくても子供たちは一人でも養える。離婚してもいい。しなくてもいい」

「弓子の気持ちはどうなるの？」

「気持ち気持ちって、若い子じゃあるまいし、そんな自分の気持ちを根拠に好き勝手できないよ。そもそも、私は夫に浮気されても悲しくも苦しくもない。何にも感じないの。だから感じる人たちを優先する。それでいいの」

「じゃあ、弓子にとって旦那って何なの？」

「……運命共同体、かな」

あんたバカ？　この顔をスタンプにするとしたら吹き出しにはこの言葉がぴったりだ。そういう顔でユリは小馬鹿にするように肩をすくめた。

「やめてよ気色悪い。運命を誰かと共にするなんてこと不可能だし、弓子がそんな馬鹿げた幻想に囚われてるような人だと思わなかった」

激しい口調に思わず口を噤む。ユリは人のちょっとした一言で突然火がついたように批判や罵倒を始めることがある。下らない馬鹿話の中でも、何気ない言葉尻一つにも、一瞬で突っ掛かり徹底的に批判する。ユリの言わんとすることは分からなくはない。運命共同体という言葉の持つ気色悪さは、私だって分かっている。でも言葉は、特にこうして口頭でやり取りする言葉は、伝えたいことを表現するツールでしかない。私は愛情で家族と一緒にいるわけではないということを伝えたかっただけだ。ユリの言葉に対する潔癖さに、私はいつも怯み、面倒臭い奴、と片付けることで溜飲を下げる。

「でも不感症って感じ分かるなあ。私も、今現実で起きていることに何にも心が動かないんですよ。人の声はロボットの声みたいに聞こえるし、ずっと上の空なんです。まあ、彼と寝てからですけど」

美玖は柔らかい口調でそう言った。

「何だよー、二人してそんな腑抜けみたいな。空気の抜けたダッチワイフじゃないんだからさ、もっと空気入れていこうよ。空気入れればチンコも入れてもらえるよきっと。そうだよ今男関係うまくいってないのは二人とも空気入ってないからだよ。ダッチワイフにとって空気が命であるように、私たちにとっては感情が命なんだから。そんな感情の抜けたマンコに突っ込んだって気持ち良くないよ男だって」

そういうこと大きな声で言わないで、と美玖がげんなりしたように言う。いや、チンコを突っ込んでもらえなくなったから、感情がなくなったんだ。そう思うけれど、夫視点で見れば、私に感情がなくなったから、欲情しなくなったのだろうか。二人目の子供が生まれ、男の子二人を育てるハードさに疲れ果て、確かに私は合理性を求める人間になった。仕事も流れ作業的にこなす癖がつき、拘束時間の少ない部署に異動になった時は正直ほっとした。同業者である夫が未だに理想と好奇心を持って仕事に邁進しているのを見ては、お前は子供たちの責任者じゃないからなと被害者意識を持った。感情なんて非合理的なものはいらない。どこかでそう割り切ったのだ。割り切ったら楽になった。抱かれないことも、夫との関係が冷え切っていることも、出世コースから外れたと陰口を叩く同僚にも、怒りも悲しみも一ミリも感じない。砂漠のように乾ききった心に時々水を与えてくれるのは、健やかに成長する息子たちだけだ。でも乾ききった砂漠を潤す水は一瞬で干あがる。もう何ものも、私を満たすことはないのかもしれない。太陽の光と豊かな植物、流れる川に数々の動物たちが共存していたジャングルは、いつしか全ての植物が枯れ果て、全ての動物が死に絶え、砂漠と化した。でも歳をとるってことは、とどのつまりそういうことなんじゃないだろうか。

「アラサーって皆こんな感じなのかな」

突然テンションが下がって憂鬱そうに呟くユリに、私はアラフォーね、と手を挙げる。

「てかユリはどうなのさ、まあどうせユリんとこは安泰か」と美玖が一人で納得する。

「そんな風に言わないでよ。私が義親の介護で鬱になってたり、旦那が不倫してたり、二人目不妊で悩んでたりとか、そういう可能性もあるんだから」

「いやないでしょ」

「なんで？」

「だってユリはいつも全部垂れ流すじゃん。何でもだだ漏れじゃん」

「私にだって人に言えないことはあるよ」

ユリが真面目な顔で言うので笑ってしまった。彼女ほど、誰にでも垂れ流す女はいない。彼女には公も私もない。例えば夫についてどう思っているかと、夫本人から、私たちから、子供から、街頭インタビューで聞かれても、彼女は全てに同じ答えをするだろう。裏表がなく付き合いやすいと知り合った当初は思っていたが、付き合いが長くなるにつれ、この裏表のなさは狂気に近いと思うようになった。

「あ、弓子あれやればいいじゃん。iPhoneを探すアプリ。ＧＰＳで追跡できるんだってよ」

「それって法的に問題ないの？」

美玖の問いに、世の中には探偵雇う人だって普通にいるじゃん、とユリがあっけらかんと答える。

「でも、旦那さんがまだ疑惑段階とはいえ信頼関係を壊すようなことをしている時に、弓子さんまで信頼関係を壊すようなことをするのは、どうなんだろ」

「私は卑怯なことはしたくない。自分がされたら嫌だもん。そんなことするくらいなら、私も誰か見つけてダブル不倫した方がまだましなんじゃないかな」

「じゃあ男紹介しようか？」

だから喩えだって、と呆れて笑う。ユリは、私の置かれている状況がどうしても気に入らないようだ。私だって気に入らない。分かっている。燻っている。もうずっと破裂しそうだ。でも破裂しないでいる。だから、そっとしておいてもらいたい。美玖のようにさらっと、流して欲しい。ユリのように人の気持ちを察することのできない人は、やっぱり苦手だ。そう思いながら、二合目の天狗舞を飲み干した。

ユリ

あ、私最近人生三回目のサプリブームが来てめっちゃサプリ買い込んでるんだけど、MSMって知ってる？　メチルスルフォニルメタンていう成分なんだけど、コラーゲンって飲むとすぐに分解されちゃうんだけどね、その分解されたコラーゲンをもう一度結びつけてくれるのがMSMのイオウって成分なの。で、それと同時摂取が勧められてるのがシリカってサプリで、これがコラーゲンを束ねて肌も髪も骨も強くしてくれるんだってさ。つまりこの二つ摂ってればもう鬼に金棒って感じなわけ。

重苦しい空気に奇声を上げる代わりに一息で説明すると、サプリねえ、と美玖はネズミ講を持ちかけられたようにあからさまに嫌そうな顔をした。

「でもユリさ、ダーマローラーとかプラセンタ点滴とかやって、サプリ飲んでエステ受けてって、そんな色々やってたら何が効いてんのか分かんなくない？」

「うんもう訳分かんない。サプリいっぱい飲んでるし、クリームとか美容液とかも色々試してるし、もう何が効いて何が効いてないんだかさっぱり。でもいいの私気休めに命かけてるから。気休めないと死んじゃうからね」

「気休めでそんなお金注ぎ込まれちゃ困るんじゃない？　旦那さんも」

だから気休めないと死ぬっつってんだろ。弓子はどうして自分はバリキャリのくせにこういう発想を持つのだろう。旦那さんという言葉に象徴されるように、結局彼女は夫というものを見上げているのだ。彼女の方が夫より収入が多かったとしても、その視線は変わらないだろう。だから浮気夫も完全放牧という珍妙な姿勢を貫くのだ。答えないまま鼻で笑って、通りかかった店員に国士無双を注文する。

「あ、今日胡桃《くるみ》ちゃんは？」

「今日旦那が早いっていうから、夕飯だけ置いてきた」

「そっか、胡桃ちゃんももう一人で留守番できるんだね」

「この間生理がきてさ」

えっ、もう？　と聞く弓子に、私も十歳できたよと答える。私中二だった、と弓子が、私は中一、と美玖が言う。

「どう？　本人はどんな反応してる？」

心配そうに弓子が聞くので、私は少し視線を泳がせて考える。

「うーん、意外とすんなり受け入れてるかな。この間シーツ汚しちゃったんだけど、自分で洗って洗濯機に入れて、ごめんなさいって謝ってきて。なんかまだ、精神は生理を迎えるほどには成長してないって感じはあって、こっちもちょっと気を遣うっていうか」

「なんかユリがそうやって母親感ある話するの久しぶりに聞いたわ」

確かに、ユリがそんな大きい娘の母親だなんてね、と弓子が呟いて美玖と顔を見合わせて笑った。「なんかお祝いした？」と弓子が聞くので思わず顔を歪める。

「するわけないじゃん。生理の始まりを祝うなんて悪趣味の極み。今の時代そんなことしたら子供からセクハラで訴えられるよ」

「確かに、私も母親が赤飯炊いたの今思い出すとぞっとするわー」

「あれってさ、我が子の股から出た血で炊いた米、って意味で赤飯炊くのかな？」

ちょっとユリ止めてまじでキモい、と美玖が真顔になり、私生理明けで貧血気味なんだよね、と弓子がちょうどやってきた焼き鳥盛り合わせの皿からレバーに手を伸ばす。

生理の最後の方になると出てくる血の塊ってレバーみたいだよね、と言おうかどうか、レバーに手を伸ばしながら迷って止めた。

「ユリってさ、そういう慣習的なことってこれまで何にもしてこなかったの？　例えばほら、ひな祭りとか」

「しないね。女の子の節句に結婚式を模した人形を飾るなんてあまりに時代錯誤じゃない？　女の幸せは結婚だなんて言ったらセクシストだって批判される時代に生きてるのに、敢えて前時代的な行事に時間と労力を費やすなんて馬鹿げてる」

「ユリは幸せな結婚生活送ってるんじゃないの？」

「幸せとか不幸とか、そういう定義もう止めない？　幸せとか不幸とか、羨ましいとか可哀想とか、そういう相対的な考え方、身を滅ぼすよ」

安定のユリだ、と美玖が笑い、弓子も笑った。私もよく分からないのだ。どうして自分がこういう思考回路で生きているのか。どうして人に嫌がられる性質を持ち、その性質を捨てられないのか。普通に人に好かれたいし、普通に人に認められたい。なのに普通に人に嫌われ、普通に引かれる人生を送ってきた。

「てか、結婚してない美玖だって充分楽しそうじゃん」

「は？　ユリ私の話聞いてた？　未だに一日に何度も彼の記憶が蘇って、記憶の中に幽閉されてるんだよ？」

「記憶の中で何度も彼と抱き合えて、一日に何度もその瞬間に回帰するんでしょ？　どうしてそれが楽しくないの？」

美玖は弓子と顔を見合わせて笑った。これだ。いつもこの仕草の後に切り捨てられる。

「記憶に閉じこもって、気づいたらお婆ちゃんになってても、幸せだって思えるかな」

「気づかないで閉じこもったまま死ねばいい。いや、閉じこもるって言い方が良くないのかな。つまり記憶という広大な世界を美玖は生きればいいんだよ」

「そんなの嫌だよ。私は普通に私のことを好きになってくれる人と結婚したい。子供も欲しいし、土日は家族皆でお出かけしたい」

「そんなシンデレラみたいなこと言わないでよ。ねえ弓子?」

「健全でいいじゃない。この健全さがなければ結婚しようなんて思わないでしょ」

「マトリックスでネオは繭《まゆ》の外に出ようとするじゃない? 繭の外には自分たちの生きるべき世界があると信じて。でも時代はもはやポストマトリックスなわけで、結局繭の外に特に生きるべき世界はなかったって私たちは知ってるわけじゃない? 時代はさ、繭の中、つまり自分のテリトリーを快適に整えようって流れなわけじゃん? DIYやってチープカワイイ部屋でハーブとか育てて充足しましょうって流れじゃん? そういう時代に過不足ない繭の中からせっせと羽化して花粉運んだりする必要ないと思わない? いられるならいればいいんだよ繭の中に。彼との記憶は今も美玖を満たしてくれてるんでしょ? その記憶を脳内で再生し続けるために現実で泥仕事して生活費稼いでると思えばいいじゃない」

「記憶に籠って、五年後も十年後も一人で生きてくの?」

「例えば今高スペックの男が現れて美玖に求婚したとする。美玖が今その記憶との未来を信じられないように、私はその男が五年後も十年後も美玖を幸せにしてくれるとは思わない。現実の男はどんな男であっても美玖を裏切る可能性があるからね。例えば美玖が寝たそのゼネコンの男も、これから出会うどんな男もいつか美玖を裏切るかもしれない。でも美玖の中で発酵され尽くした記憶は美玖を裏切らない。記憶は色あせずに、むしろ繰り返されることによって少しずつ強化され洗練されて、何よりも美玖の人生を彩り豊かにするんじゃないかな。だってその記憶という映画を、美玖は永遠に編集し続けることができるんだよ」

場の空気は冷めた。良いことを言った、良いアドバイスをした、と思う時ほど場の空気は冷める。案の定美玖は私が話せば話すほど表情を曇らせ、最後には自棄《やけ》になったような表情で冷めきったチキン南蛮を立て続けに二つ頬張った。

「美玖はまだこれからいくらでも出会いのある、独身の二十代だよ。記憶と心中するなんて酷な話」

本当に美玖もそう思う？　私が聞くと、そりゃ思うよと美玖は強めに答えた。

「じゃあ出会おうか」

「は？」

「二人の後ろに座ってる三人組のサラリーマンが声掛けたそう」

「スペックは？」

美玖が身を乗り出して声を低くして聞く。

「年齢は二十八から三十五くらい、見た目は中の下から上の下。この辺のメーカー勤務か、ＳＥとかかも。見た目は清潔感あり。指輪してるのはいないけど既婚もいそう」

ちょっとちょっと、私全く興味ないんだけど？　と弓子が困ったように言う。

「弓子だってたまには息抜きしたらいいんじゃないの？　弓子だって三十七にはとても見えないし、レス夫の冷凍常備菜にしておくにはもったいないよ。とりあえず、何歳だと思うゲームだけして自分に自信つけて帰ればいいよ」

そんなの本心言うわけないじゃん、という弓子を無視して、彼女たちの後ろに微笑みかける。美玖がちらっと後ろを見て、こちらに向き直ってまんざらでもなさそうな表情で頷いた。記憶と心中するのも、男と心中するのも、同じではないのだろうか。彼氏ができても結婚しても、子供ができても、きっと美玖は永遠に満たされないだろう。

美玖

シャワーも浴びずにベッドに倒れこんでキスをしながら、もう冷めていた。酒の勢いに任せて一回他の男とヤれば彼との記憶から解放されるかもしれないと、一番好みだった男と二人になって一軒寄った後ホテルに入ったものの、その過程で男の手馴れた態度や手順が目につき、どんどん気持ちが盛り下がっていた。そんなの、向こうからしたって同じようなものだろうと思うが、それでも下らない下ネタを挟みながら脱がせてくる軽さに苛立ちが募った。ホックを外されながら、彼のことを思い出している自分に気がつく。彼はこうじゃなかった。彼はこう脱がせた。彼のキスはこうじゃなかった。彼はこう触れた。脱がせてくる男ではなく、キスをしている男ではなく、今触れている男ではなく、記憶の中の彼が鮮明に蘇った。これだけ肌を合わせ体液を混じり合わせながら、私は触れ合う男を完全に無視していた。

「すごいねこれ」

胸を揉みながら男が言う言葉にうんざりする。彼が愛撫した胸を汚されたようにすら感じた。でも彼は結婚したのだ。結婚して、奥さんとシンガポールに住み、LINEすら、私には寄越さないのだ。

「まじエロい」

ユリの読みは外れていた。最年少だったこの男は二十六で、歳下なんだから仕方ない、と男子校生のような台詞を吐く男に寛容になろうとすればするほど、心が現実から乖離《かいり》し彼との記憶に引き戻されていくのを感じる。目を閉じていれば、彼とヤッている気になれるかもしれない。わずかな希望に身を委ね、硬く目を閉じる。視界を遮断して突き上げられている内、彼との記憶の追体験をしている気分になれた。彼に会えた。そう思ったらお腹が熱くなった。私は別の男と寝て、彼と寝て、満たされた。

はっと目を覚まし、目だけで辺りを見回すと男の背中が目に入った。男とは二回ヤッたが、眠りについた記憶はない。ぐらぐらする頭を起こし、静かにベッドを出る。バッグの中のスマホを探っていると、薄暗い部屋に光るものを見つけた。テーブルの上で光った男のスマホを何気なく覗き込むと、「kookoo920912さんが『いいね！』しました」「ryo---0さんが『いいね！』しました」「like-a-h.e.n.t.ai さんが『いいね！』しました」と連続でTwitterの通知が来ていて、私はざわっとした胸を押さえスマホを手に取る。ロックがかかっていて解除できず、自分のスマホでTwitterを起動させる。三秒考え、「コリドー」で検索する。スクロールして一瞬で見つける。「コリドー3対3からセパってテルホ。スト値6ノーグダ即。推定E杯」画像に声を上げそうになるけれど、顔はスタンプで隠してあって胸を押さえる。ほんの二十秒考えて、二分で全ての服を身につける。物音を立てないよう気をつけながら身支度をして、体が燃え上がりそうなほどの緊張の中、男のスマホをポケットに滑り込ませ、ドアに手をかけ静かに開く。カシン。僅かな音をたててドアを閉めると、エレベーターまで走った。緊張したままフロントを通ると、行ってらっしゃいませと上品な声が耳に届く。シティホテルで助かった。微笑んで会釈すると、私はホテルを出て、そこから二百メートルほど走った。銀座でも四時となると人は少なく、見渡す限り誰もいない通りに出ると、私は男のスマホを取り出し思い切り地面に叩きつけた。ガシンと音がして、割れた液晶を何度もヒールで踏みつける。もしも彼がこのスマホから自分の別端末やクラウドに私の画像を送っていたとしたら終わりだ。でも電気も落としていたし、そこまで鮮明な写真ではなかったはずだ。寝ている女を撮ってヤッた相手としてアップするという罪と、相手のスマホを盗み壊す罪とどっちが重いだろうと、今更恐ろしくなる。ぐちゃぐちゃに割れたスマホにスタンプのついた自分の顔が透けて置いていく気になれず、そこから二十分かけて皇居まで歩くと、力一杯振りかぶってお堀に投げ捨てた。タクシーに乗って家の近くの総合病院の名前を伝え、ようやく一人になれたと思った瞬間気が抜けて鼻の奥がつんとする。生まれてから一番最悪な日だった。こんな日になるくらいなら、一歩も外に出なければよかった。気がつくと涙が溢れていた。今日弓子とユリと話しながら我慢していたこと、いや、一ヶ月半前に彼と寝てからずっと我慢してきたこと、いやむしろ、生まれてから今までずっと我慢してきたこと。そういうあれこれが巨大な津波となって私をさらい、流木や車と一緒に洗濯機にかけられているような気分だった。タクシーの後部席で肩を震わせて静かに泣き、私は自分の人生を呪った。彼に会いたかった。今すぐに彼に会いたかった。その腕に抱かれれば、いや彼の手に触れられさえすれば、いや彼の顔を見れただけでも、私は救われるだろう。LINEの彼とのやりとりを見返し、会いたいと入れたくて入れたくて、それでも入れないでスマホをロックしてまた泣いた。こんなに辛いなら寝なければ良かった、最後に一回なんて、呼び出さなければ良かった。彼との間に起こったことを、初めて後悔した。それでも会いたい自分は頭がおかしいと思った。会いたくて会いたくて、触れたくて触れられたくて仕方ない。

私はいつも私を傷つける。彼が上海から戻ってきた時にアピールをしなかった自分が彼の結婚式で自分をいたく傷つけ、あの時彼と寝た時の自分がその後一月半にわたって私を傷つけ続け、そして数時間前ナンパ男とホテルに入った私が今の私をまた傷つけた。私を傷つけるのはいつも私だ。悲しいまでに私の人生の創造者は私で、結婚を匂わせながら二股をかけ私を捨てたあの男も、婚活アプリで女を漁っていたあの男も、シンガポールに行ってしまった彼も、今日ホテルに行ったあの男も、悲しいほど私の人生の主要人物にはならなかった。誰も私を幸福にも不幸にもしない。私は生まれてこの方、清々しいほどずっと一人で、その一人がかつてないほどに、どうしようもないほどこの身を蝕んでいた。

弓子

「本当に帰るの？」

「帰るでしょ」

「もうちょっと一緒にいたいなあ」

彼が友人たちと私たちのテーブルに合流した時は可愛いと思ったけれど、二人になって飲んでいると使えない部下の面影がちらついて男として見れなくなってしまった。一人先に帰ろうとする私に、駅まで送るよとついてきたこの三十一歳の彼に終電まででいいからと粘られ、駅近のバーに入って三十分が経っていた。彼は話せば話すほど幼さと思慮の浅さを露呈するばかりで、若さという魅力さえくすませ始めている。

「明日も仕事」

「ミコトさん、どこ住み？」

本当は学芸大学だが中目《なかめ》、と答える。この辺馬鹿なナンパ師多いから私は偽名でいくよと事前に宣言したユリに合わせて、名前も偽名にした。安易だが弓子から二文字とってミコト、独身の強みで美玖は本名を名乗った。ユリが「胡桃です」と娘の名前を名乗った瞬間、美玖と一瞬目を見合わせたが、彼女の肩をすくめるような態度を見た瞬間、美玖はこういうユリの姿を見るのは初めてではないのだろうと思った。これまでも何度か、美玖に出会いを与えるためにコリドー彷徨《さまよ》ってきた、などの話は聞いたことがあった。

歳？　二十七。としれっと五つサバを読んだユリがその慣れを物語っていて、男性陣の疑いのなさに、私も三十四と三つサバを読んでみた。疑いの視線が一瞬でもあれば、うそうそ三十七、と正直に言おうと思っていたが、まるでスルーされた。美玖は歳も正直に答えた。この男たちでなくとも、美玖はこの出会いの先にあるかもしれない合コンや知り合い紹介などを経て、真剣交際や結婚に発展する可能性もあるのだ。賢明な判断と言えるだろう。

「中目ならタクシーで帰れるじゃん。もうちょっと飲もう」

「だから私既婚だって」

「俺は奥さんとうまくいってない」

「あれ、そっちも既婚者？」

「うん。既婚者同士楽しく飲もうよ」

「そろそろ終電。行かないと」

「本当に？」

本当に？　自分の中で、問いかけた。この男と寝ても特に大きな喜びはないだろうが、ひとまず一時の快楽は得られるし、相手も既婚者だから後腐れなくそれなりに充実した一夜を過ごせるだろう。何より、二年のセックスレスを解消できる。既婚者なら性病の可能性も低いだろう。そこまで考えて思わず笑ってしまう。私にとってセックスとは何なのだろう。

「なに、何で笑うの？」

「いや、何でもない」

笑いながら言って、連絡先教えてよと言う彼に、LINEならとQRコードで繋がる。苗字だけの名前にしておいて良かったと思っている自分に、次第に憂鬱になる。ねえミコトさん、と覗き込まれ、毛穴と皺が気になって思わず顔を引く。

「友達になってよ」

「友達？」

「うん。さっきの二人の友達にするように、暇な時とか飲みたい時呼び出してよ。旦那さんの愚痴だって聞くよ」

じゃあ奥さんに私のこと友達だって紹介できる？　と聞くと、うちの奥さんは女友達認めない派なんだよと彼は笑った。手馴れているのか、ただの馬鹿なのかよく分からない。

「はいはい。じゃあ友達ってことで」

じゃあ友達を駅まで送るよと彼は席を立った。LINEの友達申請に上った名前は「Yuto」で、彼が名乗っていた名前と一致していた。でもこのアカウント自体がナンパ用という可能性もなくはない。

まだナンパするなら戻りなよと、店を出てコリドーの方を指差して言うと、俺ももう帰るよと彼は情けない表情で笑った。友達と腕組んだりするよね？　と肘を突き出してきた彼に腕を絡ませる。自分や夫の活動範囲外の街であり、知り合いに見つかる可能性が低いからできることで、もっと言えば二年間夫と触れ合っていないからこそ、差し出された腕に引き寄せられたのだろう。どうして男の人って結婚しても他の女の人と寝たいの？　彼を見上げて聞くと、うーんという低い声の振動を感じて、久々に男と触れ合っていることを実感する。

「愛されてるって、思えないからかな」

眉間に皺を寄せ、考える。私は夫を愛しているのだろうか。地下鉄の階段の入り口で立ち止まると、彼は私を抱きしめキスをした。久しぶりだ。二年ぶりのキスにそう思った。お互い割り切ってセックスだけを楽しめるなら、私もたまに不倫して息抜きをするのも良いのかもしれない。そんなことを考えていると、なんだか自分を取り巻くあらゆる状況がどうでもよく思えてくる。セックスにはそういう、他のことや他の価値を無効化する魔力がある。体を離すと、連絡してねと彼は私の手を取った。分かった、と手を振り階段を降りる。終電には間に合った。

意外に足元が怪しかったため、駅からはタクシーに乗った。家に着くと二人の息子は既に寝ていて、リビングのテーブルには「ごちそうさま、おやすみ」というメモが残っていて、そのまま二つ折りにしてチェストの引き出しに入れる。十二歳の長男は私がメモを残すとほぼ必ずメモを返してくれる。チェストの引き出しには、もう数え切れないほどのメモが溜まっている。仕事で遅くなることも多いから、こうしてメモと夕飯を残して行くことは珍しくない。時にはカップラーメンやお弁当に頼ることもある。申し訳ないとも思うが、男二人のせいか下の子が小学校に上がってからはほとんど寂しがられたことはない。二人ともやんちゃではあるものの、今のところ特に非行に走る様子もなく助かっている。

　指一本が、二キロのダンベルのように重かった。ペットボトルの水を一気に半分飲むと、電気もつけられないままどっとソファに横になる。バッグを手繰り寄せ、キッチンからの光を頼りにスマホを取り出しロックを解除する。「iPhoneを探す」アプリを起動させ、デバイスを選択する。検出中、という文字に一瞬《いし》息を止める。夫のスマホは今、五反田にある。先週と同じだ。夫のiPhoneの設定を弄って位置情報を検索できるようにしたのがひと月半前。五反田と渋谷のホテルをローテーションして、彼は私より十歳若い社内の女と逢瀬《おうせ》を重ねている。相手の女はなんとなく想像が付いていた。今ではSNSのアカウントも全て特定しチェックしている。今日はデート、などと顔にスタンプをつけた自撮り写真を鍵なしアカウントでアップしている恐ろしくお花畑、あるいは私へのアピールが激しい女だ。グランドリュクス、パラディ2、この二つが彼らが使っているホテルで、ひと月前、位置情報から航空写真に切り替え、グーグルマップやストリートビューを使って彼らのいるのが確実にホテルだと知った時から、頭皮が痛くなった。ポニーテールをほどいた時に感じるような皮膚がつるような痛みで、ひどい痛みでないため、いつも気がつくと痛くなっていて、いつも気がつくと痛くなっている。調べてみると後頭神経痛というらしく、ストレスと疲労という無意味な理由が羅列されていた。遊びならいい。本当に愛されているのは私だというプライドだけ切り崩さないでくれるなら、全て許せる。彼は子供っぽいところがあるから、私にかまってもらえない寂しさを、手近な女で紛らわしているのだろう。そう思って、もしも彼が浮気相手に本気になっていたらという疑念を振り払い体を奮い立たせ毎朝ベッドから出る力、毎朝出勤する力、毎晩へとへとになって帰宅してご飯を作る力、帰ってこない夫を気にしていないふりをする力、水曜と金曜にアルマーニを穿いていくことに気づいていないふりをする力を振り絞って生きている。

　夫が彼女に挿入するシーンが頭に浮かぶ。挿入のシーンだけが延々と繰り返される。想像を遮断するため、さっきのキスを思い出した。絡まった男の舌の冷たさを思い出して、スカートの中のパンツを僅かに下ろす。コートを腰から下にかけ、パンツの中に手を入れる。指に意識を集中しようとすればするほど、合皮のソファに擦れる頭皮が痛んだ。そのちょっとの痛みがマッチの先を摩擦したように、突然怒りが燃え上がった。ふざけるな。クソ野郎。死ね！　怒りに任せて乱暴に擦り付けていても快楽には程遠く、私は一ミリの快感も得られなかった。諦めてパンツを上げ、スマホを豪速球でどこかに投げつけたい衝動を抑えてもう一度 iPhone を探す。夫の iPhone は移動していた。タクシーで、彼はこの家を目指している。帰ってこなくていいのに。二度と帰ってこなくていいのに、行方不明にでもなってくれれば気が楽なのに。彼は帰ってくる。絶望的な気持ちでサインアウトした瞬間、スマホが震えた。「また会おうね約束だよ」ウィンク顔の絵文字と共に入ったメッセージに、「うん、また会おう」と絵文字つきで返信する。

すぐに「あ、返事くれた。嬉しいな」と入り、立て続けに「友達だし、たまにこっちからも連絡してもいい？」と入ったメッセージに「いいよ。いつでも」と返事をする。この人には奥さんがいる。彼が消し忘れたこのメッセージを、奥さんは見るかもしれない。彼女はどうするのだろう。夫を責め立てるだろうか。それとも私のように黙ってiPhoneを探すのだろうか。夫でもなく、あの男でもなく、あの男の奥さんに会いたかった。あの男の奥さんに会って、抱きしめたい衝動に駆られていた。どうして私は、自分が抱きしめられたいくせに、人を抱きしめたいと思うのだろう。

タクシーのドアが閉まる音に続いて、靴を脱ぐ音、リビングのドアの開く音がした。うわっ、と暗闇の中ソファで横になる私に驚いて声を上げた夫に、私は来てと手招きをする。何？　大丈夫？　と恐怖を顔に滲ませたままソファの脇にやってきた夫に、ソファから立ち上がって抱きつく。夫が他の女とセックスをしてかいた汗の臭いを嗅ぎ取り、何をやっているんだろうと混乱して手を緩め、体を離そうとした瞬間、夫が私を抱きしめた。胸の温かさは二年前と同じで、胸板の厚さも最後に寝た時と同じだ。それでももう、やっぱり私が夫と寝ることはないだろう。自分のあまりの滑稽さに、自分がくしゃっとした茶色いゴミ屑になってコロリと道路に転がる様子が頭に浮かぶ。もう誰か早く轢き殺してと願っても、ゴミ屑は小さすぎて中々車のタイヤに当たらない。

ユリ

薄暗い車内で、背広とワイシャツの間に手を滑り込ませる。脇腹には加齢でつき始めたばかりと思われる柔らかな肉が僅かに感じられた。抱き寄せられ、首筋を愛撫されながら両肩を撫でるようにして背広を脱がせる。ワイシャツは固く糊付けされていて、ふざけた柔軟剤のような匂いは一切せず、清潔で堅苦しい匂いがした。彼の友人二人がパソコンメーカーの営業と自動車メーカーの開発だったのに対し、彼は公認会計士と自称した。こうにんかいけいし。その未知の響きにぴったりの匂いだった。

「胡桃ちゃんて、本当にカタギの人？」

「言ったでしょ。家具メーカーの在庫管理部」

「何かちょっと、信じられなくて」

「カタギじゃない女が、ああいう感じの女たちとつるむと思う？」

笑って言うと、まあ、そうかなと彼は笑う。ナンパした女を詮索するのは、一体どういう了見なのだろう。カタギかどうかがゴムをつけるかどうかの判断基準になるのだろうか。心配なら何も言わずにつければいいのに。ナンパするチキンほどつまらないものはない。ここまで向こうが食い気味できただけに、道半ばでの失速に興ざめする。若干の呆れを顔に出しつつ、少しずり落ちている彼の眼鏡の真ん中を押し上げてやると、彼は今焦点が合ったような表情をしてキスをした。

「いつもあの辺でナンパしてるの？」

「いや、最初に声かけた拓馬《たくま》、あのセンター分けの。あいつに付き合わされるくらいかな。上司に連れて行かれるクラブで女の子に名刺渡される方がずっと多いよ」

「ふうん。公認会計士もキャバクラ行くんだ」

「社内ではリベラルですって顔してる人も、キャバ嬢相手だと人格が変わるよ。仕事中は理性的な顔してても、女の子の前では自己顕示欲の強い猿だよ」

　意外と毒吐く、と笑って、彼の手を取る。その奥に何を秘めているのか、街灯の光が反射する眼鏡を覗き込む。今日が終わったらもう二度と会わない人の、怒りや憎しみを今のうちに感じてみたかった。

「上司の愚痴なんて楽しくない話してごめん」

「愚痴とか好きだよ。趣味とか休日の過ごし方の話より、愚痴の方が聞きたい」

　変わってるねと彼は笑って、じゃあ今日の最悪の上司体験聞く？　と眉を上げた。うんと微笑むと、彼は大きくため息をついてから語り始めた。社会人なら、一人や二人こういう嫌な上司にあたることはあるだろう、程度のパワハラ上司話で、まあ単調で意外性のない愚痴だった。何事も、想像力を掻き立てられる内が華だ。

その先を左に曲がったところで止めてくださいと私が運転手に言うと、彼は我に返ったように言葉を止めた。今日会った人に愚痴を吐けるのだから、単純でいい。タクシーを降りると、エントランスを通ってエレベーターに乗り、10のボタンを押す。

「胡桃ちゃん、ずっと一人暮らし?」

「うん。大学生の頃から一人暮らし」

彼は野良犬のように大人しく私の後ろを付いてくる。鍵を差し込みドアを開けるとセンサーで明かりが点いた。お邪魔しますと呟いて、彼は私に続いた。廊下を進みながら何か飲む? と声を掛けると、もうちょっとお酒を飲みたいかなと遠慮がちに彼は言う。じゃあワイン開けよう、とペダル型のスイッチを踏みリビングの間接照明を点けてキッチンに向かう。

「随分、何もない部屋だね」

「そう?」

「マンスリーマンション、とか?」

「ううん。あんまり部屋を飾る趣味とかないから。なに? 美人局《つつもたせ》じゃないかとか疑ってる?」

「正直ちょっと、そうかもって緊張してるんだけど」

少し青ざめたように見える彼に小心者だねと笑って、そっちの寝室にはリビングよりも物があるよ、と寝室を指さす。リビングには必要最低限のものしかないが、寝室には本棚とチェストがある。寝室を覗いた彼は、いやでもやっぱり少ないよねと不安そうだ。

「友達とか、驚かない？」

「友達来たことないの」

「どうして？」

「友達いないから」

「え……さっきの子たち、長い付き合いなんでしょ？　三人はお互いのこと何でも知ってるって、美玖ちゃんが言ってたじゃん」

「お互いのこと何でも知ってるなんて言い切るの、どうかしてるよね。あの子自分のことだってよく分かっていないのに」

「あの、あっちの部屋は何なの？　２ＬＤＫ？　一人暮らしにしては広いよね」

「あっちは使ってないから、物は何にもないよ」

怒られた犬のような表情で彼はソファに座り、私の注いだワインを飲み始めた。これ、サンテミリオンじゃん。いいの？　と数口飲んだ後ボトルを見て彼が言う。

「サンテミリオンだってピンキリあるよ、そんないいやつじゃない」

「胡桃ちゃん、ちょっと謎だよね。どうして、僕を家に連れてこようって思ったの？」

「気に入ったからだけど」

気に入ったからってと呟いて、彼は黙り込んだ。タクシーで盛り上がっていた空気は消え、今私たちの間にあるのは何やら探り合うような距離の測り合いだった。

「あのさ実は、さっき拓馬が胡桃ちゃんたちに話しかける前さ、トイレに立って胡桃ちゃんたちのテーブルを通り過ぎる時に、ちょっと耳に入ったんだよ」

「何が？」

「胡桃ちゃんが、子供の話してるの」

「ああ、あれは姪の話。兄夫婦に十歳の娘がいて、生理がきたって聞いたからその話題になったの。私に生理がくるような歳の娘がいるなんてありえないでしょ」

「あの、あと、旦那がって話してるのも、耳に入ったんだけど」

「ミコトが旦那の話してたから、あんたの旦那は、って言い方したんじゃないかな」

「そっか、何かちょっと気になってて、ごめんね変なこと聞いて」

いいよ全然、と答えて、頭の中で「チキンくん」と付け足す。それが公認会計士的に片付けておかなければならない関門だったのか、彼はいきなり私を抱きしめ、私がワイングラスをテーブルに置くと一気に押し倒した。

途中から寝室のベッドに移動して行われたセックスは取り立てて良くも悪くもなく、強いて特徴を挙げるとするならば早漏くらいで、しかも強烈に早漏というわけでもない普通の早漏だった。しばらくして腕まくらをしたまま寝息を立て始めた彼の横顔をじっと見つめる。何て特徴のない顔だろう。凡庸という皮を被ったような顔を、私は一目見た時から気に入っていた。歳の割に中年じみた顔立ちだが、子供のように肌がきれいだった。中年顔なのに肌がもちもちしている人はどことなく変態臭がして惹かれる。ベッドの中でぼんやりしたまま一時間が経ち、諦めてベッドから出ようかと上半身を起こした時、彼が呻き声を上げた。

「あ、起こしちゃった？」

「いや、あれ、起きてたの？」

「寝つけないから、もうちょっとお酒飲もうかと思って」

「ねえ。胡桃ちゃん」

え？　と振り返ると、彼は真面目な顔をしている。

「胡桃ちゃん、本当に独身？」

「また？　もしかして寝取り萌え？」

「そんなんじゃなくて、やっぱりさっきの話が気になってて」

「じゃあ話してあげる。私、既婚だよ。でも夫はいないの。浮気されたから殺しちゃったの」

「おーい、からかわないでよ」

「殺害現場はここ。さっきあっちは何って聞いてた部屋、そこにまだ死体があるの」

「死体が腐敗するとすごい臭いがするんだよ。普通に暮らせるわけがない」

「死体は死後硬直する前に結束バンドで体育座りの形に縛って、布団圧縮袋に入れて冷凍庫で凍らせてるの。向こうの部屋には二百リットルの横置きの冷凍庫があって、その中で夫は、丸くなって凍ってる。殺してから半年くらいは停電が怖くて毎週見に来てたけど、一年経った頃にはもうここにはあんまり足を踏み入れなくなって、今ではこうして、ナンパされた時にヤリ部屋として使うだけ。普段は郊外でワンルーム暮らし。生活感がないのもそのせい」

「旦那さんが浮気してたなら、その浮気相手は何か言ってこなかったの？」

「夫の指で指紋認証して、パスコードを変更して、結構慎重にその女とのメールとかLINEを見返して口調とか内容を把握して、やっぱり君とは一緒になれない、って送ったの。妻とやり直すのではなく、人生をやり直したい、って。彼女私の所にやってきて、あなた何か言ったの？　本当に彼は失踪したの？　って半狂乱だったから、私は全狂乱でお前のせいで夫は失踪したんだって喚き立てたの。平気で不倫するくせに、そうやって責められると怯むんだから、全く筋が通ってないよね。殺してからもう三年経つけど、殺人罪に時効はないから、私は捕まるまでずっと、こうして一回ヤる男にだけ真実を語り続けるんだと思う」

「他の人にも話してきたの？」

「どうして自分だけが特別だって思うの？」

「そんな風には思わないけど……」

「夫と同じ不倫男の良心でのみ、私の罪が露呈するって思ったら愉快でしょ？」

居酒屋で彼がトイレに立ち、私が娘の話をするのを耳にしたという時、私も同時に彼の左手にある指輪に目を留めていた。そして一緒に飲み始めた時、彼の左手に指輪がなくなっていたことにも気づいていた。そろそろ寝るね。帰るなら勝手に出て行って。そう呟いて枕に頭を載せ目を瞑っていると、男がベッドから出て身支度をしているのが分かった。

ずっと前に、赤ちゃんが悲しげな歌を聴いて泣く動画を見た。歌がサビに近づいて盛り上がっていくと、赤ちゃんが悲しげに顔を歪め泣き出す、ほのぼの動画的なものだ。しかしその数年後、「死んだ母親の歌声を聴いて涙を流す赤ちゃん」というタイトルで、恐らく同じ動画がアップされていた。最初気づかずに見始め、泣き始める赤ん坊に心を揺さぶられた。途中であれ、これ前に見た動画と一緒じゃないか？　と思って検索してみたけれど、検索している途中で、別に悲しい歌を聴いて泣き出す赤ちゃんでも、死んだ母親の歌声を聴いて泣き出す赤ちゃんでも、どっちでもいいのだと気がついた。どちらであったとしても、二つの感動自体は真実だからだ。リビングに出た彼は、もう一つのドアを開けるだろうか。それとも、そのまま出て行くだろうか。

三年前、私の浮気が原因で夫に離婚され、娘の親権は向こうに渡った。手切れ金代わりにこのマンションをもらった。リビングにつながるもう一つの部屋は、昔は娘の部屋だった。二週間前ここに連れ込んだ男には、そんな話をした。私は色々なキャプションをつけられて不特定多数の人目に晒《さら》される、「泣く赤ちゃん」でしかない。

もう誰も私が何者であるかを知らない。幽霊のように、誰も私が存在する理由を知らない。私でさえ、私が何者であるのかを知らないし、なぜ存在するのかも知らない。何故かは分からない。これまでも私は、結婚しても妻を演じただけだったし、子供ができても母親を演じただけだったし、同年代の女性の前では女友達を演じただけだった。ベッドから出て、ドアを静かに開ける。そこには当たり前のように、誰もいない世界がある。誰もいない世界で、何者も演じずにいる自分を演じる。

ソファに戻ってスマホを手に取り、通知のあったLINEをタップする。「最悪！　あの男寝てる私の写真撮ってツイッターに上げてた！　まじ信じらんない」というメッセージと、「もういや！」という吹き出し付きの怒り顔スタンプをじっと見つめる。「えまじ？大丈夫なの顔とか分かる感じの画像？　ツイッターに通報しとこうか？」そう送信すると、すぐに既読になった。だから言ったのだ。記憶に籠っていればいいいと。現実の男は美玖を傷つけるかもしれないと。

「馬鹿だなあ」

そう呟くと、残っていたサンテミリオンのボトルを手に取った。そのまま口をつけて飲み干すと、ボトルの底に沈殿していた澱《おり》が口の中をざらつかせた。渋い澱に顔を顰《しか》めながら舌で口の中をかき混ぜている自分がボトルに映って、その顔のあまりの不細工さに思わず笑ってしまった。

episode 1
red bully

美玖

帰りたくない帰りたくない帰りたくない。そう思いながら足を速める。一刻も早く帰りたかった。もう二度と帰りたくなかった。通り過ぎるコンビニの入り口に映った自分がすでに泣いているような顔で、思わず立ち止まる。その場でバッグを漁りフェイスパウダーのコンパクトを覗きながら化粧を直す。さっき、ほんの十分前に電車の中で直したばかりなのに、まだまだ自分の顔面には施すべき工程がいくつも残っているような気がして止まなかった。

パウダーをはたきグロスを塗り足すと、今にも泣きそうなのに直径七センチの小さな鏡に向かって笑いかけてみる。死ぬほど幸せで死ぬほど不幸。だくん、という感触と共にこの身が一瞬にして粘度の高い液体となりアスファルトに染み込みいつしか蒸発して皆から疎まれる湿気となってしまえばいいのに、私はきちんとこの身をもって彼のいる家に帰宅するのだ。緊張と悲しみで身体中をびりびりさせながらスーパーに入り、これから繰り広げられる茶番のため、「これ買っちゃえば一瞬なのにな」とお惣菜のハンバーグをじっと見つめながらハンバーグの材料を探し始める。ベビーリーフ、トマト、玉ねぎ、しめじ、合挽き肉、卵、パン粉、牛乳、牛乳で薄めるだけのスープの缶詰。何かデザートもと思って、デザートコーナーをぐるっと見回す。彼と食べたデザートはもう二度と見たくない。きっとそう思うはずだから、普段自分では絶対に買わないであろう、ちょっと高めのブルーベリーチーズケーキを選ぶ。最後にお酒のコーナーでざっと値段だけ見て、やっぱり自分のためには買わない三千円近くする赤ワインを手に取る。こんな感傷的な買い物をしながらも、レジで最後に「あ、領収書ください」と言う自分に幻滅というよりは少し傷つきながら、手際よく商品を袋詰めしていく。

マンションの入り口で、下からチラシがずるっとはみ出している郵便受けに気づき郵便物を取り出して重たい荷物を持つ手と反対側に抱える。思えばこの六日間、一度も郵便物を取っていなかった。彼にだらしない女と思われたかもしれない。でもこの六日間、私はずっとサイクロン掃除機の透明なゴミケースの中でぐるんぐるんしていたようなものだったのだ。

自分の部屋の前で一瞬悩んだ後、インターホンを押す。中で物音がして、覗き穴から覗く間があって、私の緊張が高まりきった瞬間ドアが開く。

「おかえり」

「ただいま」

「鍵忘れた？」

「ううん。おかえりって出迎えて欲しかったの」

何だよ可愛いなあ、と嬉しそうな彼に抱きしめられて、右手に持っている買い物袋を落としそうになるけど、ワインが入っているのを思い出してぐっと力を籠める。

「電話くれれば一緒にスーパー行ったのに」

私の手から買い物袋と郵便物とバッグを取った彼は靴を脱ごうとする私を反対の手で支える。靴なんて手を取っていてくれなくても脱げる。焼肉屋で肉を焼いてもらわなくても一人で焼けるし何なら一人で焼肉屋にだって行けるし、嫌な仕事の前のがんばってねとか行ってらっしゃいがなくてもメンタル保てるし、映画館でコーラとポップコーンの載ったトレーを持ってもらわなくても自分で持てるし、タクシーから降りる時に手を取ってくれなくても降りられるし、おやすみとかがんばったねと頭を撫でる手がなくても眠れるし、朝だってコーヒーを淹れてくれなくても一人でコーヒーを淹れられるし、居酒屋で何か出るたびに箸とか醤油とか七味とか取り皿とか渡してくれなくても自分で用意できる。でもそういう自分でできるあれこれへのそれらがあるだけで他の何がうまくいかなかったとしても全ての苦しみから完全に解放され幸せに生きていけるということを知ってしまった私を置いて、彼はまた私の前から姿を消すのだ。

お、ワイン。俺も赤買ってきちゃったよ。まあいっか、今日は朝まで遊ぶんだもんな。言いながらリビングのドアを開けた、一週間前まで一度も見たことのなかった家着姿の彼の背中の向こうに閉じられたスーツケースが見えて、途端にだめになる。だめになった。その瞬時の判断は鋭く正しく、見まごうことなき完璧なだめさを私は発揮する。

「美玖？」

その場にへたり込み顔を覆って泣き出した私は彼の言葉に顔を上げられない。情けない声を上げて泣く私に、彼はここに来たことを後悔しているかもしれないと思う。こんな風に剝き出しの悲しみを見せつけられて、自己嫌悪に陥るかもしれない。むしろこんな私の体たらくを見て何とも思わない男だったとしたらそれもそれで問題のような気もする。

だくだくと溢れる涙で曇った視界の端に、廊下の脇に溜まっている埃と髪の毛を見つける。あんなにもしつこく塵一つ残さぬよう掃除機はもちろん拭き掃除までして入念に部屋中を綺麗にしたのに、たった六日でこんなに汚くなってしまった。諸行無常をこんなにも求めたことはない。ぴかぴかの部屋が三日も経てば埃に覆われるように、朝完璧に施したメイクが昼過ぎ、遅くとも十五時頃には崩れゆくように、桜が散るように、日が沈むように、生き物が朽ち果てるように、彼を好きでなくなりたい。この破裂した水道管から噴き出す水のような感情の終焉《しゅうえん》が心から欲しい。

「美玖」

ごめんねと言うかと思いきや言わない彼に、腹が立つでもホッとしたでもなく、「だろうな」と思う。ごめんねって言ってくれれば私はこの人を嫌いになれるのにと思うけど、そんなのまあ普通に嘘で、ごめんねって言われたって普通に彼が好きで仕方なくてこうして泣き続けるだろう。仕方ないから彼の嫌いなところを考える。食べ方がちょっと汚い。テレビを見ている時「『自分は差別反対』的スタンスを取りながら無自覚山の如しな様子で別の国や文化をナチュラルにディスる発言」をした。それに対して私が「やめてよ」と軽く懸念を示したにも拘らず自分が人に引かれる発言をしたとは露ほどにも思っていないかのような態度をとられた。意外と小まめに電気を消す。ワインのコルクを抜くのが下手。格ゲーをやった時私が勝ったら結構本気で苛立っていた。歯磨きの時間が短い。考えながら気づく。こういうのはちょっと嫌いになった時嫌いな感情を肯定する要素になるものであって、好きな時にいくら欠点を数えたって無駄オブ無駄なんだ。悲しい。一言呟くと、隣にしゃがみ込んで私の背中に手を伸ばしていた彼にしがみつく。彼に会いたかった。今のこの彼じゃない。スーツケースを引っ張ってこの部屋にやって来て、ここが美玖ちゃんの部屋かと感慨深げに呟いた彼にだ。そんな彼とは二度と会えないと知っているのに、それでも会いたくて会いたくて、これからあのスーツケースを引っ張って帰ってしまう彼にしがみついている自分に絶望する。

ごめんね、大丈夫。ご飯作るから手伝ってくれる？ ひとしきり泣いた後に無理やり笑ってそう言うと、彼はうんと悲しげに微笑んで一緒に立ち上がった。奥さんに行ってらっしゃいと言われた時も、彼はこんな顔でうんと答えたのではないだろうか。そして行ってきますとやはり悲しげな奥さんを抱きしめる彼が頭に浮かぶ。

煮込みハンバーグとコーンスープ、ベビーリーフのサラダに赤ワイン。食後はチーズケーキをつまみながらNetflixでウォーキング・デッドを流しきゃあきゃあ言い合って、途中で休憩を挟んで私のスマホアプリで二人でオセロの対戦をした。何度やっても私に勝てずもう一回を繰り返した彼がもうやめーとソファに突っぷすと、再びウォーキング・デッドに戻る。父親は編集者で、当時の編集者としても随分インテリの堅物だった。そのせいか分からないけど、ライターという仕事柄かもしれないけれど、私の付き合ってきた彼氏たちもやけにインテリが多かった。だから、彼とウォーキング・デッドを見たりオセロをやったりしてただただ無意味なただ楽しいだけの時間を過ごせることが嬉しかった。でも同時に、無自覚な差別に象徴される彼の意識の低さにぎょっとするところがあるのも事実で、彼がそういう部分を露呈するたび、私にはそういうところを見せないでと密かに願っていたのも事実だ。例えばもし彼と結婚したとしたら、私はそういう部分を目にするたび「そういうの本当にやめて」と懇願することになるのだろうし、そういう資質は三十を超した大人にとって自分の意思ではなかなか変えられないものだとも分かっている。

古い世代の政治家は誘導せずとも喋らせとけば必ず炎上発言をする。どんなにこういう発言が炎上すると周りから叩き込まれてても、どんなに演習してても、差別的な感覚を捨てきれない人間を自由に喋らせておけば必ず本音が出るし、本音は必ず炎上する類のものだ。週刊誌の記者だった元彼が言っていた。あいつらメンタリティは田舎の中小企業の社長と同レベルだからな。完全に小馬鹿にした態度の元彼にも嫌悪を抱いたけれど、実際に田舎の中小企業の社長的メンタリティの片鱗《へんりん》を彼に感じた瞬間「あ、まじでやだ」と思ったのも事実だ。そんなこともお構いなしに、彼のことを好きで仕方ない自分もどうかと思うけれど、先進国の女が後進国の男に恋をするというのは、今日ではよく目にする物語でもある。

「どうする？　今日、寝る？」

「どうしよっかな。このまま行ってもいいかなって思ってたけど、やっぱりちょっと眠いな」

「じゃあちょっとだけ寝ようん。荷造りはもう完璧なの？」

「うん。もう完璧」

二人でベッドに入ってセックスをすると付き合い始めのカップル、あるいは新婚夫婦のように暗闇の中べったりと寄り添う。何か言いたかったけれど言葉は出てこなかった。しばらくすると彼の寝息が聞こえた。どうしようもなく虚しくて、虚しくて仕方なくて、彼がこの家に来ると決まった時のことを思い出し、それから経てきたあらゆる物事を一つずつ反芻していく。

彼がこの家に来ると決まってから買ったもの、メイクボックス、ナイトウェア、お風呂上がり用のガウン、買おうか迷っていたいくつかのデパコス、まつげ美容液、ルームフレグランス、おしゃれな眼鏡、食器を増やすのが嫌で二つのどんぶりを使い回すことで何とか買わずに済んできた食器一式、イタリアンのレシピ本Kindle版、愛され女子！Kindle版。

彼がこの家に来ると決まってから自分に施したもの、まつエク、ジェルネイル、フットネイル、コルギ、レーザー照射とイオン導入、寝起きと寝る前の腹筋背筋腕立て伏せ体幹トレーニング。

最低だった。買ったもの施したもの全てが、あと数時間で完全に無駄になるのだ。幾らかけたんだろう、と完膚なきまでに自分を落ち込ませるため金額を計算し始めたところで意識が落ちた。……いやちょっと待て、とiPhoneのアラームを確認する。大丈夫だった。ちゃんと五時から五分おきに鳴るよう設定してある。今度は無抵抗に目を閉じる。瞼の向こうがふっと暗くなり、iPhoneの画面が落ちたのが分かる。二時間後私たちはのそのそと起き出し、多分コーヒーを飲んだりして、着替えた彼はこの家を出て行く。泣く私を宥めたり抱きしめたりして、またねと呟いて、スーツケースを引っ張って出て行く。私はソファかベッドに戻って一人で泣き続ける。泣き続けて良いように、明日明後日の予定は入れていない。しばらくすると彼から「空港に着いたよ」とか「これから搭乗だよ」というLINEが入る。楽しかったよとか、また連絡するねとかいう言葉も入るかもしれない。私はきっと、気をつけてねとか、向こうに着いたら連絡してねとか、すごく楽しかったよとか返事をするだろう。次に彼が帰国するのはいつだろう。短くて数ヶ月、下手したら一年後かもしれない。それにその時、こんな風に私の家に何日も滞在できるかは分からない。いやもしかしたら、その時一日会うことさえ叶わないかもしれない。そもそも彼がその時帰国を教えてくれるかも分からない。声を上げてひんひん泣いている内にひどい眠気に襲われ私はまた眠るだろう。そして二度寝から目覚めた私は、歯ブラシやシェービングフォームなどの彼が置いていったものをまとめて袋に入れ、捨てたいのに捨てられないジレンマの中で袋をどこか見えない場所に突っ込むだろう。こんなに悲しい日はないと思いながら泣きはらした目で洗面所の鏡を見つめ自分の醜さに愕然とする。完璧に予測できる最低な一日の始まりにも、私はなす術もなくこんな風に眠気に負けて眠る。

弓子

その球いりません。そう言いかけて、やっぱり受け取る。もしかしたら今日こそはこれが私の支えになるかもしれない。毎回そう思う。でもこの球が今まで私の支えになってくれたことは、一度たりともなかった。でもなかったらなかったで手持ち無沙汰なのかもしれない。ご一緒にご確認お願い致します。ヘリックス社のトリフィラーA三本、こちらをほうれい線とおでこに、ヘリックス社のトリラインを五本、お首に注入させていただきます。針はフランス製のマイクロカニューレになります。では笑気麻酔を始めさせていただきます。もしご気分が悪くなられたら仰ってください。

山本《やまもと》医師の喋り方は気取っているわけではなく、気質的なものだ。この人の元に初めてカウンセリングに来たのは四年前、この喋り方と口調を聞いて直感的にこの人は美容整形外科に向いていないと分かった。生き馬の目を抜くこの業界で、こいつのこの押しの弱さ、当たりの柔らかさは致命的だと思った。しかし何故かこのクリニックはなかなかにシステムが商業的で何だかんだで儲けは大きそうだった。もしかするとこの院長よりも経営の才能があるブレーンや共同経営者がいるのかもしれない。人の欲望に寄り添い搾取することに長けた商業のシステムとこのへなちょこ感のある院長とのちぐはぐ感が気に入って、私はここに通い続けている。

「今日はヒアルロン酸注入もご所望ですか？　まだ前回入れたものがかなり残っていると思うんですが」

一時間前診察室を訪れた私におずおずといった様子で呟いた山本医師に、来週重要な仕事があるので今のうちに足したいんですと言うと、彼は僅かに不安そうな表情となり、ちょっと失礼しますと言って私のおでことほうれい線に触れた。

「触ったところ、やはりそこまで減っていないので、今回はお顔は一本、最大でも二本程度かなと思います。お首への注入は初めてですよね、全体的に薄くとなると四本くらいかなと思います。それで一度バランスを見ていただいて、もし足りなかったら後日また足しにいらしてもらうのが良いかもしれません」

「来週友達の結婚式があるし、これからしばらく忙しくなりそうなんで、今日できることはできるだけ済ませたいんです。顔は少なくとも三本、首は施術例をいくつも見ましたが、私の場合広範囲なので五、六本入れていただいてもいいかなと思うんですけど」

じゃあ、五本入れてみて、残ったら保管ということにしましょうかと彼はまるで私を刺激しないよう気をつけているかのように言った。そして照射系の施術とイオン導入を受けた後、この施術室に案内された。

いつもここで注入系の施術を受ける時、この球を二つ渡される。下の息子が一時期欲しい欲しいと言っていた、確かスクイーズというやつだ。握るとぎゅっと潰れ、放すと少しずつふわふわっと形が元に戻っていく。いわゆる出産時に渡されるいきみ逃しのタオルみたいなものなのだろう。でもこの二つの球体で楽になったことはないし、これからも永遠になさそうな気がする。


チューブを鼻に当てられ、そこから少し甘い匂いがする。この笑気麻酔の始まりにはいつもモヤッとした不安が生じる。デスノートに出てくる悪魔みたいな奴が後ろに立っているような、ざわざわする不安だ。

「効いてきましたか？」

「はい」

では注入していきます。ちょっとチクッとしますよー。チクッではなくブスッ、だ。痛みに眉間に皺が寄りそうになるのを必死に堪えるけれどきっと顔は多少なりとも歪んでいる。ブスッ、ジュルジュル、ブスッジュルジュル、ブスジュルブスジュル、ブスッジュルー。何度刺されたか分からなくなってきた頃、麻酔が絶好調に効いてきてさっきまでの不安がなくなっていることに気づく。手に持ったボールはやはり特に何らかの役には立たず、仕方ないから両手で交互に持ち替えたり手の中でころころしてみる。とても何かを強く握りたいという気分ではない。むしろ弛緩して弛緩してアメーバになっていきそうだ。それともアメーバになるのを防ぐためにこれを強く握るべきなのだろうか。いや、今私はこのままだらりと施術台から溢れるアメーバになることを強烈に望んでいる。鼻から深く息を吸い込み、口から深く吐き出す。何度も繰り返している内、浮遊感に溺れていく。施術台がゆっくりと下に下がっていくような感覚が訪れ、薄目でまっすぐ前を見つめる。ブスッジュルジュルは今も続いている。ちょっと効きすぎかもしれないと思い、鼻からでなく口から息を吸う。

「では反対側からも注入していきますねー」

反対側に移動した先生は、はいまた最初ちょっと痛いですよー、と前置きして躊躇なく針をぶっ刺していく。今度は施術台がゆっくりと上がり始めた。マイクロカニューレは先が丸く内出血を起こしにくい針で、一つの穴から皮下内で複数の方向にアプローチ可能な、ヒアルロン酸を広範囲にわたって注入できる画期的な針という触れ込みで、この医院で導入してからはずっとオプションでつけている。限りなく無痛を目指した針、というキャッチコピーがついていたけれど、今この瞬間それを刺されている身としては、まだまだ無痛とは程遠いという結論しか出せない。

痛かったですね。注入が終わりました、お疲れ様でした。山本医師のおっとりした声で、苦痛に耐えるあまり八割閉じた状態で固まっていた瞼をゆっくりと開く。計八本、八ccのヒアルロン酸を注入されぐいぐいと形を整えられ止血され笑気麻酔のチューブを外された私は、手渡された鏡を覗き込む。頭はまだぼんやりとしているが、少しほうれい線がボコついている気がして顔に力が入る。

「ほうれい線がちょっとボコボコしていますが、柔らかいヒアルロン酸ですのですぐに馴染みますからご心配なさらないでくださいね。お首もしっかりとハリが出ましたね」

言われて見ると、確かに首の横ジワは全体的に薄くなっていて満足な仕上がりだった。おでこもかなりふっくらしている。

「うん。満足です」

「良かったです。何かありましたらいつでもご連絡ください」

山本医師は柔和な微笑みのまま「ではすみませんがお先に失礼致します」と施術室を出て行った。経験上、ボコつきは明日にはほぼ気にならなくなり、三日後には鏡を覗き込んでボコつきを確かめることもなくなるだろう。それよりも私は「満足です」と偉そうな口をきくようになった自分に胸が苦しくなるのを感じていた。自分はこんな人間だっただろうか。最近そう思うことが増えた。歳を重ねれば皆多かれ少なかれ思うことかもしれないけれど、引っかかっていた。

昔から、人に甘えたり下手に出るようなことはしてこなかった。仕事も私生活も自信を持って精一杯のことをしてきた。でもその精一杯のせいで、私は客観性を失い続け、最終的に美容整形外科の先生に「満足です」と傲然たる態度で言うような人間になったのかもしれない。

帰り道、ひどい虚無に包まれた。熱を持った顔面と首に、まさに自分の卑しさの塊が注入されているような気さえした。ヒアルロン酸に混ざっている麻酔の効果が薄れ始めると共にじわじわと鈍痛が広がり、その負の象徴は存在感を増していく。四十万円、それが今日注入した邪悪なものの値段だった。それでも、私は八ccのそれを注入しなければ、もう目の前の敵に立ち向かうこともできなかったのだ。

当日、私のおでことほうれい線、首も完璧だった。ボコつきもなくなり、額はふっくらとし、ほうれい線にもハリが出ていた。あなたと会うために四十万払って、痛い思いをしてきました。斜め向かいに座る奥寺里美《おくでらさとみ》ですと自己紹介した女を見ながらそう思う。私はあなたのインスタもTwitterももう何ヶ月も観察してあなたの画像やポエムを目にしてきたので、あなたが夫とどんな不倫をしてきたのか、どんな気持ちで不倫をしていたかも知っています。もうあなた自身の口から聞かなければならないこともそんなにはありません。それでも私はこの女に会わざるを得なかった。その私の衝動はきっと、私にとっても彼女にとっても不幸な結果を招くに違いない。会うべきでないと分かっていたのに、私は会わざるを得なかった。そういう出どころ不明な力に突き動かされていた。

それで？ 私の声は震えても高ぶってもおらずいつも通りで、明確な意図の見えないぼんやりとした企画書ばかり提出する入社三年目の大泉《おおいずみ》くんに対して定期的に吐く「それで？」と何の遜色もない「それで？」だった。

「申し訳ないとは思ってる。でもこの状態を維持し続けるのは耐えられない」

「だから、それで？」

「離婚して欲しいと思ってる」

「でしょうね」

離婚して欲しいと思ってると夫が言った瞬間、隣に座る女が心の中で諸手を挙げて「やったー取ったどー！」と歓声を上げる姿が見えた。他に好きな人ができたから離婚したいと切り出されたのは一ヶ月前。したいならしてもいいけど、子供たちのこともあるしきちんと話し合いたい。私の落ちついた言葉にホッとした様子の夫は、じゃあ一度ゆっくり子供のいないところで話し合おうと言ったけれど、私が校了で時間が取れなくなったため保留になってしまった。校了を終え再び離婚の話を振られた時、自誌の売れ行きと販売部が下げてきた部数のことで虫の居所が悪かった私は、別れたいですかあいいですよってオートマで判子押すとでも思ってんの？ 女連れて来いよと怒鳴り散らした。何度慎重に思い返しても、夫に対して怒鳴り散らしたのはそれが初めてだったように思う。会社ではそれなりに仕事もでき人の上に立ち可能な限りマウントやセクハラには毅然と、時と場合によっては激情的に対応してきたけれど、私は家ではそれなりに従順で古風なタイプの妻だったのかもしれないと、その時初めて思った。

あの時の言葉がこうして、三人が向き合うこの空間を作った訳だけれど、あの時完全に我を忘れてブチギレていた故の言葉であって、今は全くもってこの女を張り倒すような気分ではない。

「子供たちのことはどうするの？」

「どっちが引き取るかは、弓子の判断に任せようと思ってる。こっちの原因で別れることになるんだから、覚悟はしてたよ」

「覚悟って子供たちにもう会わないっていう覚悟？　じゃあ逆にそっちが引き取る覚悟はできてるの？」

「それも、考えてる。彼女もそうなってもいいって言ってくれた」

自分でも想像ができていなかった。こういう話をすることが如何に自分に負荷をかけるものなのか。

「……そうなってもいいって言ってくれた？」

私の言葉に空気が凍りつく。ちょっとは言葉選べやクソ女、そう思いながら、でもそれ以上に最適な言葉がなんだっただろうと考える頭が二十年前のパソコンくらいの速度でしか動かず腹が立つ。そうか、きっと私が常に腹を立てている上司や部下というのは、こんな感じなのだろう。ちんたらちんたらとにかく仕事が遅いし頭の回転が悪いしこっちの会話の速度にさえついてこれない。ぎこぎこと音を立てる古い自転車で無理やり坂道を滑走するように、私は力を振り絞ってギアを入れペダルを踏み込む。

「奥寺さんがそうなってもいいって言ったのはつまり、人の夫を略奪するのだからそのペナルティとして子供二人を引き取ることを甘んじて引き受けますということですか？　私の子供はペナルティですか」

「そんな風には思ってません。もしも私に養育を任せて頂けるなら、精一杯お子さんたちの生活を支える手伝いをしたいと思っているということです」

「手伝い？　つまり当事者意識はなく家政婦的なものとして関わるつもりですか？　まあ二人ともそれなりの歳なのでいきなり父親の恋人として連れてこられた人を母親として認識するわけもないとは思いますけど」

「精一杯のことはするつもりです。もちろん、弓子さんのやり方とは違うやり方にはなるかもしれませんけど」

Twitterで叶わぬ恋をしていると宣《のたま》い構ってツイートをしていた図太い女の割になかなか食えないクソ女だ。

「どっちかが完全にってことでなくてもいいのかなって思ってるんだ。例えば平日と土日で僕たちのところと弓子のところを行き来させるのも、海外なんかではメジャーなやり方だよね」

海外、メジャー、ついついその単語からメジャーリーグのことを想起してしまいTwitterか何かで見た奇妙な球団マスコットを思い出して思わずにやついてしまう自分が信じられない。信じられないついでに、一週間前、夫にこの女と見比べられた時に見劣りしたくないという一心でレーザー照射とイオン導入を受け、八ccのヒアルロン酸を注入してきた自分も信じられなくなる。私は夫を愛しているでも、失いたくないでも、浮気相手の女が憎いでも、浮気相手の女を殴りたいでもなく、ただひたすらほんの僅かでも惨めな思いを回避したかっただけなのだ。実際、初対面の女と慣れた様子で並んで座る夫と向き合うのは不思議な気分ではあったけれど、特に絶望ということでもない。そうか私が悶々としている間この女と寝ていたのか。そんな呆気ない感想しか出てこない。ちょっと前ユリに言われた言葉が蘇る。「感情のない女なんて空気の抜けたダッチワイフみたいなもんなんだから」私はもう、夫の射精を促すこともできない無為な無感情の女なのだ。引きつった笑みを、もうこれ以上強めることも弱めることもできない。固まった表情のまま、私は何度か頷く。

「じゃあ、幸せになってください」

にやついた、少し上がった頬に涙が流れた。本心だった。これ以上夫を私の網に捉えておくことは私にとっても苦痛だった。その私の苦痛の臨界点を見越したようなタイミングだった。これよりも早ければ私は崩れてしまい、これよりも遅ければ私は爆発していただろう。今しかなかった。今を、きちんと夫は汲み取ってくれたのだ。それだけで、夫への感謝の気持ちが芽生えるほど、私は既にあらゆるものを喪失していた。

「あなたと二人の子供との生活、楽しかったです」

少しでも罪悪感を抱いてもらいたいという気持ちもあったけれど、本心でもあった。夫に尽くした貞淑な古風な妻として愛情とまでは言わないただ少しの感慨を持ってもらいたかった。

「俺はずっと弓子といるのが苦痛だったよ」

私の最後の望みは裏切られた。

「自分を愛していない女性と生活を共にするのは辛かった」

あなたの言う愛ってなに？　私があなたを愛していなかったという根拠は？　あなたは私といてずっと辛かっただけなの？　僅かだったかもしれないけど幸福な時間は私たちの間に家族の間に存在していたはずでしょう？　私の疑問は言葉にはならず、湧いた場所でしゅんと方々へ飛散していく。

「ここから先は弁護士に任せよう。ひとまず別居したいと思ってる。出来るだけ早いうちにマンスリーマンションを探して出て行くよ」

夫はそう言って二千円テーブルに置くと立ち上がり隣の彼女を促した。ごめんね付き合わせちゃって、とでも言いたげな表情で彼女を見つめ、夫は彼女と店を出て行った。今日は二人で家に帰るのだと思っていた私は、突然訪れた一人の空間に戸惑っていた。彼は今日帰ってこないのだろうか。こんなにひどい態度をとられひどい言葉を吐かれたというのに、私は家族で過ごす土曜日が今日もいつものように訪れると思っていたのだと気づき、鈍器で殴られたように目の前の世界がチカチカした。

三人の中で一人だけアルコールを頼んだ。この喫茶店で唯一のアルコールであるハイネケンを一気に飲み干した。飲み終えてげっぷをするとずきんと首が痛んだ。おでこもほうれい線も痛みは消えたのに、首だけ時々鈍痛が走る。ヒアルロン酸で炎症を起こして首が壊死して、ある日突然自分の頭がもげてごろんと落ちてしまえばいいと思った。妻と彼女と三人で会することで、夫が最終的に私のことを選ぶのかもしれないと、心のどこかで思っていたから、私は慌てて美容外科に行ったのかもしれない。女への対抗心と同時に、最後の望みをそこにかけていたのかもしれない。自分でも気づいていなかった己の情けない思いに、今ここで一人空っぽのグラスを前にして初めて思い至る。今全てが間抜けだった。受験、就職、仕事、結婚、妊娠、出産、育児、ＰＴＡ活動、子供の受験、会社の労働組合、じっくりと真面目なもので埋め尽くしてきた私の人生というオセロが、取り逃がした角を取られ最後の最後で一面真面目から滑稽にひっくり返ったようだった。

ただいま。私の言葉に、何も知らない長男がおかえりーと無邪気な声をかける。

「あれ、パパは？」

今日はちょっと二人で出かけてくるね、私たちにそう言われていた長男は不思議そうに私を見つめている。「ちょっと会社に寄ってくるって」とにこやかに答える。こんなに簡単に、家庭は壊れるのだ。いや、夫にとっては、簡単ではなかったのかもしれない。少しずつ少しずつ、どんどん駄目になっていっているのを感じていたのかもしれない。少しずつ少しずつ、調和が乱れ私たちが通じ合わなくなる瞬間を実感していたのかもしれない。

珍しいね、デート？　出がけににやにやした次男にかけられた言葉を思い出す。バツの悪そうな夫を見ながら、ざまあみろと思っていた。もっと苦しめと思っていた。でも夫も私に同じことを思っていたのかもしれない。あまりの滑稽さに耐えられず、今日のご飯は何にしようか？　と普通のことを言ってみる。何でもいいの？　と長男が嬉しそうに言う。

「何でもいいよ。幸人《ゆきと》にも聞いてみて」

「分かった」

長男は弟と話し合うため二階に上がっていく。普通の会話をしていると、自分の人生が少し普通に戻ったような気がして、もっともっと普通のことをしようと心に決め、私は散らかったリビングを片付け始めた。普通、普通、頭の中で何度も繰り返しその言葉を唱えていると、滑稽さは水位を下げたが、ひどい虚無にずぶずぶと足が呑み込まれているのを実感した。

弟と相談していたらしき長男がリビングに戻ってきて甘えたように「パパが帰ってきたら夕飯外に食べに行かない？」と言う。虚無に陥りかけていた私は途端に強烈に腹を立て、そうだねと笑顔で答えるとスマホを手に取る。「子供たちへの説明責任はどうした？今すぐ帰ってきて自分一人で子供たちに離婚の事実とその経緯を説明しろ。さっきの薄汚い女を連れてきてあの女との同居でも提案してみろそれでもいいって言ってくれたんだろ？」とメッセージを入れた。顔が強張り今にも叫び出しそうなほどの怒りが竜巻のように身体中をかき回している。全ての臓物がミキサーにかけられているようなお祭り状態だった。もう皺もたるみもどうでも良かった。夫に一ミリでも綺麗だと思ってもらうことを諦めた私は、鬼になることを選んだ。「慰謝料払え。女にも請求するからな」。全身が心臓になったように脈打っていた。射精する時のチンコもこんな感じなのかもしれないと全身がチンコになった想像をして、子供たちの教科書を手に持ち立ち尽くしたまま鼻で笑った。

ユリ

ビールケースに腰掛け両足とも貧乏揺すりをしたままぼんやりと空を見上げる。あちこちに雲のかかった中途半端な青空が覗いていて、さっきから陽が差したり陰ったりを繰り返している。また左半身を焼き始めた日差しに舌打ちをすると、三つ向こうのビールケースに腰掛けている、スーツさえ着ていれば政治家にでも見えるのかもしれないけど現状ただの小太りおっさんが私を睨みつけた。

「はあ？」

おっさんにともなく目の前の池にともなく空にともなく吐き捨てるとおっさんの視線が外れたのが分かった。こっち見んな見たら死ぬぞ！　周囲の暇そうな男たちを睨みつけそうアピールしている内、何で私は金を払ってこんな茶番を繰り広げているのだろうという気になってくる。

「っし！」

超小声で言ったにも拘らず何故か注目が集まっているのに気づいて舌打ちを連発していると、視線は各々の適当な場所へ移動していく。私はしなる竹の釣竿の先についた糸を手繰り魚をコンクリートの上に放り出す。針を外そうとするものの、びちびちと飛び跳ねる鯉の口からはなかなか針が外れない。三つ向こうのビールケースに座った男が何か言いたそうなのに気づいた私は、体勢を変え彼に背を向けると鯉を押さえつけ糸を力任せに引っ張った。ぶちんという感触と共に針が外れる。私の胸もコンクリートに引き上げられた鯉と同じように飛び跳ねていた。左手で押さえつけている鯉はぐねぐねと体をうねらせ、私は爪を立ててぎゅっと握りしめたそれを魚籠《びく》の中に放り込む。左手に鋭い痛みが走り、見やると鱗が刺さったのか手のひらと手首の境目の辺りに僅かに血が滲んでいた。息が上がっていた。疑いようもなく、私は腹を立てている。地球上全ての場所に余すとこなく自分の体内に渦巻く怒りという名のドロドロした臭い胃酸のようなものを降らせてやりたかった。

ふざけんな！　そう怒鳴って繁華街の路上で力任せに殴りつけた昔の彼氏が脳裏に蘇る。この行き場のない怒りはあの時に一番近い。どんなに男を殴りつけても、一向に自分の中の怒りは消化されていかなかった。私は条件が揃うと、爆発する。コントロール不能、完全なる無力、客観と主観の八百長ゲーム。こんな面倒臭い人間に誰がした。そうやって責任主体を外に見出すところ何とかならないのか。そういうとこだぞ。私の半分と半分がせめぎ合う。こうとしか生きられない自分と、そうとしか生きられない自分に批判的な自分、でもそれは単純に半々なのではなく、それぞれがそれぞれの性質を半分ずつ持ち合わせているから分断できるものでないということが問題なのだ。磁石のN

とNが、SとSが、反発し合ってもうどう折り合いをつけて良いのか分からないほど押し合いへし合いしていて、身体中に爆弾を巻きつけた自爆テロリストのように、粉々に飛び散り完璧なミンチになりそうだ。

釣竿を座っているビールケースの穴に刺して固定すると、私はその上で目を瞑る。心から穏やかになりたかった。私を乱すもの全てをこの世から抹消したかった。どうしてこんなにも私は乱れているのだろう。自分の中に台風が巻き起こり竜巻が押し寄せざあざあと雨が降るなんてこんなにも恐ろしいことはない。

これから飲まない？ 魚臭い手を嗅ぎながら反対の手でグループLINEにメッセージを入れると、「飲む」「飲もう」とものの数分で二人から返事が入った。二人はいつも絵文字やビックリマークが多いのに、やけにシンプルだ。符合を感じ、世界の全てが私に呼応しているという確信に僅かずつ気持ちが盛り上がっていく。苛立つ時、虚しい時、私は一人取り残されているとは思わない。この身から放出された怒りが放射状に広がり世界中のものが赤く染まっているように感じられる。虚しい時はこの身から発せられた果てしない虚無で世界中の全ての関係性が絶たれ全ての存在が高原に刺さった一本の木の枝になったように感じられる。そうして世界の中心にいると思うことで、いつも私は自分の全知全能性に酔いしれる。この符合、全知全能性を根拠づけるものがないという事実すらも、不審を抱かせるどころか世界と自分の神秘に触れているかのような気分にさせる。

そこまで考えて途端にそんな自分が嫌になり、高く掲げた魚籠の中から鯉をリリースした。鯉たちはバシャンと大きな音を立て私の足を濡らしたが、周囲のおっさんたちはもう銅像のように動かなかった。

美玖

下からのアングルで周囲を睨みつけていたユリはビビりながら歩み寄る私を見つけてヘラヘラした笑顔を浮かべた。

「なになに、ユリめちゃくちゃ怖いんだけど」

「は？　何が？」

向かい側に座った私に喧嘩を売るような態度で言うユリに、ひしひしと荒れている気配を感じ取り、生くださいと店員に伝えメニューを見やりつつユリの様子を観察する。

「ちょっとオーラが異様じゃない？」

「ああ、ちょっと前まで怒りの渦中にあったんだけど、今はもう大丈夫。天地との融合を感じたから」

「あ、良かった通常運転で。ユリ発の呼び出しって珍しいから何があったのかと思ったよ」

　黙ったまま何も答えないユリに理由を問おうとした瞬間、もう来てたんだ、という言葉と共に後ろから肩に触れられ驚いて振り返る。夫の不倫相手に会うことになったと聞いて以来なんとなく重すぎて連絡が途切れていた弓子に、どんな言葉を掛けて良いのか分からないままで、だからユリの寄越してきた誘いがちょうど良くもあったのだ。

「じゃあ精神的若輩者の美玖から話を聞こうか」

　唐突にそう言うユリに精神的若輩者ってなに精神年齢低いってこと？　と眉間に皺を寄せながら、自分でもこの時間を待っていたことに気づく。実際、ユリに対して何度かLINEを打ちかけては止めを繰り返していたのだ。

「前にちらっとグループLINEで言いましたけど、先週彼と一週間過ごしました」

「マトリックスの彼だよね？」

「それってユリが彼との思い出の繭に閉じこもって生きていけって言った所以《ゆえん》のマトリックスだよね？　私はマトリックスの彼認定はしてないけどそうだよその彼だよ」

「シンガポールに駐在してる彼だよね？」

「そうです。日本出張で帰国するっていうから、冗談でうちにくる？　って聞いたらじゃあ行こうかなって言われて」

「一週間擬似夫婦みたいなことして楽しんだわけだ」

弓子に言われて言葉に詰まっていると、お前は港か、とユリがバカにしたように笑った。

「楽しかったのは最初の二、三日だけで、あとは彼が帰った後のことを考えて、一人で家にいる時間はほとんど泣いてました」

「美玖さ、その彼の話してる時ずっと辛そうだよね。もう諦めるって選択肢はないの？」

「でも辛くて悲しい恋愛が悪で、楽しい幸せなだけの恋愛が善ってことじゃないからね。思う存分船を受け入れて欲しがった分苦しめばいいんじゃない？」

「この半年彼のことばっかり考えてた。他の男と寝ても彼のこと考えてる。そんな彼が私のところに来たいって言ってくれたんだよ。そんなの喜んで受け入れて苦しみながら送り出すしかない」

自分の発言があまりに浅はかだっただろうかと後悔した瞬間、ちょうど二つの生がやってきて「はーい」というユリのだらしないかけ声で乾杯する。隣に座る弓子のことが気になっていた。不倫されている弓子の目に、不倫している私はどう映るんだろう。隣に座る弓子は口角が下がり顔に覇気がなくどう見ても疲れ切っている。でもそれより、隣に座った彼女のおでこがやけにぷっくりしていることの方が気になっていた。ヒアルロン酸か脂肪でも入れたのだろうか。これまでも注入か糸をやったなと思った瞬間はあったけれど、ここまで分かりやすく変化を感じたのは初めてだった。昔、豊胸用シリコンバッグを詰めたんじゃないかというほどおでこの盛り上がった中年の女優の画像がSNSで話題になっていたが、あれを彷彿とさせる盛り上がり具合だ。弓子はその辺り客観性を持ってメスを使わないほどほどの若返り美容外科施術を受けていると思っていたが、彼女の客観性と美意識をトチ狂わせたのはやはり旦那さんの不倫問題なのだろうか。

「二人でいる時どんな会話すんの？　向こう奥さんの話とかしたりするの？」

ユリの不躾な問いに、私よりも弓子がゲロを目の当たりにしたような生理的嫌悪感を滲ませた。

「全然。今日仕事であったこと、映画と音楽、昔話とか、今目の前にあるご飯とかテレビとか、そういう話ばっかり。それと、シンガポールでの生活の大変さとか面白いエピソードとかも話すけど、奥さんのことは丸っと抜けてる」

「ふーん。なんか狡い感じ。まあ私は狡い男嫌いじゃないけど。弓子みたいなのはやっぱり狡い男好きじゃないの？」

「狡い男に惹かれる気持ちは分かるけど、実際恋愛したいとは思わないかな。ユリだって、実際旦那さんが出張先で女と会ってるような狡い男だったら嫌でしょ？」

そうやって優等生みたいなことを言ってる女が不倫されて離婚を切り出されているという事実についてはどう思っているんだろう。意地悪な疑問が浮かんだけれど口にはしなかった。弓子は、崩れていない。不倫され続け離婚を目前にしても尚、自分のあり方や価値観に疑いを持っていない。お通しのエリンギの煮浸しに箸を伸ばしながら、ふつふつと苛立ちが生じ始めたことに気づく。

「実際恋愛が始まる時にこの人と恋愛したいとかしたくないとか考える余裕なんてなくない？　向こうがヤリたい、こっちもヤリたい、そうなったら防波堤が崩れるだけでしょ。まあその防波堤が崩れそで崩れない感じも燃えるけど最終的には崩れるでしょ。結果的に辛すぎて別れることはあるだろうけど、予防的にそういう男を排除することはないよ」

「私の防波堤は簡単には崩れない。何が正しくて何が間違ってるのか、私は分かってるから」

弓子の言葉には、簡単に防波堤が崩れてしまう人々への憎しみがこめられている。でもどこかで、崩れられない自分への憤りと、崩れる人々への羨みも含まれているように感じられた。憧れながら蔑み、嫌いながら好み、褒めながら貶し、拒絶しながら求める。弓子はそういう屈折した人間だ。田舎で抑圧的な人々に囲まれて育ったせいなのだろうか。彼女を見ているとそれだけで年老いた母親を見る時のようなみすぼらしい気持ちになる時がある。

「弓子はバリキャリのくせに主体性がないんだよなー。弓子の言う正しさも間違いも、別に自分の研究とか経験から導き出した真理ってわけじゃないでしょ？　自分とは無関係なところにある根拠に基づいた世間的な規範に則って生きてると歪みが大きくなって辛くなる一方だよ」

ぎょっとする。ぎょっとして傾け過ぎたジョッキからぼたぼたとビールを零してしまった。弓子はユリの言葉が聞こえなかったかのような態度でタコわさを口に入れ「これ辛っ」と呟いている。おしぼりで胸元を拭いながら何かクッションになることを言わなきゃと思うけど、同時になんで私がこの人たちの調整役みたいなことをしなければならないんだという疑問も生じる。何だか私はいつも、誰かの顔色を窺ってばかりいる。彼が家にいる時も、仕事はうまくいってるのかな、奥さんとは連絡とってるのかな、今日の飲み会ってどんな人たちが来てたのかな、これから私との関係はどうするつもりなのかな、そうやってあれこれ考えながら何一つ聞くことはできず、お腹空いてない？　とか、明日スーパー行くけど何かいるものある？　とか意味のないことを聞いて、聞きたいことを全て飲み込んだ。そして私はユリに憤る。空気読まなさに嫉妬する。今の時代空気読めない読まないはもはや武器だ。皆が人の反応や態度にビクビクし一億総コミュ障、コミュ障超大国となった日本に於いて、空気読めない奴というのは強者なのだ。蔑み半分羨み半分でユリを見つめる自分に、なんだ私も弓子と一緒じゃないかと思わず鼻からふっと小馬鹿にしたような笑いが漏れそうになって慌てて押しとどめる。

「弓子さんは、その後どうですか？　会ったんですか？　向こうの相手と」

おずおずと弓子を窺うように聞く。ずっとこうして、無害な小動物のような態度で皆に関わってきた。彼にとっても私は無害な小動物で、気が向いた時に愛でるための愛玩ハムスターのようなものでしかないのかもしれない。それでもいい、彼に愛でられるならハムスターでも猫でも植物でも、マウスとかペンとかそういうものであっても構わない。そんな絶望的な欲望に悶えそうな体を縛りつけるように、歯を食いしばってチャンジャに箸を伸ばした。

弓子

「会ったよ。まあ身も蓋もなく、旦那の不倫相手と対面した」

「どんな女でした？」

そう問いかける美玖はまるで、自分について尋ねているようだ。夫の不倫相手が美玖で、数日前対面したのは美玖だったのではないかという突拍子もない考えがこみ上げてきたことに気づいて胸の奥がざわつく。あの日以来、考え事をしていても思考がどこかに飛んでいくことが多いのだ。子供たちのこれからの学費を計算して夫から送ってもらう養育費を算出しようとしていて、気づくといつかディスカバリーチャンネル的な番組で見たセイウチが次から次へと崖から飛び降りてセイウチの死骸だらけになった崖の下の様子を思い出していたこともあった。昨日はゲラの校正をチェックしながらどういう思考を辿ったのか気づいた時にはAmazonで煙草の臭いを防げるというヘアスプレーを購入していた。私は煙草を吸わないのに、一体どうしてこんなものを買ってしまったのだろうと不思議だったけれど、キャンセルはしなかった。なぜそれが湧き起こったのかは分からないが、その時の買おうと思った気持ちを尊重してあげたかった。誰も私の気持ちを想像しない。私の苦しみも幸福も、誰も尊重しない。だからいつも人の気持ちや苦しみや幸福を想像して夫の浮気を見逃し続け一人で子供たちの進学や成績に気を揉み誰にも吐露することなく老いに怯え戦っている自分にせめて二千円のヘアスプレーを与えてやりたかった。

「何も考えてなさそうな女だったよ。まあ会ってる時には大人しくしてたけどね」

私はひと月前三十八になった。美玖は十個下で、あの女ときっとほぼ同い年だ。いよいよ美玖が憎たらしく見えてくる。

「結局、離婚するんですか?」

「離婚、するんだろうね。この流れだと。食い止めるものは何もないし。でもなんか会った時は、はいそうですかって感じになったんだけど、その後キレちゃってさ」

「弓子がキレたの?　何にキレたの?」

「その時旦那、その女と帰って行ったんだよ。土曜の日中に会合してさ、そのまま女とどっかに消えたわけ。もうなんか、笑えるって思ってたんだけど、家に帰ったあと怒りがこみ上げてどうしようもなくなって、子供たちにお前から説明しろ、女に慰謝料請求してやるからなってLINEした」

「返事は？」

「弁護士に一任するって連絡があった。そのまま家に帰ってこない。一回私のいない時に帰ってきたみたいで服とかがちょっとなくなってたからその日の内に鍵変えてやった」

まじか、とユリは手を打って笑っている。美玖は箸で切り分けたアジフライを口に運びながら叱られた犬のような、思慮深そうな表情で私を見つめる。この私の家庭の事実が、美玖にとって何かしらの未来の希望になってしまうのではないかと、子供に悪いことを教えているような気持ちになっていることに気づく。無駄な期待をして本来であれば傷つかなくていいところまで傷ついてきた女たちが、身近なところにも数人いる。まあそもそも不倫をする女なんて何度同じ過ちを繰り返し傷ついてもしばらくすればまた不毛な恋愛を始めるような奴らばかりだから、結局死ぬほど傷ついて改心するなり、死ぬなり、何かしら死に近づかなければまともな思考回路には戻れないのだろう。くさくさしていた。軽薄ビッチなユリにも、重いビッチの美玖にも、腹が立っていた。世の中どうしてこんなビッチとヤリチンばっかりなんだろう。これまで私の脳裏に何があっても浮かんでこなかった単語がやけに自然に浮上してくる。

「これまで私が大事にしてきたものって何だったんだろうって思う。あんなバカそうな女一人に全てぶち壊されるようなものだったんだ、って」

「別にその不倫相手に全てをぶち壊されたわけじゃないでしょ。私は弓子んとこがどんどん崩壊してるって分かってたよ」

「どういうこと？　ユリは何が言いたいの？」

思った以上に攻撃的な声でほとんど反射的に答えていた。自分をこう見せようという余裕すらなくなっていた。言われたユリではなく美玖が緊張したのが隣から伝わってくる。何でか分からない。いつからそうだったのかも分からない。でも必ず、この三人で会う時私と美玖が隣同士に座り、ユリが私たちの向い側に座る。どうしてか上座にユリがいて、僕《しもべ》のように私たちを従えているイメージに思える。これまで意識してこなかったそんな事実が、今激しく耐え難い。そして私はユリよりも社会的地位も稼ぎも上だしユリの旦那は中堅PR会社勤務だから大手出版社勤務のうちの旦那の方がスペックが上なのに、と、こんなにも精神的にギリギリの状態であるのに自分を裏切り続けて家を出て行った夫のスペックに頼ってまでマウントを取ろうとしている自分に気づいて、その浅ましさに驚きすら抱く。

「私には弓子が愛されなくなった理由が分かるから、弓子には同情の余地はないと思ってる。愛されるのにも努力が必要なんだよ。何の努力もせずに私は私、このままの私が私、私のことが好きじゃない人はどっか行けばいいって思ってる人がどうして愛されると思う？　よっぽどの金持ちとかで、利害があるんだったら愛してるフリくらいはされるかもしれないけど、そうでもないただの無駄に自尊心の強い、自分は自分、媚びないし甘えない自立した存在ですなんていうそびえ立つ灰色のコンクリートみたいな存在が愛されるわけないじゃん。そんなコンクリートにしがみついて君を愛してるなんて何年も言い続ける男がいたら異常性欲者だね。弓子は愛する才能も愛される才能もない上に愛する努力も愛される努力もしなかった。それが弓子と旦那の関係が壊れた理由だよ」

美玖が目を見開いたまま固まっている。そう観察している自分も固まっていることに気づいた。すっと両手の先から肩の方に向けて血の気が引いていく。両腕が真っ白な石膏になったようだった。声が震えないように気をつけながらゆっくりと余裕のある態度で口を開く。

「そういう恋愛至上主義的な考え方、私は受け入れられない。そんな、愛することとか愛されることだけを中心に世界は回ってるんじゃない。人にはもっと大事なことがいっぱいある。そんな、恋愛だけが人の生きる意義であるっていうような考え方、浅いよ。男に愛されることよりも、私にとって大切なことはたくさんある」

「そう。そのスタンスで、弓子は愛されることを軽視したんだよ。旦那の浮気は当然の流れだよ。旦那は弓子といて、ずっと嘲笑われてる気分だっただろうね。つまり弓子の旦那は恋愛的な文脈で弓子と一緒にいた。でも弓子は夫婦というものを全く別の文脈で、家族という集合体を重視したり、それぞれの人としての尊厳を大事にしようとしていた。でも恋愛的側面に於いては弓子は全く機能せず、旦那を満たせなかった」

　簡単なことだよ。晴れやかな表情で、まるで私を元気付けるような口調で最後にそう言ったユリに、息が浅くなっていくのが分かった。

「同情の余地がないっていうのは別に弓子のことをサゲてるんじゃなくて、弓子と旦那が別次元で生きてたから、まあ自然の摂理だよねってことだよ。別に弓子に過失があったわけじゃない。弓子は愛されたくなかったし愛したくなかったから、愛される努力も愛する努力もしなかった。愛されたかったし愛したかった旦那との間にはもちろん不和が生じる。当然の結果として出てきた離婚っていう道は、もちろん旦那の不倫が直接的な要因にはなったんだろうけど、このまま続いてたとしても弓子と旦那は平行線のままだったと思うし、いいきりかけだったんじゃない？　弓子は充分稼いでるんだし、慰謝料とか言ってないでチャチャッと別れて一人で生きてけば？」

　確かに私たちはお互い結婚相手に対して求めていたものが違った。私が欲していたのは、外で何があってもここに帰って来れば大丈夫、という、自分の全てを無条件に肯定してくれるホーム的な存在だった。確かに夫のことをもう男としても性的な存在としても見ていなかった。それでも、ユリが言うように恋愛的側面を丸っと無視していた訳ではない。

「ユリは、弓子さんの一つの側面しか見てないと思う。弓子さんは、愛されたかったんですよね？　今も旦那さんのこと好きなんですよね？」

愛されたかったと死んでも言えない私のために、美玖が代弁してくれたようだった。

「私は素直になれない気持ちも分かるんです。彼に対しても言いたいこと何も言えないし、あれして欲しいとかこれして欲しいとか絶対口にできない。でも愛されたいは人一倍強くて、だから都合の良い女になっちゃうんです。あ、別に弓子さんが旦那さんにとって都合の良い存在だったとかそういう意味じゃないですよ。そうじゃなくて、気持ちがそうでも、振る舞いがそうなってしまう理由がよく分かるってことです」

「そう」って何だ。そんなふわっとした言葉で語るな。怒りと共に悲しみが溢れ出し眉間に皺が寄る。おでこと眉間に皺の寄る表情は今後一切しないという、三十五の時に定めたルールを破っていることに気づく。目の前のユリは、は？　意味分かんないという顔で私たちを見つめている。感じ悪いLINEスタンプにでもできそうな顔だ。私は夫に愛されたかったし、抱かれたかった。でもユリの言う通り、私は愛される才能、抱かれる才能がなかったから愛されなかったし抱かれなかった。愛する才能も、抱く才能もだ。つまり恋愛的側面に於いて私は欠陥品で、夫はきちんとそういうシステムが起動している女に鞍替《くらが》えしたということだ。夫は少しずつ、欠陥品である私を憎むようになっていたに違いない。でなければ、あんな態度で、二人で経てきた十数年、結婚式、婚姻届、出産、二度目の出産、子育て、旅行の数々、子供の小学校入学、何度も共に参加してきた学校行事、そういうものを走馬灯のように思い出していた私の視線を背中に浴びながら女と店を出て行くことなどできなかったはずだ。最後の最後まで、本当に愛されているのは私のはずという驕《おご》った望みを捨て切れなかった自分が情けなかった。愛されているどころか、私は恨まれてさえいたのだ。

今すぐこの店を立ち去りたかった。それでもちょうどやってきた鰹のタタキに目を奪われ箸を向ける。この図太さもまた、夫が私を愛せなくなった原因の一つなのかもしれなかった。ふんと鼻で笑うと、私は貝割れ大根、紫蘇、玉ねぎ、みょうがをたっぷりと載せた鰹のタタキをどっぷりとポン酢に浸し頬張った。

ユリ

場の空気が乱れている。そう思ったけど取り繕う術は持っていなかった。

「ユリって客観的に物事を見てる風に語るし、実際に鋭いところもあるけど、結局のところものすごく凝り固まった価値観でしかものを見てないよね。なんていうか、ユリは言葉にできるものが全てだと思ってて、言葉にできないものの存在を軽視してる気がする。ほら、例えば外国の人の『なんでそんなことにこだわってるの？』的な言葉にハッとさせられたりすることとってあるじゃん？　でもそれって、こっちの文化とかしきたりとか、文脈とか積み重ねを知らないからこそ言えることで、だからハッとはするんだけど、こっちからするとどうしようもなかったりして。そんなこと言われてもねえ、って、苦笑いしちゃう感じ？」

美玖が言わずにはいられないといった様子でまくし立てた。

「苦笑いされるのが私の人生だったよ」

鰹のタタキがやけに血なまぐさく、追加で薬味を口に放り込む。二人がちらっと視線を交わしたのが分かったけど、気づかない振りをして向こうの方で何故か昔のジャニーズの歌を合唱している中年グループの方に視線をやる。無駄に楽しそうでいいなと思うけれど、彼らの楽しさを私は一生共有できないだろうという確信もある。この疎外感を、幼い頃から感じていた。

「どんなに人のためになりたいと思っても、誰かに何かを伝えたいって思っても全部無駄だった」

こうして正直に吐露すればしたで、相手はどこか同情を滲ませて何かしらの慰めの言葉を口にし、私は余計に疎外されていくのだ。それでも今日はその私の言葉に口当たりのいい返事はなく居心地が良い。

「本当に人のためになりたいって、何かを伝えたいって思ってる？」

あんなに分かりやすく、弓子が浮気された理由を懇切丁寧に解説したというのに、弓子は不信感を滲ませてそんなことを言う。

「いいよね、そうやって達観した立場から上から目線で人格を否定するようなことばっかり言って。自分は結婚生活も仕事も子育ても特に思い悩むことなくうまくやってますよって立場で人を分析するのはさぞいい気分だろうね」

散々凡庸なサレ妻の愚痴を並べ立てたくせに、人の使命感を煽ってあれこれアドバイスさせたくせに、自分勝手なことを言うものだ。怒りというよりも感心していた。こんなにも、人と人とは違うものなのだ。

「確かに、ユリはなんだかんだ、何にも苦しんでないもんね。旦那さんとはうまくやってるし、胡桃ちゃんは手のかからないいい子、仕事にもストレスとかプレッシャー感じてないし、超恵まれてる。そういうところから私たちを見ると、何でそんなことで悩んでるの？　って思うんだろうね」

そういうところだ。そうやって、人を表層でしか判断できないところだ。

「そうそう、ユリは恵まれてるんだよ。自分が幸せだって自覚した方がいいよ。ユリ、自覚薄そうだから簡単に自分の幸せ壊しちゃいそう。いい旦那捕まえて可愛い子供と暮らして、いい環境で仕事して、今だって旦那さんが胡桃ちゃんと一緒にいるんでしょ？うちなんか飲み行こうと思ったら子供たち留守番させないとだからね。子供できてからめっきりこういう機会もなくなったよ。でもユリはさ、何の犠牲も払わずに自分の望むものを手に入れてるんだよ。ほんと羨ましい」

さっきまで美玖は弓子にビクビクし、弓子は美玖に苛立っていたくせに、私を敵認定した途端こうして二人で結託して巧妙なマウントを取り、いいよね羨ましいと言いながらこっちをサゲる。この種の人間の意識の流れはとても興味深い。会社に所属しておらず、群れることが苦手で、普段は割合マウント欲求から解放されている美玖までもが、弓子に追従しオセロがひっくり返るように場の空気が変わった。

「だから弓子には主体性がないって言ってるんだよ。今の弓子はこれまでの弓子の結果でしかないんだよ。今の私はこれまでの私の結果。あんたはいいよねみたいなこと言うのは今の自分の根拠が自分にないって認めてるのと同義だよ。親から求められたから会社から求められたから旦那から求められたから、って他人の欲望を自分の欲望にすり替えて生きてきた成れの果てが今の弓子だよ。その歳で自分の主体性のなさを嘆いてるなんて情けないを通り越して惨めだと思わないの？　それに私のこと一ミリも羨ましいなんて思ってないくせに羨ましいってアピールしながら相手をサゲるやり方、そんな浅ましいスキルどこで身につけたのって感じだけど、弓子の旦那もめちゃくちゃ嫌だったと思うよ。美玖はとにかく苦しんでないから恵まれてる、恵まれてるから苦しんでない、っていう一元的な思考回路をどうにかした方がいいよ。自分は苦しんでて私は苦しんでないなんて、被害妄想を装った誇大妄想でしかないから。苦しい生き方しかできない自分が好きだからそうやって生きてるんだって認めたら少しは楽になると思うよ」

二人のためを思って言った言葉は、きっと二人から激しく拒絶され、私は完全に排除される結果となるだろう。もう銘柄を忘れてしまった日本酒を一気に飲み干す。美玖は私をちらっと見やって目を逸らし、弓子は手元のグラスと箸の辺りから視線を外さないままだ。

「今日、胡桃一人で留守番させてるから、もう帰る」

私は五千円札をテーブルに置くと、ジャケットを羽織って立ち上がった。言うべきことを言った。もう何も残っていなかった。怒りも悲しみも憤りも、モヤモヤさえもなかった。

のれんをくぐって店を出て数歩歩いたところで名前を呼ばれ立ち止まる。

「これ」

弓子は千円札一枚と五百円玉一つを私に手渡し、「ざっと計算したらこれくらい多かったから」と呟いた。呆気にとられたあと思わず噴き出して、「そういうとこ」と言うと弓子は苦虫を噛み潰したような顔で笑った。

美玖

終電までにはまだ時間があった。でもユリがいないと食も話も進まず、私たちはユリが帰ってから一時間後には「私新橋から」「私銀座から」と言い合って別れた。新橋方向に向かって歩きながら、もう少し一人飲みして行こうかなとバーを見やるけれどどこも盛況でその浮かれた雰囲気の中にどうしても一人で入っていく気になれない。ナンパされて適当な男とくだらない話を繰り広げながら入店できればと思うのに、一人のせいか顔のコンディションが悪いせいか今日は全くナンパされない。

新橋駅近くのカジュアルなカフェバーがまあまあ空いていて、一瞬悩んだ後ドアを押し開けた。ジェムソンのソーダ割りを飲みながら、手持ち無沙汰でスマホを弄る。「美玖ちゃんといられて楽しかったよ」「私もだよ。また来るときはうちに来てくれると嬉しいな。次は将棋もやりたい」「たしかに、オセロばっかりで将棋できなかったね。でも、ずるい言い方に聞こえるかもしれないけど、美玖ちゃんも自分の幸せのことちゃんと考えてね。今更かもしれないけど、美玖ちゃんのこと搾取したくないんだ」「搾取なんて思ってないよ。一緒にいられるだけで幸せ。次のそれがいつになっても私は構わない。来たいって思った時に来てくれればいいから」

最後のやりとりはそこで終わっている。我ながら重い。向こうがもう何日も返信を送れないでいる理由もよく分かる。でもじゃあ、今回は楽しんだけどもう行かないかもしれないなだって君ちょっと重いからねと暗に伝えようとしている男に、他に何が言えるだろう。こいつ最低だなと半ば呆れながら、私はまだ彼のことを諦める気も別の男と付き合う気も一切ないのだ。返事の来ないLINEのトークを見続けることに胸苦しさを感じ、禁断のインスタグラムを開く。ＢＢＱ海外旅行家族写真高級料理彼氏彼女匂わせイケてる私！　がタイムラインを占めるハッピーピーポーの多いインスタは基本見ないようにしているけれど、それでもたまにこうして手持ち無沙汰なときに見てしまっては落ち込んでばかりだ。こうなりたい、こうなれる、きっと私もいつか繋いだ手の画像を、婚約指輪を、ウェディングドレスの試着の様子を、結婚式の二次会の様子をアップして、私は幸せですと公言することができる。私は幸せです。私は世界一幸せ。頭の中でリピートしている内においお前そのスタートラインにすら立ってないぞというノリツッコミが過り、いい加減情けなくなってお通しのオリーブを口に放ると予想外に種ありで歯に走った嫌な感触に顔を歪める。うわ、と呟きながら舌で口中を弄《まさぐ》り、舌先で手繰り寄せた硬いものを摘まみ取る。もういつ入れたのかも分からないレジンだった。右下の歯の嚙み合わせに入っていたようで、舌で弄《いじ》るとザラザラしている。最低、と呟くとファンデーションのケースにレジンを仕舞う。げっそりしてザラザラを舌で舐めながらインスタをスクロールしていると、フォロリクが来ていることに気づいてハートマークをタップする。内輪の友達との相互フォローがほとんどのアカウントなのに、元彼や仕事関係かなと思いながら見覚えのないアカウントをタップすると、misakinという名前に動悸が速くなっていく。アイコンを拡大してみると、やっぱり思った通り彼の奥さんだった。向こうも鍵アカで、向こうのタイムラインは見られない。なんで今、彼の奥さんからリクエストされるのだろう。何かバレたのだろうか。それともただ単に結婚式でちらっと会ったなくらいの軽いノリだろうか。もしもここで私がリクエストを承認してフォロリクをして相互になって、彼がそれに気づいたとしたら、ぞっとするに違いない。地雷女だと思い完全に私のことを切るかもしれない。

飛行機が急降下しているような浮遊感の中でジェムソンのソーダ割り二杯目をぐっと半分飲み込むと、私は彼の奥さんの名前とシンガポールと入れてグーグル検索した。シンガポール在住の松本美咲《みさき》さんのFacebookはすぐにヒットして、インスタと同じアイコンの彼女の顔に緊張しながらページをクリックする。一番上には「仲の良い友達が開いてくれました」というコメントにハッピーピーポーが濫用する涙を流して大喜びの顔が連発されている。パステルピンク一色の画像には巨大なケーキのようなものが真ん中に陣取り、その脇にはサンドイッチや菓子の載ったアフタヌーンティのスタンドが写り込んでいる。しばらくじっと画像を見つめた挙句、これはオムツでケーキを模したオムツケーキと呼ばれるものであり、何と言うのか忘れたけれど妊娠を祝うパーティの様子なのだと思い至った。

終わってる。そんな一言が浮かんだけれど、何が終わったのか分からなくてぼんやりと奥のカウンターに座る人々を眺める。視界が白んでいくような意識が遠のいていくような、とにかく現実感が薄れていく感覚に緩やかに狼狽しながら気づいた。奥さんの妊娠を知っても彼への気持ちは変わらず港のように彼を待ち続けるだろうと予想できる自分に対しての「終わってる」だった。

レジンの欠けた終わった女。何かのタイトルみたいだと思ったけれど、それを伝える相手もいなかった。

弓子

バタンと閉じた改札に舌打ちをして踵《きびす》を返すと切符売り場に戻った。五千円チャージしてまた改札へ舞い戻る。そういえば、夫はいつも一万円チャージする人だった。なんで私は五千円なんだろう。これまで全く疑問に思ったことのなかった事実に苛立つ。小さいんだ。どうせ延々チャージし続けるのならば、一度に入れられる一番大きい金額を入れればいいのに、それでももし落としたらとか、通勤外ではそんなに使わないしと思って小さくチャージし続ける自分が、今日だけはどうしても許せない気分だった。ＩＣへのチャージ金額ごとに人を分けたら、いろいろ見えてくるものがありそうだ。子供や大学生、新卒あたりは除いて、年収と年齢別に統計を出してみたい。美玖は二千円くらいずつ入れそうだ。理由について聞かれれば迷いなく「え、だって落としたらもったいないじゃないですか！」と自分が小さいとも、そう思われる可能性も考えずにそう答えるだろう。ユリは一万一択に違いないし、もしかしたら上限金額まで入れているかもしれない。えだって楽じゃんと言いながらコンビニでもカフェでもいつもＩＣで払っている。私は二人とは違う。色々考えた挙句の妥協案が五千円なのだ。私の人生は常に妥協案で構成されている。これが最上と迷わずに何かを選べたことはない。いつも悩んだ挙句に安全牌《あんぜんパイ》を切る。妥協案と安全牌の積み重ねの結果が今の私だ。

乗り込んだ電車はまだ終電から一時間も早いのに随分混んでいる。美玖にもユリにも、何か一言言いたい気分だったけれど、何を言うべきなのかさっぱり分からなかった。怒りの言葉なのか謝罪の言葉なのか、冷たい言葉なのか優しい言葉なのかすら分からない。旦那にもそうだ。子供たちに説明しろと言って以来、もう彼にかけるべき言葉は全くもって見当たらなかった。ずっともったいぶってきた。言いたいことはあるけれど今は言わない。ずっとそういう態度でいた。そうしている内に夫はダダ漏れの女に略奪され、今となっては言いたいことなど何もなかったのかもしれないと漠然と思う。主体性がない、というユリの言葉が蘇る。

ピロンと音を立てたスマホをバッグから取ると美玖からのLINEで、待ち受け画面に浮かんだバナーにはすでに「彼の奥さん妊娠してるみたいです」と彼女の言いたいことの全貌が表示されていた。美玖の不倫している男と、私の夫の違いは何だったんだろう。向こうは新婚、子供もまだいない、だとしたら向こうの方がしがらみなく別れられても良いはずなのに。こっちは結婚十三年、子供は二人、マイホームのローンだって残ってて、義父母との付き合いもそれなりに密でしがらみ満載だ。「そういうとこ」と、夫の声で再生された気がして思わず顔を上げる。夫はどこにもいない。代わりに、電車の窓に映った自分と目が合った。想像もしていなかった自分の顔に目を見張る。おかしかった。電車の照明のせいかもしれないけれど、どう見てもフィラーの入れすぎだった。あんなに、夫の不倫相手と会う時など一時間以上も鏡と向き合っていたというのに、どうしてここまで気づかなかったんだろう。くすっと笑って、「何そのおでこ」と吐き捨てると、唾でも吐きたい気分だったけど我慢して目を瞑った。瞼の裏が熱くなっていくのが分かる。それでも八ccフィラーがなければ、私はここまで立っていられなかったかもしれないのだ。へんてこな感謝が生じたことに気づいた瞬間、閉じた瞼の隙間から涙が流れた。

ユリ

何見てるの？　数寄屋橋《すきや》の交差点で見知らぬ男にそう聞いた瞬間、小学生の頃自分に向けられた同じ質問を思い出した。クラスメイトに、私がぼんやりしている時よくそう聞いてくる男の子がいたのだ。その時々で適当に「校庭」とか「花瓶」とか、面倒臭い時は「空気」とか「何も」などと答えていたのだけど、いつもその子は納得いかなそうな表情をしていた。ある日やっぱりいつもと同じようにぼんやりしていた私にその子が「何見てるの？」と軽い微笑みを浮かべて聞くと、クラスメイトの女の子が「○○君ていつもユリちゃんに何見てるの？　って聞くよね。ユリちゃんのことが好きなんでしょ」とからかうように言った。男の子は顔を赤くしてバツの悪そうな表情になった。

「好きなら好きって言えばいいのに。何見てるの？　って聞いても、君が私のことを好きだなんて分からないよ」

私はどこか、その男の子に迷惑な思いでいたこともあって、苛立ちをぶつけるように言った。

「違うよ。本当にユリちゃんが何を見てるのか知りたかったんだ」

自分がその言葉にどんな反応をしたのかは覚えていない。でもどこか、感心していたのを覚えている。つまりこの世では、「好き」が「何見てるの？」に成り代わるのだということに、私は深く感動していた。でも一体どういうシステムでその変換が行われるのかは不明なまま、自分自身の中にそういう乖離が生じることもないままこの歳まで生きてきた。例えば口から食べたものが食道を通り胃で溶かされ小腸を通じ大腸に流れ肛門から出るようなうねうねとした回路は私にはないのだ。口から入れたものがそのまま一ミリも消化されず胃液に塗《まみ》れることもなく形を変えずに肛門から出るようなものなのだ。


「あ、いや、星やなって」

交差点の信号の手前でぼんやりと空を見上げていた男がびっくりしたようにこっちを振り返ってそう言った。その答えの簡素さに好感を持ち、私も隣で空を見上げてみる。北斗七星とかオリオン座しか、そういう固有名詞ではなく「星」と言うところに特に好感を持った。

「星好きなの？」

「いや、全然。全然ってこともないけど、普通かな」

「普通か」

「星なんて、好きも嫌いもなくない？」

「そう？」

「やったら、火星好き？」

思わず笑って「好きも嫌いもない」と答える。

「今日は何してたの？」

「会社の飲み会」

「会社員なんだ。大学生かと思った」

「でもまあ大学生か会社員かって言われたら大学生の方がしっくりくるかもしれん」

何それ、と笑ってそのまま「飲み行こうよ」と言う。

「えー」

「えーってなに？」

「そういうの慣れてへんし。ほら大学生やから」

「社会人でしょ？」

いやでも、もう終電やし、と本物かどうか分からない関西弁でごねる男に「今日は色々嫌なことがあったから帰りたくないんだよ」とごね返す。

「カラオケやったらいいけど」

じゃあカラオケ。と言ってほらほらと手招きする。この辺よく知らんねんけど。ほんまに行くん？　名前も知らん男と？　大丈夫なん？　何度もよく分からない確認をする男に、どんどん喜びが増していく。カラオケの受付で男が記入しているのを覗き込むと、二十四歳と書いてあって「そんなに大学生でもないじゃん」「いや一回浪人してるんよ」と言い合って部屋に入る。ぶるっとしたバッグに気づいてスマホを取り出すと、美玖から「彼の奥さん妊娠してた」というLINEが入っていた。ざまあみろと打ちかけたけど思い直して「それでも彼のこと好きなの？」と返信する。ジャケットを脱いでブーティを脱いでソファに落ち着くと、すでに「好きなんだよ」という返信がきていて愉快な気分になる。

店員が持ってきたレッドブルとウォッカを混ぜて乾杯すると、私はスマホをバッグに投げ込んだ。くだらないとどうでもいいが支配するこの世の中で、かけがえのないものを手に入れることもできないままここまで生きてきた。きっとこれからも手に入れられないまま生きていくんだろうけど、手に入れられずとも手に入れたいという希望を持って生きていけたらと願うこともある。きっと今はその血迷う時間帯なのだ。

「私の友達不倫してるんだけど、今日その不倫相手の奥さんが妊娠してることが分かったんだってさ」

鳩が豆鉄砲な表情で、彼は眉を上げたまましばらく私を見つめた挙句「ああ、今飲み込んだ」と呟き、「最悪やな」と続けた。声を上げて笑うと、「え、最悪やない？」と追い打ちをかけてくる。「いや最悪だよ」何だか今日起こった全てのことが浄化されていく気がして、最悪だよね。最悪よな？　ほんと最悪。やんな？　と要領を得ない表情のままの彼と何度も言い合う。どうしようもなく面白くてお腹を抱えて笑いながら、「もう一回」とグラスをあげて、やっぱりきょとんとした彼と二回目の乾杯をした。

もしかしたら私は、何見てるの？　と聞いてきたクラスメイトの男の子に、何見てるの？　ではなく好きだと言ってもらいたかったのかもしれない。だから何見てるの？と聞かれるたび苛立っていたのかもしれない。二十年以上昔の自分の心をそうして想像しながら飲むレッドブルウォッカは、安っぽいカラオケボックスで十分前に知り合った乗り気でない男を好きになっていく女の中枢神経をこれでもかというほど手荒に覚醒させていく。

episode 2
stupidly

美玖

何を手にしているのか、ちょっとよく分からなかった。大きく息を吐き、封書の内容を冷静に確認するつもりだったけれど、指を突っ込んで開いたギザギザの封筒の切り口の雑さが、すでに私が喪失した冷静さを表していた。通知書と銘打たれたその書面は、松本さんと私の間で行われた不貞行為に対して慰謝料百五十万円を請求するもので、松本さんと二度と会わないこと、連絡を取らないこと、不貞行為を誠意を以《もっ》て謝罪すること、この件について第三者に口外しないこと、松本さんとの画像や動画など一切の情報を削除すること、等々の示談内容が書かれていた。

「向こうの奥さんから慰謝料請求されたんだけど！」

ユリとのLINEのトーク画面を開いてそこまで入力したけれど、激しく脈打つ鼓動に自分がまともな思考力を欠いていることに気づき×ボタンを長押しして消した。

「向こうの奥さんから慰謝料請求されました」

弓子とのLINEのトーク画面を開いてそこまで入力したけれど、やっぱり自分が冷静とは思えず×ボタンを長押しする。一旦落ち着かないとと思うものの、書面を見つめれば見つめるほど鼓動は激しくなるばかりで一向に鎮まる気配はない。そうして右往左往したまま玄関に立ち尽くして呆然としていたけれど、ようやくのろのろと部屋に入るとはっとして、再びスマホを手に取り銀行のアプリを立ち上げた。指紋認証をして飛び込んできた預金残高は六一万一七〇三円だった。これまでずっと切り詰めて切り詰めて生活してきた。大学卒業後、シフトの選択肢の多い派遣の仕事をしながら細々とライターの仕事を続け、書評や映画評を書きたいと思いながらなかなかコネクションを持てずグルメや街歩き的な記事ばかり書いてきたし、本当に食えなかった時は適当にネットで見つけた、エロい下着のキャプションを書く仕事をしていた時もあった。バカみたいなことを書いて得たバカみたいに安い報酬に、本当に自分がゴミのように感じられたけど、そのバカみたいな報酬で食いつなげたのも事実だった。知り合いの編集者やライターに「フリーライターで食っていくのはきついよ」と幾度となく忠告された。どこかの専属になるか、何か別の仕事と一足のわらじにするか、結婚するか、どれか選択することを皆勧めた。そりゃ、できることならどれでもいいから選択したい。そう思いながら、恐らく「困窮すれば将来のことをきちんと考えて結婚や就職を検討するだろう」と思ったらしき両親に半ば追い出されるように、二十五でようやく一人暮らしを始めた。あれから三年が経ち、小さな連載ページを三つ持ち、不定期だけれどそれなりに安定的に仕事をくれる出版社との繋がりが増え、たまにだけれど書評の依頼も舞い込むようになって、以前取材しに行って仲良くなったガールズバーの店長が生活きつい時は短時間でもいいから働きにおいでと言ってくれたため、きつい時は土日にシフトに入ったりして無理くり食いつないで二十八歳になった私の預金残高は六一万一七〇三円で、この額は私の中ではそれなりに貯金あんじゃんという額でもあって、百五十万なんて慰謝料としては大したことない額なんだろうけど、それさえも自分の力では支払えないという事実に呆然とする。

小学生の頃からずっと、小説家になりたかった。ずっと小説を書いていたし、文学部に入ったし、創作ゼミ仲間と同人誌を作ったこともあった。文学賞には五回応募したけれど、一次に残ったことが二回、二次に残ったことが一回で、五回目に応募した原稿が一次にも引っかからなかった時心が折れた。それと時を同じくして、人生初の応募で文学賞を受賞したと二十歳そこそこの作家がインタビューで答えているのを読んだのも、諦めるきっかけになった。その作家の小説を対抗意識を燃やしながら読んで、語彙《ごい》少なすぎだしテーマもモチーフも既視感のあるものばかりでリアリティに欠け全体的に稚拙、くだらない小説書いて話題性だけでデビューしやがってとくさくさしている自分がもう嫌になった。大好きだった小説が嫌いになりそうで、でも小説が大好きとか自認しちゃってる自分には小説家としての天賦はないのだろうという諦念も同時にあった。でもそこまで分かってしまう私には、才能はないけれどセンスくらいはあるはずだ。そう思ってライターという道を選んだ。好きなことを仕事にしたとも言える。夢を諦めたからこの仕事を選んだとも言える。それでも時々「なんでこんなことやってるんだろう」という巨大なクエスチョンマークがたらいのように空から降ってくることがあって、そういう時は必ず一瞬ぽかんとした後に「生業《なりわい》、生業」と自分に言い聞かせる。

　自分は仕事を辞めて松本さんの駐在先についていき、松本さんの収入だけで生きて松本さんの子供を身ごもっているというのに、こんな底辺に生きるライター風情に慰謝料請求するなんて、どんな鬼畜だろう。いや、鬼畜なはずがない。二週間前に掛かってきた電話の声を思い出す。松本の妻ですという言葉から始まった彼女の悲痛な叫びを聞いて、どうしてこんなことをしてしまったんだろうと思ったのも事実だった。すぐに「いやこっちだって全くもって仕方なかった」と思い直したものの、それでも彼女の声はこの世に存在する最も悲しき地獄の使者の呻き声のように聞こえた。ずっと、自分が苦しいと思っていた。でも苦しい人は他にもいた。この感覚には覚えがあるなと思って、思考を巡らす。そうだ、ああ私には荷が重すぎたんだ、そもそも向いていないことを無理して好きだという一心でがんばってきたんだ。作家になることを諦めた時の気持ちと、この今の、松本さんを諦めなければならない気持ちは似ている。私は小説に向いていなかったし、不倫にも向いていなかったのだ。もしかしたら私は、小説を書くということを諦めて以来初めて、小説を書くということ以外に夢中になれるものに出会ったこと、身を削り苦悩できるものに出会ったという事象自体に執着していたのかもしれない。考えてみれば、才能なき者の小説家になりたいという夢と、不倫という行為の禍々《まがまが》しさは、とてもよく似ている。

「ちょっと前に奥さんから電話があったって言ってたよね？　それでその時認めたんだよね？」

「認めました」

「え、でもさ、他にも不倫してる女いたんだよね？」

「らしいです」

「ちょっと後で書面撮って送って」

「分かりました」

「私の頼んでる弁護士は高いからお勧めしないけど、とりあえず相談は無料だから一応連絡先教えておこうか？」

「いえ、とりあえず自分で調べてみます」

「離婚しない前提で百五十万はちょっと高い気がするよ。しかも継続的な関係だったわけじゃないでしょ？　粘れば絶対安くなるからゴネた方がいい。夫婦関係の破綻はその美玖よりも長く続いてた不倫女によって引き起こされたもので、美玖と始まった時にはすでに夫婦関係は破綻していた、って線でいけば多分余裕で百万以下にはなるよ。まあ弁護士費用もかかっちゃうけど、向こう的には慰謝料は形として請求してるものであって、今後一切の接触禁止っていうのが一番欲しい公約なわけで、はい分かりましたってサインして全額支払うのは馬鹿げてるよ」

電話、メール、ＳＮＳなどを通じた接触禁止、合意事項に違反があった場合は一回につき百万円を要求する。通知書にあった内容を思い出してまた頭の中と目の前の光景が乖離していく感覚に陥る。目が後頭部についているかのように、今目で見ていると思うものと実際に見ているものとの間に激しい乖離があるように感じられて仕方ない。この話に対する弓子の反応が下世話すぎる気がして嫌悪感がじわじわと湧き上がってきたけれど、むしろこんな状況に陥っていながらそんな高尚な世界にいるつもりだったのかと自分に対して引くところもある。それでも、どこかで唯一無二の恋愛をしていると思っていた自分が、ひと昔ふた昔前のメロドラマの舞台に引き摺り下ろされたような憤りが心中で猛威を振るっていた。様々なレベルで、様々な方向から、自分の恋愛に対する感情や思い入れやツッコミがどっと湧き上がってきて、それこそこの関係が始まってからというもの遠慮や引かれたくないという気持ちが邪魔をして松本さんに対して表現できなかった激しい感情や執着心までもが、どんなに蓋を押さえつけても未確認物体が箱から触手を伸ばしてくるようにどっと溢れてくるのを感じる。

「彼と、連絡取ってないんだよね？」

「取れません。奥さんが電話してきた時一回LINEしたけど既読スルーされて、一回通話も掛けてみたけど繋がらなくて。奥さんは自分が知ってることも電話したことも慰謝料請求することも、彼に話してるんだと思います」

「じゃあ一切、今回のことについては話してないんだよね？」

「話してません」

話したかった。一言でも彼の言葉を聞ければ、私はこれからのことについてしっかり考えることができただろう。でも一言も、私は彼の言葉を聞くことすらできない。この今の状況についての感想を聞くことすらできない。遠い、ひたすら遠いと思っていた彼は、そもそも私と同じ世界に存在したことなどなかったのかもしれない。

「向こうは探偵でも雇ったの？　何でバレたの？　何で住所までバレてんの？　国境挟

んで不倫なんて多少工夫すればバレるはずないのに」

「多分 LINE 見られたんじゃないかと。彼が日本出張でうちに泊まっていった時、あの前後結構やりとりしてたから、彼が向こう戻った後に見られたんじゃないかなって。あの直後にインスタでフォローされたんです。住所は前に電話きた時自分から教えました。教えないなら私が仕事してる全ての出版社に暴露の文書を送るって脅されて」

「ちょっと待って、それは恐喝になるよね。社会的地位を脅かす恐喝、脅しを受けて精神的苦痛を受けたって、フリーランスとして仕事してる美玖の状況に鑑《かんが》みればうまく使えると思うよ。将来への不安からPTSDを発症したって診断書提出すればさらに慰謝料引き下げられるかも。あと、美玖の場合は絶対的に肉体関係が少ないよね。ほとんど遠距離だしその間連絡も取ってなかった時期もあったわけだし、セックスだって十回もしてないでしょ？　向こうはいつから何回なんてところまでは把握してないだろうから、それはきちんと主張しないと。奥さんがいて不倫相手もいる彼に三番手として都合よく使われたっていう方向性でも攻めていこう。うん、どう考えても百五十万は高すぎるよ」

「そう、なんですかね」

「ていうかあれじゃん、考えてみれば美玖には求償権があるじゃん。不倫は二人の連帯責任だから、向こうが離婚しないんだったら相手の男に半分くらい請求できるはずだよ。慰謝料請求する側から見る時とされる側から見た時の印象違うからすっかり抜け落ちてたよ」

「そっか、そんな制度があるんですね。でも値切ってさらに求償権で半額にしてもらっても弁護士費用もかかるし一括じゃとても払えない」

「ねえ美玖、もしかして彼のことがまだ好きだとか思ってたりする？　この期に及んでもう彼との未来とか、また会いたいとか考えてたりしないよね？」

駄目だ。私は限界を迎えて「ごめんちょっと一人で考える」と呟くと通話終了のボタンをタップした。人生の中で最も大きく最も美しく最も心を奪われた恋愛が、ワイドショーで愚民どもにボコボコに叩かれて実際のところヤッたのかどうかとか、慰謝料が幾らくらいになるかなどの野蛮な邪推や好奇によって服も下着もずたずたに引き裂かれて、腸《はらわた》まで引き摺り出されてハンガーに掛けて展示されて、美術館にでもいるようなしたり顔で眺める人々の卑しい欲望を満たしているような、そんな身も蓋もなくずっと大切に宝箱に仕舞ってきたものを完膚なきまでに壊され晒され嘲笑されている気分だった。そんなの、奥さんだって同じような気持ちだったのかもしれない。私以外にも相手がいたのなら、尚更だろう。妊娠中に夫の浮気が発覚して狂っていく女性が主人公の小説を昔読んだ気がしたけれど、どれだけ考えてもタイトルが出てこない。

親に借金しようか、さすがに友人に借りる気にはなれない。支払い能力のなさを示して、分割払いにしてもらうことはできないだろうか、そうすれば、時間の許す限りガールズバーに出勤していけば数ヶ月で払い終えることができるだろう。次第に、松本さんはどうして私をこんな状況に陥れた挙句連絡の一本もよこさないのか、私がそのかした訳でもないのに、不倫なんて共犯なのに、どうして私だけが露出度の高い服を着てそこら辺のオヤジたちに媚びて稼いだ金を払って、松本さんは奥さんとこれから生まれる赤ん坊と三人でシンガポールの恐らく高級高層マンションなんかで優雅な生活を送れるのだろうと解せなさが募っていく。求償権といったって、向こうも弁護士を雇っているといったって、私が請求されて支払う以上、向こうがマイナスになることはまずあり得ないのだ。とうとう、私と松本さんの間に利害が生まれてしまった。二人でひっそりと楽しむだけの関係は白日のもとに晒され、二人の時間を二人だけのために過ごす二人だけの関係は、誰かを傷つけ絶望させるものとなり、私はこれまで愛しさしか感じていなかった松本さんに対して負の感情を持つようになり、松本さんはきっと今、奥さんから責められ私との関係を後悔し、もっとうまくやれば良かったとか、私にめんどくさいことを言い出されたらどうしようとか、そういう気持ちしか持っていないのだろう。考えると好きだけでいっぱいになった人が、外部からの干渉によって、反吐が出るほど狭い不倫野郎になってしまった。それはこの人生に於いて考えつく限り史上最強の不幸だった。

「向こうの奥さんに慰謝料請求されて」

再びユリに対してそこまで書いた後、第三者にこの件を口外しないことと通知書に書いてあったことを思い出し、迷った挙句やっぱり全部消した。あれだけ二人に全てを吐露していたというのに今更だよなとも思ったけれど、それでもLINEのトークだと記録が残るから何となく避けたくて、ユリが起きる頃に電話を掛けようと思い直す。ユリは現実主義的な弓子よりかは私のこの大切なものを喪失した苦しみを理解してくれるような気がしたけれど、ユリには別のデリカシーが欠如していることも分かっていたから期待はしないよう自分に言い聞かせる。トークの画面をスクロールして、ガールズバーの店長である田中さんに「三日後から入れるだけ入っていいですか？　ちょっと緊急にお金が必要になりました」とメッセージを入れた。親からの非難の言葉を想像すると話す気にはなれず、スマホを充電しながら弁護士を探し始めた。「無料相談　不倫　弁護士」「着手金　不倫した側　弁護士」「不倫　慰謝料　減額」などのワードで検索している内、どんどん恐ろしくなってくる。必死に検索しながら、はたと気づく。奥さんは、恋愛にうつつを抜かし舞い上がり続けていた私をこの地に引き摺り下ろすために慰謝料請求をしたんだ。私と彼が天空みたいなところでセックスを楽しんでいるのを、とにかく下界に引き摺り下ろして、お前らの恋愛は夢物語でしかないと知らしめるためにこの書類を送ってきたんだ。お前のしていることは慰謝料、和解金、示談、弁護士、起訴、そういう禍々しいワードに満ちた泥臭い現実なんだぞという主張なのだ。私だって天空にいたわけじゃない。ずっと奥さんの影を感じながら、辛い思い寂しい思いに悶え苦しみながら不倫していた。そして私が最も恐れていた「奥さん以外の女の存在」までもが明るみに出た。

それでも私は彼のことが好きなんだろうか。奥さんにインスタでフォローリクエストされて、奥さんの妊娠が分かって、奥さんに泣かれて、奥さんに慰謝料請求されて、それでも連絡一つくれなくて、私よりも長い不倫相手がいた彼のことを、まだ好きなのだろうか。分からなかった。ずっと好きだった彼に対する感情が何一つ、判別できなかった。最初は、この人と一度でもセックスできたら、私はその後の人生を幸せに生きていけるとすら思った。そんな風にして始まった恋愛が、彼と私の関係とは程遠いところで、完全に別のものに変容してしまった。それが不倫なのかもしれない。不倫は一対一の関係を築けない。いつも彼の陰には奥さんがいて、目を光らせ、彼めがけて飛んでくる害虫をエアガンで撃ち落とし続けているのだ。私は彼と付き合っていたというよりも、彼プラスαと付き合っていたのだ。結婚している男というのは、どうやってもそれ単体で存在しようがないのだ。

弓子

電話を切り、右上に3%の表示を認めるとスマホを充電器に差し、第二回PTA総会のまとめを保存してある文書を開いて続きを書き始める。つわりを理由にバトンタッチを打診してきた次男の友達の母親を無下にできず、書記を引き受けて一ヶ月。うちとほぼ同じ家族構成で、十一歳と十歳の男の子を育てる彼女はどこかしら申し訳なさげに妊娠を打ち明けた。すごろくの折り返し地点を曲がってホッとしたところ、次男が十歳を超え、子育てに関してそんな印象を抱いていた私にとって、子供を通じて出会った母親の中ではかなり親しい友人であったカナエさんのその時の態度は「ああこの人は私とは生きている世界が違うんだ」と思わせるものだった。少なくとも、私はここまで進めてきたコマを振り出しに戻すのは絶対に嫌なのだ。

彼女と話しながら、久しぶりに悲惨だった子育てを思い起こした。妊娠から始まり妊婦健診の数々、お腹の重さ腰痛貧血むくみ、硬膜外麻酔、破水、出産、産褥期《さんじょくき》、新生児のオムツおっぱい吐き戻しスパイラル、沐浴《もくよく》、離乳食、予防接種、保育園探し、送り迎え、入園後の発熱の嵐、地獄の小児科通い、恐怖の保育園からの呼び出し、早退、欠勤の連絡時の当方先方の間に漂う気遣いと緊張、忙しさの中で萎んでいく女性としての自信、自尊心を保とうと化粧やネイルに力を入れても家に帰れば赤ん坊の鼻水とゲロとよだれに塗れる現実、無力感、喪失感、無理解な者たちへの怒り、そこまで思い出したところで彼女の幸せそうな表情に気づき現実に引き戻された。

私は彼女が享受している幸福とは無縁の世界に放り出されてしまった。前に会った時よりも一回り小さくなっていて、どっと白髪が増えていて、どうしたのやつれちゃってと私を驚かせた後、実はつわりがひどくてと切り出し、え、産むの？ という周囲の心の奥底に仕舞われてはいるものの隠しきれていない残酷な驚きをこれまでにもう何度か感じ取ってきたのだろうと予想させる態度を見せつつ「この歳で恥ずかしいんだけど」と付け加えた。

私の四個上だから、四十二だ。瞬時に計算した自分が逆に恥ずかしかった。彼女は恐らく美容外科の手を借りていないのだろう、普通に皺やたるみ、肌の劣化が見て取れるし、身体中たるみきっている。こんなおばさんが出産できるなんて現代の医療はすごいなとナチュラルな過激ハラスメント思考が脳内で働いたことに驚いたために、PTAの書記を代わってくれないかという申し出に何となく断りづらさを感じて思わず反射的に受けてしまったという面もあった。本来であれば「妊娠したから」と業務を委託しようとする人に私は「夫が不倫をして出て行ったけど私は離婚をするつもりはなく、不倫相手に慰謝料請求してるところだから心身ともに無理」とより邪悪かつ強力なカードを切り断ることもできたはずだ。でも幸福の渦中にいる彼女に不穏な話をして憂鬱な気持ちにさせたくなかったたし、日本の小学校という閉鎖的な空間に於いて己の不幸を晒すことはピラニアの水槽に飛び込むも同義だ。子供が小学校に上がって以来、そこが自分が生徒として所属していた頃とほとんど変わらない旧態依然としたシステム、秩序で成り立っていることを実感しうんざりし続けてきた。あそこに所属する多くの人たちにとって、この家庭に今起こっているカオスは美味しい餌、久々のご馳走以外の何ものでもない。私に残された選択肢は二つで、皆様に美味しく頂いてもらう、か、子供たちにきつく口止めをして何ごともなかったかのような顔で生きていく、だけだ。

カナエさんだったら、話しても口外することはないかもしれない。PTAの引き継ぎをしながらそう思った。でも言わなかった。結局のところ、彼女は私の友達ではない。私の息子の友達のお母さんでしかない。これまであらゆる話をしてきたし、家族関係や夫婦関係について、自分たちが若かった頃に楽しんでいた音楽や遊びについて、たくさんの言葉を交わしてきた。それでもカナエさんはやっぱり友達ではなかった。でもじゃあ、友達って何なんだろう。高校の頃の友達は、三重という田舎で過ごしていたため古臭い家父長制におもねって生きているような人たちばかりだし、そんな田舎が嫌いで東京の大学に入ってからは田舎者と馬鹿にされたくないという見栄と、今でいうリア充的なチャラい奴らへの偏見的憤りとその憤りに反して自分は特に大した人間ではないという自覚との葛藤の狭間でほとんど誰とも打ち解けられなかったし、仕事を始めてからは意識高い系の編集者に囲まれ、自分の知識のなさや意識の低さ、田舎暮らしによって染み付いた古臭い価値観を嫌悪しながら虚勢を張って孤独に生き延びてきた。だから私にとって勇吾《ゆうご》と出会い、結婚し、子供たちを出産するということは、初めて安住できる場所を手に入れたということでもあった。実家にも親戚にも、故郷にも、同郷の知り合いたちにも、東京の知り合いたちにも、同僚にも一切シンパシーを感じられなかったし、仕事上でも取り立てて評価されることもなかった。そんな私が初めて、自分の居場所を、自分がいてもいい場所を得られた気がした。だから、育児は辛かったけれど耐えられたのだ。勇吾と子供たちがいる家庭に、初めて本物の自分を見出すことができた気がしたのだ。

ピンポーンという音が鳴り響き、ダイニングテーブルから立ち上がりインターホンを取る。書留ですという言葉を聞いて、夫の不倫相手からの返答かもしれないと思い足が速まった。弁護士事務所の名前を見て、いよいよ交渉が動いたのかと覚悟する。ペーパーナイフを差し込み封筒を開けると、通知書と銘打たれた書類に視線を走らせる。視線が先走って滑って、目に入る情報がうまく認識できない。依頼人名は不倫相手ではなく夫だった。混乱しながら読み進め、血が沸き立っていくのが分かった。震えそうになる手に力を入れて内容を全て理解すると、すぐにLINEを立ち上げて夫にメッセージを書き始める。

「通知書拝受しました。有責側のくせにそっちから離婚要求してくるなんて信じられない。何度も言うけど離婚は絶対にしない。不倫して子供置いて勝手に出て行って、不倫相手と暮らしながら離婚要求してくるなんて狂ってる。そんな道理は通らない。この世の厳しさを思い知らせてやる。あんたが上司とか仕事相手に対して漏らしてた悪口も全て暴露してやる。あんたが何月何日に女とどこのホテルに行ってたかも全部暴露してやる。お前も女も会社にいられなくしてやる。こんな辱めを受けるなんて絶対に許さない。今日を機に我慢してきた全てをぶちまけてあんたの人生をめちゃくちゃにすることだけを考えて生きていく。お前も女も社会的に抹殺してやる。お前らの所業を全て白日のもとに晒してやる。死んで詫びろクソ野郎！」

顔が赤くなっているのが分かった。ちらっと通知書を見やり、また心臓が激しく脈打ち始めたことに気づいて意識的に呼吸を整える。送信のボタンを押せないまま数分その文章をこねくり回した後、ほとんど衝動に任せて送信ボタンを押し、その手で不倫相手に慰謝料請求をするために雇った弁護士に電話を掛けた。こうこうこんな書類を送られて、離婚を要求されて、有責なのは向こうなのに！　私の動揺を悟っているのか弁護士は口を挟まないまま相槌だけを繰り返す。

「こんな身勝手なことがありますか？　私と子供を捨てて出て行って、それで女と暮らしながら離婚要求ですよ！　こんな仕打ちあっていいんですか？」

何百メートルも全力疾走したように息が上がって、全身が心臓になったようにバクバクしていた。

「離婚の理由については書かれていませんか?」

勢い込んで喋っていた私は唐突に言葉に詰まって急ブレーキをかけた車のようになる。

「通知書に離婚事由にあたる文言は書かれていますか?」

追い打ちをかけた弁護士に対して、口は開くものの言葉が出てこない。不倫を始めてから、勇吾は私にあらゆる地獄を見せてきた。それでもこんな地獄は初めてだった。

「セックスレスです。私から性行為を拒絶され続けたことを理由に挙げてます」

どうしてこんなプライベートなことを、彼は勝手に弁護士に話し、それを理由に離婚要求するなんていうゲスいことができるんだろう。通知書を受け取った瞬間そう思ったけれど、理由は簡単でそうすれば私が離婚を受け入れるからだ。私がセックスレスを理由に離婚を突きつけられ、それでも絶対に離婚しない、セックスレスには言い分があって私だけの責任ではないと弁護士相手や離婚調停で語ることが耐えられないことを知っているから、彼はそこを狙ってきたのだろう。彼の挙げた離婚理由は、そういう建前的な理由でしかない。もっと本質的な理由が、個々人としての物の見方、価値観、人生観、夫婦観に不一致があってその小さな不一致の積み重なりが私たちの不和や憎しみを引き起こしたはずだ。それなのに夫は、それぞれは小さくて瑣末だけれど私たちが私たちであろうとするがために積み重なり生じてしまった重大な問題を丸っと無視して簡単に離婚できる手っ取り早い理由を挙げて離婚を要求してきたのだ。セックスレスにだって理由があった。お互いに理由があった。そこにはそれぞれの寂しさ、悲しみがあった。それを暴力的に「二年にわたる性交渉の拒否」と括ることは、まさに彼が「離婚できればそれでいい妻側のダメージや苦悩なんて知ったこっちゃないとにかく一刻も早く離婚したい」と思っている証拠だ。

女が夫をせっついてるのかもしれない、早く離婚してくれなきゃ別れるなどと抜かされて焦っているのかもしれない、でもだとしても許されることではない。彼は新しいオモチャを手にいれるために、古いオモチャを捨てようとしているだけだ。人をオモチャ扱いする人は結局もっと面白いオモチャが手に入るとなればいくらでも今あるオモチャを捨てる。当社比ではあるが、人生に於いて恋愛の比重が高い人は一人の人と添い遂げることができない。恋愛をし続け、離婚と結婚を繰り返す。この人だと思った人と大恋愛をして結ばれたとしても、またしばらくすると別の大恋愛を始めて離婚して結婚する。そしてまた大恋愛をする。これは彼らが恋愛をするのが難しい歳になるまで続く。色々なパターンがあるけれど、恋愛の占める割合の高い人々の末路は大概こんなもんだ。恋愛に狂う奴は、どれだけ誰かに狂ったとしても、喉元過ぎればまた別の誰かに狂い始め、抑えが利かなくなるのだ。これも当社比だがそういう奴らは永遠に狂っているか微睡《まどろ》んでいるか焦がれていて、永遠に幸せにはなれない。

「向こうの主張は分かりました。尾長《おなが》さんの意思としては、やはり離婚は拒否し続けたいというお気持ちですか?」

言葉に詰まった。ここまでのことをされて離婚したくないと夫を繫ぎ止める意味はあるんだろうか。道端でたまに見かける、伸びるリードで繫がれた犬が頭に浮かぶ。夫は家庭という檻から飛び出し、遠いところで他の雌犬とセックスをしている。私たちを繫ぐのは、私が綱を緩め切れかかったリードだけだ。犬じゃないんだから、檻に閉じ込めておくことはできない。今私たちを繫いでいるのは、私の怒りと、私がかつて持っていた家庭に対する安心感への執着だけだ。

「今はまだ分かりません」

「性交渉を拒絶していたということに関しては、事実ですか?」

それには理由がある。内的な、個人的な理由がある。きっと、全ての離婚した夫婦に、一言では片付けられない離婚理由がある。それでも今言える答えは一つしかない。

「事実です」

「そうですか。離婚請求の対応の件に関してもご依頼頂けるのでしたら、一度お会いしてお話を聞きたいと思います。細かい事情もあると思いますので」

「分かりました。落ち着いて考えて数日以内にご連絡します。ちなみにさっき怒りに任せて夫にLINEで罵詈雑言を送ったんですが、まずかったでしょうか?」

「そういうことは今後の係争の運び方を考えるとしない方が無難ではあります。お気持ちは分かりますが、離婚すらしないの意向に拘らずこちらを通して意思の疎通を図っていただきたいところです」

分かりましたと呟くと、私は電話を切った。夫へのLINEには既読がついておらず、しばらくトーク画面を見つめて内容をコピーした後、送信を取り消した。フォアグラ用に飼育されている鴨が漏斗《じょうご》を通して無理やり餌を食わされるように、漏斗で汚物を流し込まれたような気分で、それをほんの少し嘔吐して相手に投げつけたくらいの気持ちだったけれど、完全に我を忘れていたという事実は否めなかった。


「実際二年レスって言ってたよね？」

「二年のセックスレスにはいろんな経緯があったんだよ」

「出産とか育児とか、体形が変わったとか？」

「まあ、そういうのも含めて。ユリは胡桃ちゃん産んだ後体形とか大丈夫だったんだっけ？」

「私若かったから本気出して数ヶ月で元どおりに戻したよ」

「すごいな。私はもう育児に必死で体形とかそういうものの概念すら忘れてたよ。そもそも二人目を出産してから三年くらいのレスの時期があって、レスを解消してからもまあ二ヶ月に一回とかその程度で、それが五年くらい続いてからのレス再来で二年」

「その五年続いた緩やかな性生活がなくなったきっかけは？」

はっきりした原因があったわけじゃないけど……と言いながら、たとえユリであってもそういうことを話すことに抵抗があることに気づく。羞恥心というのは、自分が生まれ育った家庭の中で無言のうちに与えられ、育まれるのだろう。私は昔からセックスを含め個人的なことを人に話すことに強烈な抵抗があった。スマホを握る手に力が入る。

「最後の二回くらい、旦那が中折れしたんだよ」

電話の向こうで「ウケる」とけらけらと笑うユリに、内容が内容だけに仕方ないとはいえ苛立つ。

「こっちはこっちでプライドが傷つけられたし、向こうは向こうでプライド傷ついてるだろうなって思って、それから積極的になれなくて何度か間接的に拒否してる内に完全になくなった」

「はーおかしい。え、間接的にってどんな？」

「一緒にベッドに行く？　的なこと言われた時に先寝てて、って言ったり、なんか今日あたり仕掛けて来そうだなーって思った時に『今日はすごく疲れた』とか言ったりしただけだよ。いや、ちょっと思い出してみると、もしかしたら直接的に拒否したことも何度かあったかもしれないな」

「弓子にとって尊厳が傷つけられる時ってどういう時？　会社内で軽んじられた時と

か？　女だからって理由でお酌とかセクハラに耐えることを強要された時？　なになにくんママとか呼ばれて名前のない存在になった時？　社内の若い女の子に光岡さんフィラー入れすぎ必死すぎる、とか嘲笑された時？」

「確かにフィラーは入れすぎたよ。ちょっと減ってきて落ち着いてきたところだからディスらないで。まあどれも傷つくよ。そんなの、女だったら全部尊厳が傷つくシチュエーションじゃない？」

「弓子ってさ、自分からセックス迫って拒絶されたことある？」

「どうかな。まあ特に結婚してからは自分から迫るっていうことはなかったから」

「これは面白いパラドクスなんだけど、セックスに積極的じゃない人はそもそも自分からセックスを求めることがないから、セックスに積極的な人がパートナーにセックスを求めて拒絶される苦痛を知りようがないんだよ。積極的じゃない人は積極的な人にセックスを求められて拒絶する時、相手がどれだけ尊厳を傷つけられるか想像すらできない。世に溢れる不倫は、このパートナーの想像力が働かないことによって寂しさや喪失感をこじらせた人が引き起こしている事案が三割とみた」

「残りの七割はどういう事案だと思う？」

　何となく仕事に役立ちそうだと思って聞いてしまってから、私のこういうところが夫も好きじゃなかったんだろうと勝手に一人で気分を落とす。

「あとの三割はチャンスがあると行かずにはいられない女好き男好きタイプ、三割は迫られると断れない場の空気に流されやすい意志薄弱タイプ、あとの一割はニンフォマニア、サチリアジスかな。まあこういう性に緩い人ってこの四つのタイプがいくつか混ざってるタイプが多いから、一概には言えないけどね」

「うちの旦那は寂しさこじらせタイプと女好きタイプが混ざってる感じだな」

「その二つが混ざってるともう鬼に金棒で不倫するししたらしたで不倫相手に本気になっちゃうんだよね。量産型不倫タイプだよ。でどうすんの？」

「なんかめちゃくちゃ腹が立って罵詈雑言 LINE 旦那に送りかけたりしてたんだけど、弁護士とユリに話したらちょっと落ち着いてきたから、冷静に考えてからこれからの出方を決めるよ。そういえば、美玖から連絡きた？」

「あー、さっきちょっと話したよ。「弓子の逆パターンでしょ？　慰謝料請求されたって」

「まあ自業自得と言えばそうなんだけど、美玖あんまりお金ないみたいだし心配でさ」

「一回セックスしたところで関係終わらせとけば良かったのにね。一回なら奥さんも慰謝料請求できなかったのに。でも、あの子今悩んでるだろうし辛いだろうけど、喜んでもいると思うよ」

「どういうこと？　今の状況楽しんでるってこと？」

言いながら、私と二人で話す時ユリが美玖のことを「あの子」と呼ぶことに改めて気づく。美玖と二人でいる時、ユリは私のことを「あの人」と呼んでいるのだろうかと思うと、何となくユリと腹を割って話すことに不安を感じる。

「そりゃ楽しいでしょ。あれだけ好きな人との関係が向こうの奥さんにバレて、責め立てられてるんだから」

「でも相手の男、他にも女がいたんだよ？」

「悲劇のヒロイン欲、自己顕示欲、暴露欲、すべて一気に満たされたんだから楽しいに決まってるじゃん」

　言葉を失うけれど、さっき話した美玖がどこかで自分の状況に酔っているように感じて嫌悪を抱いたのも事実だった。そうかもしれないけど、と言い淀んでいると、ごめん私もうちょっと寝ないと調子出ないわとユリは言って、また何かあったら連絡してーと続けて一方的に電話を切った。通話を終えたスマホが待ち受けにもどると、通知が入っていることに気づいてLINEを立ち上げる。また美玖からの泣き言だろうと思ったけれど夫からで、送信取り消しに気づいたのだろうかと緊張しながら夫の名前をタップする。

「通知書届いた？　こんなやり方になって申し訳ないけど、この勢いに乗らないとずるずる長引いちゃうだろうなと思って。親権とか養育費とか、子供のことについても話し合いたいから、一回弁護士同伴で話し合いの席を設けられたらと思ってる。財産分与に関しても慰謝料に関しても、こっちの責任は認めてるから弓子の希望に添う額を払おうと思ってる」

必死だ。夫は見たことがないほど、かつてないほど、今必死に離婚を摑み取ろうとしている。こんな夫は見たことがなかった。客観的で冷静で、息子たちの運動会やサッカーの試合を見に行ってもどこか俯瞰《ふかん》した視点で見ていて、がんばれ！　などの言葉を発したところを見たことのなかった夫が、がめつい人や好戦的な人を見ると必死だなと肩をすくめるような人だった夫が、今必死に離婚をするために「がんばって！」いる。一瞬、腹が立った。次の瞬間呆れた。そしてまた次の瞬間永遠に離婚はしないと心に決めた。最後の瞬間まで、自分が離婚するのかしないのか分からなかった。どっちに転ぶのか分からなかった。こんなコイントスの裏表のように、あやふやな気持ちのまま人は離婚するしないを決めてしまうのか。いやしかし私が決めたわけではない。コインの裏が出た。ただそれだけだった。

「中折れ頻発してたお前のプライドを傷つけないようにセックス拒んでやったのにそれが離婚理由とかわけわからん」「離婚はしません」連投したメッセージに既読がついたのを確認すると、私はスマホをテーブルの上に乱暴に放り出してパソコンに向かって黙々と資料に目を通しキーボードを打ち続ける。こんなくだらないことに私を駆り出しやがって。私に書記を押し付けたカナエさんにも、私から夫を奪った夫の不倫相手にも、こんな泥沼に私を引き摺り込んだ夫にも、腹が立っていた。この人生は、本当にくだらない。

「ただいまー」

幸人の声がして振り返る。サッカーの練習が終わる時間だということも忘れていた。慌てて通知書を畳んでバッグの中に突っ込むと、作りかけの書類を上書き保存する。くだらない夫と購入を決めたくだらない家で、それでも私の家庭、日常、子育ては続いていくのだ。

「お腹すいたー」

リビングに入ってきた幸人におかえりと声をかけ、シャワー浴びなさいと柔らかい声で言う。

「お兄ちゃんは？」

「今日は塾。夕方まで帰らないよ」

「そっか。お昼ご飯なに？」

「うどん、焼きそばもあるし、チャーハンとかパスタも作れるけど何がいい？」

「焼きそば！　ママと半分は嫌だよ。一人前食べるからね」

成長期なのか最近食べる量がぐんと増えた幸人の言葉にはいはいと頷き、靴下裏返して脱がないでねと忠告すると、風呂場に向かう次男の背中が見えなくなるまでその場に立ち尽くしてから、スマホを手に取りのろのろとキッチンに向かった。玉ねぎ、キャベツ、豚肉を切りわけ炒めている途中、ピロンという音がして私はポケットからうやうやしくスマホを取り出す。夫からのLINEだろうという予想は外れ、送信者はカナエさんだった。

「弓子さんこんにちは。実は切迫流産と診断されて先週から入院してたんだけど、一昨日もう赤ちゃんが育ってないと判断され、流産の手術を受けることになりました。大丈夫だとは思ったんだけど、今回の妊娠と流産の件は学校のママ友関係にはまだほとんど話してないから、弓子さんにも口外しないでもらいたいと思ってメールしました。妊娠も流産も予想外でまだ戸惑ってるんだけど、気持ち的には少し落ち着いてきたから心配無用です。人生何があるか分からないね」

野菜と肉が焼けるジュージューいう音がやけに大きく聞こえる。崖に手をかけてしがみついている自分をドローンで撮影したかのような映像が頭に浮かぶ。ぷるぷると震えていた私の手はついに土を滑り空を摑む。落ちる。不意に訪れたリアルな浮遊感に体がびくっと揺れたその瞬間叫んでいた。

「ざまあみろ！」

この世のものとは思えない、手足の爪二十枚全てを剝がされ同時に針山に突き落とされた鬼のような叫び声だった。こんなに大きい声は、生まれて初めて出した。こんなに残酷な言葉を、生まれて初めて口にした。こんなに自分に絶望したのは生まれて初めて

だった。一瞬にして発火したように熱くなった体にぶるっと戦慄《わなな》いてその場にしゃがみ
こむと、嗚咽が溢れた。ジュージューいう音が耳鳴りのように延々続いていて火を止め
なければと思うのに体が動かない。
「ママ？　大きな声がしたけど大丈夫？」
　次男の声に慌てて立ち上がり涙を拭うけれど、タオルも巻かずにびしょ濡れのままの
次男を見た瞬間耐えられなくなって床に膝をつけて両手で顔を覆う。
「どうしたの？」
　驚いた声を上げて歩み寄ってきた次男を見上げる。裸の次男を見つめると、さっきの
自分の言葉が全く信じられなくなる。あの人間のものとは思えない罵倒の言葉を口にし
た瞬間、私は次男の存在長男の存在、この世に生きる全ての子供の存在を根底から否定
したのだ。落ちたのだ。私は崖から落ちたのだ。ダークサイドに落ちたのだ。縋るよう
に次男の体にしがみつく。跪《ひざまず》いて裸の次男にしがみついて泣く私は、聖書に出てくる純
真無垢な者を騙す蛇やサタンのようだった。「僕ね、たまにパパとメールしてるんだ」
まだ声変わりをしていない次男の声は甘い。
「ママと離婚しないでって、いつも頼んでるんだ」
　子供にこんなことを言わせる夫が憎くてもう殺してやらなければならないような使命
感に襲われる。三百万あれば人殺し依頼できるんだよ。昔ユリが話していた言葉が蘇る。

どんな話の流れだったか覚えていないけれど、確か地下で活動している外国人マフィアが三百万で殺しを引き受けてくれるという話だったような気がする。でも逆に考えれば、私たちだって本気で人から恨まれたら三百万ぽっちで殺されちゃう可能性があるってことだよね、とユリは笑っていた。ふと、私ばかりが夫を憎んでいる気になっていたけれど、私も同時に夫の不倫相手、そして夫からも憎まれているのだと気づく。彼らが慰謝料よりもずっと安い金額を支払って離婚してくれない妻を殺そうと目論んだっておかしくない。攻撃したい気持ちと、攻撃されるかもしれないという不安の中で、何かちょっとしたことがきっかけで自分が過剰に攻撃的になりそうな予感がして震える。

「パパね、僕たちもママも、みんなが幸せになれる道を探してるんだって言ってたよ」

顔をしわくちゃにして体を震わせて声を上げて泣く私の頭を、次男は撫で続ける。跪いて次男を抱きしめる私と跪いた私に抱きしめられた次男の周囲にはもくもくと煙が立ち込め、焦げ臭い匂いが充満していく。もうこのまま永遠に、この煙の立ち込める燻った場所から出られないような気がした。

ユリ

寝返りを打つと、汗のぬるっとした感触に思わず眉間に皺が寄る。下半身にかかっていたタオルケットを足で剝ぎ、扇風機の風がより広範囲に当たるよう体の角度をずらす。私を包む両腕にぐっと力が入り、うーんという呻き声がすぐ後ろから聞こえる。

「おはよ」

「おはよ。なんかめっちゃ不倫の話してた？」

「してたしてた。美玖は慰謝料請求されたって話で、弓子は旦那から離婚を要求されたって話」

「なんかおかげで不倫される夢見たわ」

「私に？」

「うん。俺たち結婚してるんやけど、俺は不倫されてるんよ」

「不安の表れかな」

「不安になる必要あるん俺？」

「ないない」

「ねえめっちゃあつない？」

「だからエアコン入れっぱなしでいいって言ってるじゃん」

「絶対起きた瞬間さむってなるやん」

ちゃんと調節しておけば大丈夫だってば、と言いながら後ろから胸を揉む壮太《そうた》を振り返る。壮太は片手で髪を撫で、片手で胸を揉みながらキスをする。夜寝る前に一回セックスをするのが私たちの日課になっているけれど、土日は壮太の仕事が休みだからその比ではない。大抵昼までに二回はセックスをするし、午後も出かけない限りはいつセックスが発生してもおかしくない。付き合い始めて二ヶ月、今が一番セックスが増える時期なのだろう。セックスが頻発するこの生活を始めてから、セックスのたびにループものの物語の中にいるような気分になる。セックスが始まるたびに振り出しに戻るような、リセットされているような気がするのだ。つまりセックスの回数が限界まで増えるところまでが関係の発展を象徴していて、上り詰めた今はもはやぐるぐると狭い頂上を回り続けているだけということだろうか。いや分からない。もしかしたら頂上にはいずれUFOがやってきて誘拐されるかもしれないし、天から光の道が差して天空に招致されるかもしれない。しかしそれにしても私たちはある程度のところまで上り詰めた。お互いの性感帯を知り尽くし、互いのしたいこととしたくないこととされたいこととされたくないことを踏まえた上で、私たちにできるほぼ最高のセックスに到達した。ここしばらく特定のパートナーを作っていなかった私は、彼が性的なことに熱心であり、果敢に気持ちよくなることと気持ちよくさせることに挑み続ける姿に感心し、またその研究と改良を重ねられたセックスの価値にも改めて気づかされたように思う。

「激しいスポーツをした後のような気分だ」彼と初めてセックスした時に抱いたその感想は、彼の熱意と研究によって少しずつその爽やかさを淫靡《いんび》さに転換させ始めた。それでも今もなお、壮太とのセックスはどこかスポーツに似ている。彼の中高大とバスケをやってきた経緯によるものなのかもしれないし、彼の性格上の羞恥心のなさによるものなのかもしれないし、みんな好きに生きたらええやん、という彼のタブーや倫理の欠如した相対主義的な考え方によるものなのかもしれない。いずれにしても彼は私とは全く違う考え方、生き方をしている男であり、だからこそ私はそこに惹かれ付き合い始めたのだろう。それでも、彼といる時間が長くなればなるほど、そこに安住することはできても、そこから気持ちのいいセックスと楽しい時間以外の何かを得ることはないだろうといううっすらとした見通しを持つようになっていた。でも気持ちのいいセックスと楽しい時間以外、何を男に求めることができるだろう。魂の繋がり、何でも話し理解し合える関係、恋人であり親友でもある唯一無二の存在、そんなのオカルティックだし偽善的だし、この世の薄ら寒さに耐えられない人々の幻想でしかない。

性器を舐めていた壮太が顔を上げ、上になってよと嬉しそうに言う。その外連味《けれんみ》のない彼の態度に常に心を打たれる。何ともナチュラルに育った男だ。彼の顔面を跨いで四つん這いになり、彼の性器を濡らしていく。いくつかの動きを一定間隔で変更し、硬くなりきったところで手と口の動きを速めていく。壮太の声が上がり始め、指を二本に増やされた私も声を上げる。出していいよと言われて呆気なく潮を吹くと、彼の満足げな様子が空気で伝わってくる。入れていい？　と問われいいよと答えると、このまま入れようと言われ背面騎乗で挿入する。

「この光景天国やな」

素朴な感想に思わず笑みをこぼすと、おいでと手を伸ばされ彼の上に寝そべる。彼の胸と私の背中の間を、さっき吹いた潮がじっとりと濡らす。下から突き上げる彼は時折クリトリスを弄《いじ》り、そこから上下入れ替わってのバック、背面寝バックを経て、ようやく正常位に突入する。限界を予期し始めた私は、この瞬間が欲しくて私は男を欲しているのだと自覚する。難しいことを考えない、複雑なことを考えない、むしろ何も考えないことでしか得られないこの快楽を求めて、私は男を求めているのだと。その麻薬的ツールがドラッグやアルコールや仕事ではなく男であったという事実は、一体何を意味しているのだろう。私に限界を迎えさせるものはセックスしかない。薄ら寒く、虚無的で、刹那的で、それでいて依然として変わらない自分のしぶとさにうんざりする。もっと他のもので限界を感じられたなら、私は男を必要とせずに生きていけるのに。

ぴったり一時間のセックスを終えると、私たちは重たい足を無理やり持ち上げ「何か食べたい」というゾンビのような欲望に従ってキッチンに立つ。土日に二人で食べる昼ごはんは、大抵麺類か冷やご飯で作るチャーハンだ。起き上がると同時に壮太がカーテンを開けたため、疑いようもない素敵な同棲カップルの部屋が照らし出されて思わず目が眩む。

「パスタ？　うどん？　あ　蕎麦もあるやんね？」

「あ、ライムあったよね？　あれでさっぱりした蕎麦にしない？　この間すだち蕎麦食べたらめちゃくちゃ美味しかったんだよ」

「ライムとすだちってそんな似てへんくない？」

「壮太がライム試してみてよ。美味しかったら私も入れるから」

壮太が嬉しそうにええよ、と後ろから抱きしめる。

「薬味なんにする？」

「小口ねぎ、みょうが、大根おろし、わさび、くらいかな」

壮太がねぎとみょうがと大根を冷蔵庫から出してくると、私はまな板と包丁を用意する。なぜか初めて一緒に料理をした時から、切り分けと味付けは私担当で、それ以外の冷蔵庫漁りや調味料の用意、炒めたり茹でたり、お皿や調理器具の用意は壮太の役割になっている。私がここに転がり込む前は一人暮らしをしていて、ずっと自炊していたはずの彼は、それでも私に指揮を取られて嬉しそうだ。二人で外食する時、私は一番食べたいものを注文し、彼は私の二番目に食べたいものを注文する。私は彼の態度や在り方をたまに批判し、彼は私の何も批判しない。彼は私の言いなりになり、私は彼を思いやる。彼は私を大切にし、私は彼を可愛がる。いつの間にか私たちの間にはそういうパターンが出来上がっていた。彼には何の譲れないものもない、何のこだわりもない、何の許せないものもない。だから私が行きたいところに行き、私の食べたいものを食べ、私のしたいことをするのが、彼にとっても幸福なのだ。臆面もなくそう言い切れるけれど、臆面もなくそう言い切れる自分に漠とした抵抗感を抱くことはある。

「なんか、このわさびもう一年前に賞味期限切れててんけど」

「この間お刺身の時普通だったから大丈夫だよ」

「じゃあええか。今日買い物行く時買ってこよ。俺忘れるやろうからちゃんと言ってね」

「えーそんなの私だって絶対忘れる」

「そしたらこのわさびなくなるまで本気で買いに行かんよ俺ら」

「じゃ手に書いといてよ」

「嫌や、アホな子供みたいやん」

笑いながら鍋を取り出す壮太の脇で、小口ねぎとみょうがを刻む。皮を剝いた大根を壮太に渡すと、めんつゆを水で濃いめに割り氷を入れる。火にかけた鍋の中で水が沸騰していく音、壮太のiPhoneから流れるハードコア、壮太の手によってリズミカルに摩られていく大根の音、ライムを薄切りにしていく包丁がまな板に当たって立てる音、全てがかっちりと合わさって私たちの昼食である蕎麦が出来上がっていくというこの目に見える現実に、私は感動する。壮太と出会って知ったのは、二人で追求し尽くしたセックスと、閃光のように刹那的でありながら生きる糧であるご飯を二人で作る喜びだ。

休日の昼ごはんであっても、薬味をきちんと用意したり、残り物ならアレンジしたり、チャーハンなら隠し味を加えたり、とにかくインスタントラーメンを具なしで食べたりしない彼の素質が、私を髄まで満たしたとも言える。一時間で終わるセックス、作り始めからだいたい一時間で食べ終える食事。その短いスパンで感じられる幸福と充足が、一日数回ずつ、私の本能的な面を完璧に満たしてくれる。

「電話やで」

壮太の言葉に振り返り、ライムのワックスでヌメッとした指をタオルで拭うとスマホを手に取る。LINE 通話の発信者は美玖で、朝十時に寝起きで電話に出てやったというのにこれ以上何を求めるのかと訝りながら緑のマークをタップする。

「何度も悪いんだけど、ユリさ昔ピンサロ嬢の友達がいるって言ってなかったっけ？」

「言ったっけ？」

「もしよかったら紹介してくれない？　こういうの自分で探していきなり面接行くのもなんとなく怖くて」

「ピンサロやるの？　不倫の代償が風俗ってこと？　向こうはシンガポールの高級マンションで新婚生活プラス初産の赤ちゃんとの生活が始まるのに？」

「ガールズバーで働きながら払っていこうと思ったんだけど、できるだけ早く支払っちゃいたい気持ちが強くて、もっと手っ取り早い仕事にしようかなって」

「えー、美玖ピンサロナメてない？　いや、ピンサロナメてない？　ってめっちゃ面白いな」

思わず笑いながら言うと、後ろで壮太もくすくすと笑っているのが分かった。

「もちろん簡単な仕事だなんて思ってないよ。でもなんか、この状況が長引くのがもう耐えられないいんだよ」

「ピンサロ嬢の友達いるにはいたけどもう五年以上連絡取ってないし、その子の働いてた店ももうあるか分かんないしなー」

「そっか。なんか、自分でも先走ってるなって思いながら電話したから、逆に安心したかも。ごめんなんか、こういう時頼れる友達ユリたちしかいなくて」

「そう？　まあ美玖根暗だからなー」

壮太が後ろから抱きしめてきて、キャミソールの裾から手を入れ胸を揉み始める。

緩やかに手を押しとどめ、「もうよくない？」と私は小声で蕎麦が躍る鍋を指差す。え、まだ早ない？　と小声で言う壮太に「硬い方が美味しいよ」と言い返すと、硬くなってきた、と壮太が自分の股間を触らせる。くすくすと笑いながら振り向いて頭をはたくふりをすると、壮太がようやく私から離れてザルを取り出す。

「あ、ごめん胡桃ちゃんも一緒？」

「ううん。でも今蕎麦茹でてるからもう切るよ」

「あ、うん。ごめんねお昼時に」

「全然。ねえ美玖、どうして私たちが美玖にとって特別な友達になったか分かる？」

「何急に。なんかユリのそういうの怖いんだけど」

「美玖って小説家志望だったじゃない？　まあ別に何歳だって書けるんだし、その夢を諦める必要はないと私は思うけど」

「いや、もう小説は書かないって決めたんだよ」

「そういうとこ古いよね。気が向いたら書こうくらいに思ってればいいんだよ。書くと決めたら書く、書かないと決めたら書かない、みたいなのって、勝ち負けにこだわるマッチョ野郎みたいじゃん。美玖って徒競走で自分の子が一番になって欲しいとか思うタイプだよね」

「勉強だってスポーツだって何だって、自分の子が好成績出したら嬉しくない？」

「学校一脚の遅い子の走り方が世界一って言われるコンテンポラリーダンスよりも人の心を揺さぶることもあると思わない？　あ、ごめん蕎麦茹で上がっちゃった。つまり美玖にとって私と弓子と築いてきた関係が特別なのは、夢を諦めた、親と仲良くない、所属する会社がない、特に太い取引先もない、仕事相手が入れ替わり続ける、そういう美玖にとって唯一自由意志で所属を継続できる居場所になってるってことだよ。美玖、高校とか大学とかの友達少なかったでしょ、それで少ない友達にも本心とか言えなかったでしょ。それは弓子も多分そうなんだよ。弓子は大学でも友達少なかったし、会社に所属してても疎外感を抱いてる」

「どうしてそう思うの？」

「前に美玖が言ってたじゃん。弓子は名誉男性志向の時代遅れの田舎者だって同僚たちにディスられてるって。そんな風に言われる女、男からも女からも疎外されるに決まってるじゃん。それでいて、今は家庭が破綻して弓子は完全に居場所を失った。彼女の礎《いしずえ》になるものは子供たちと私たちと築いてきた小さなコミュニティしかない。弓子にとって仕事はもはや子供を育てたり生活を維持するための生業になってるしね」

「どうしてユリはそこまで俯瞰した視点を持とうとするのかな」

「私は自分と乖離してるからだよ。美玖も少し自分を客観的に見てみたらいいんじゃない？　美玖はいつも完全に行き詰まった完全に不幸だって顔してるけどさ、美玖だってそれなりに自分が思い描いてた未来の中にいるはずだよ」

「お金ないのに慰謝料請求される状況が？　こんなこと思い描いてなかったよ。こんな状況望んでなかった」

「慰謝料なんて不倫始めた段階で想定してたでしょ？　しないわけないよね？　歩いてて突然車に突っ込まれたわけじゃないじゃん。不倫と慰謝料請求はワンペアでしょ。それに今、美玖の存在を誰かが強烈に感知してるんだよ。美玖は今、彼とか彼の奥さんにとってかつてないほど重要人物になってる。良くも悪くも誰かの人生の重要人物になるって、気分がいいことじゃない？　一度も誰かの重要人物にならないで死んでいく人生と、誰かに強烈に憎まれながら死んでいく人生とどっちがいい？」

「私は大量殺戮《さつりく》犯として死刑になるより、一生家に引きこもって虫みたいに死んでいく方がいい」

「虫だっていろんなものと戦って生きてるはずだよ」

「だったら植物でいい。私は誰かを傷つけたり傷つけられたりする生き方はしたくない。人から憎まれるのも憎むのも嫌」

「人生から憎しみを排除することは、愛を排除することと一緒じゃない？」

ユリは……という非難の言葉が続きそうな主語が聞こえた瞬間、「ごめん蕎麦できたから切るね」とスマホを耳から離す。赤いマークをタップすると、ビールでいい？　と聞く壮太にうんと答える。

「憎しみを排除することは愛を排除することと一緒か……なんか壮大な話やな」

「妻子ある人のこと頭おかしくなるくらい好きになっておいて、今さら傷つけるのも傷つけられるのも嫌とか言うの、相手に対しても自分に対しても無責任だと思わない？」

「そんなみんな、整合性取れてるもんやなくない？　恋愛感情なんてコントロールするもんでも責任とるもんでもないやん」

「でもそれでもうずっとぐちぐち悩んでるんだよ？」

「悩んでるの見てるの嫌なら連絡取らんかったらええやん」

何か歪んでいる建築物を見た時のような、軸がぶれていくような不安感に襲われる。この件に関して、もう壮太に通じる言葉が見当たらない。「いつも話の前提を覆すから話にならない」というのは私自身が幾度も人から受けてきた批判の言葉だ。でもそもそも、壮太には話の前提という、その前提自体が認識されていない。スクラップ・アンド・ビルド、そんな言葉が浮かぶ。壮太には全ての前提がない、人と向かい合って話すことでのみ話を構築していく。そしてその目の前の人が消えたら、その構築されたものも消え失せ、また誰かと話す時に新しいものを構築していく。本を読んだり勉強したり思考したり、人と話したり関わったりすることで自分の中に蓄積されていく価値観やものの見方、礎といったものが皆無なのだ。だから彼は誰のことも批判しない、そして彼自身もまた、誰からも批判されようがない。

正方形の小さなテーブルの、一つの角を挟んで斜めに向かい合って椅子に座る。「はい」と差し出された缶ビールで乾杯すると、「いただきます」と壮太は手を合わせてライムの浮く蕎麦つゆの中に箸を投入する。いただきます、ワンテンポ遅れて箸を持った私は壮太のことを見つめたまま小口ねぎのお皿を手に取る。パラパラとねぎを散らし、わさびをガラスの深皿の脇に絞り出す。冷たい蕎麦とかそうめんとかに良くない？　と駅前の雑貨屋で買ったこの深皿は涼しげだけれど、涼しげを通り越して今は私を寒々しい気持ちにさせる。

「あ、これうまっ」

声を上げた壮太に、ほんと？　と声を上げると「食べてみ」と壮太は自分の皿をさしだす。一口啜ると、蕎麦の香りと同時にライムの酸味が程よく広がる。爽やか！　と言い、すぐに二口目を啜る。騎乗位で疲弊しきった膝と股関節、なぜかは分からないけれど関節が軋んでいる肩、そういう酷使した部分に回復するためのエネルギーが染み渡っていくようだった。

「どうする？　そっちもライム入れる？」

「こっちに追いライムして、こっちは薬味たくさん入れる蕎麦にして、両方楽しまない？」

「ええよ。そうしよ」

壮太は素直に従い、私の皿を自分の前に引き寄せた。みょうがも入れちゃっていい？　律儀な質問に、咀嚼しながら頷く。壮太は丁寧だ。全てが丁寧だ。乱暴なところ、がさつなところが微塵もない。図太いところもなければ、驕ったところもない。ご飯を食べる時もセックスをする時も「スポーツマンシップに則り」と前置きをしたかのような紳士的な態度でいただきますとごちそうさまを怠らず、挿れる時射精する時も必ず了承を得る。そんじょそこらの人間よりも行儀よく人間らしく教育された犬のようだ。犬っぽい、最初に抱いた印象は変わらない。変わったのはそこに意味を見出そうとする自分の方だ。

ライム蕎麦と普通の蕎麦をくるくると何度か交換しながら食べ続け、もう食べられないごちそうさまと先にギブアップすると、缶ビールを飲み干す。冷蔵庫から缶チューハイを持ってきて立ったままゴクゴクと飲み進める私を見上げて、壮太は満足そうな顔をする。

「壮太も飲む?」

「まだいいや。ありがと」

そっか、と呟きまたテーブルに着く。1DKの部屋は簡素で常に片付いていて無駄がない。文句を挙げるとするならばトイレの狭さ、カーテンが遮光でないこと、玄関のドアが開け閉めのたびにバタンと大きな音を立てること、駅から十三分という微妙な立地。もっと広いとこ、少なくとも1LDKくらいの部屋に引っ越さん? と一月前くらいから壮太がしきりに言うが、自分で部屋探しをする気はなさそうで、私がやる気にならなければずっとここに住み続けるだろうと予想できる。壮太に残念なところがあるとしたら、あれしたいこれしたいはあるけど、腰が重くて人任せにするタイプというところだ。

まあでも自分からあれこれ企画してバーベキューセットからキャンプグッズを買い揃えてレンタカーを手配して皆の役割分担を決めるバーベキューキャンプ幹事のような男とは絶対に相容れないだろうとも思う。ふう、という満足げな声に振り返ると、「ごちそうさま。お腹いっぱい」と壮太が手を合わせる。

「よく食べました」

みょうがや小口ねぎまで綺麗に食べきった壮太に微笑む。えらい、と頭を撫でると壮太は嬉しそうに一口、と言って私のチューハイを手に取り傾ける。

「例えばだけど」

「ん？」

「壮太は私がどんな人でもいいの？」

「どんな人でもって？」

「私がたくさんの男の人と寝てたりとか、大量殺戮犯だったりとか、動物虐待する人だったりしても、そんなんその人の自由だし、嫌なら関わるのやめよってことになるの？」

「それは話がちゃうよ。胡桃は俺の特別な人やん。好きな人やん。一緒に幸せになりたいって思ってるよ」

「壮太は、私以外に好きな人はいないの？　こうであって欲しい、こうであって欲しくないって思う人はいないの？」

「おらんね。父親がレイプ犯でも、母親が連続殺人犯でも、兄弟が近所の猫殺しまくってても、驚くやろうけど自分にできることもないやろうし、緩やかに距離とるだけちゃうかな。まあ捕まってこっちに迷惑かかるのは嫌やけど」

そっか、呟きながら、私は壮太と共にいることがどんなに楽で楽しくても、長く続けば続くほど、どこかに歪みが生じていくだろうと思う。でもそれを口にしても、今の壮太にはその言葉の意味があまりよく分からないだろう。二人の行く末への懸念を口にしても、説教臭く聞こえるに違いない。かつて付き合っていたかなり歳上の男性に、相対主義が過ぎると批判された時のことを思い出して肩をすくめたくなる。爽やかでマイルドで自己中でドライ。壮太は時代を体現したような男だ。

「私とは全然違うけど、壮太はそれでいいと思う。美味しいご飯といいセックスがあれば私たちが共存していく上で問題はないはず」

「嫌なとこがあったら直すで」

「ううん。今の壮太がいい」

「なら良かった。俺も今の胡桃が好きやで」

うん。頷いた私に壮太がキスをする。不思議な気分だった。壮太との関係は、私がこれまで恋愛と思っていた恋愛とは違う。チューハイに僅かにライムの味が混じる。しばらく舌を絡ませ合って離れると、「じゃ洗い物しよかな」と壮太が皿を片付け始める。

食事をしたら食器を洗う、食器を洗ったらテーブルを水拭きする、三日に一回洗濯をする、二日に一回掃除機をかける、会社帰りにスーパーに寄って今日の夕飯の材料と明日の朝ごはんの買い物だけをする。それが彼の生活だ。セックスのたびにシーツが汚れるため、シーツが汚れたらすぐに替えるという習慣はなくなったけれど、汚れたら洗う、汚れたら掃除する、汚れたら拭き取る、を徹底している。私が野菜を切っている時も、彼は床に転がったキュウリやネギを見過ごさず、見つけると私を非難するでもなく、それを落とした私を慈しむように幸せそうな表情で拾ってゴミ袋に捨てる。

彼が洗い物をする時間 私は化粧をする。丁寧に洗い物をしてテーブルを水拭きに来る彼に、ポーチと鏡を避けてあげるのも土日の習慣だ。はい、といつものように鏡とポーチを持ち上げると、ありがとと布巾を動かす壮太は拭き終えたあとテーブルの脇に立ったままふっと部屋を見渡して動きを止めた。

「思ってんけど、胡桃の仕事部屋に二人で住むのはどう？　俺家賃半分払うし、そっちの方がここより広いんやろ？」

「そうだけど、もうめちゃくちゃだし。それにあそこは事務所として借りてるからね」

「でもうちに来る前はそこに寝泊まりしてたんやろ？」

「まあそうだけど」

「まあ、住む住まないは別にして、胡桃の仕事場一回くらい行ってみたいな」

「何の面白みもない部屋だよ。仕事のものしかないし」

「そう？　それでもええよ、見てみたい」

　壮太は私の過去の話を聞かない。どんな男と付き合ってきたか、どんな家庭に育ったか、どんな人生を送ってきたか、婚姻歴があるかどうか、全く聞こうとしない。今目の前にいる私だけが彼にとって私であって、過去の私には興味がないのだと思っていた。そういう彼がこんな風に私の仕事場に来たがるのは少し意外でもあった。

「じゃあ、また今度ね」

「うん」

　嬉しそうな壮太は、それでも私に無理強いすることはないだろう。適当な理由をつけて「じゃあ今度ね」と言えば、壮太は毎回嬉しそうにうんと答えるはずだ。

　化粧を終えて換気扇の下で煙草を吸っていると、洗い物を終えてベッドに寝転がってスマホを見ていた壮太がやって来て後ろから抱きしめる。キャミソールの裾から手が伸びてきて、もう一方は短パンの中に伸びていく。吸えないよと笑いながら身をよじると、もう煙草止めたらええやんとわがままな子供のような口調で言う。諦めて灰皿に煙草を突っ込むと後ろを振り返ってキスをする。

「入れたい」

「ここで？」

「ここでもええし、あっちでもええよ。どっちがいい？」

「じゃあここ」

　立ちバックで入れられ、コンロの前に手をついて屈んでいると、壮太が後ろから抱き起こすように私の上体を持ち上げる。壮太の腕の強さに力が抜けていく。向かい合って入れ直し、壁を背にして片足を壮太の腕にかけて突き上げられながら、この体位の名前は何だったたっけと一瞬考えた後気持ち良さと酸欠によって何を考えていたか忘れる。上げていた足とつま先立ちになっていた足が限界を迎え攣りそうと思った瞬間、首に腕回してと言われて両腕を回す。もう片方の足も腕にかけ、駅弁の形でベッドに舞い戻る。激しいピストンの中で足を絡ませ腰を押し付けながら、私の名前は何だったたっけと考える。声を上げながら自分が限界を迎えていることに安堵する。私に限界を迎えさせるのは、セックスだけ、男だけだ。その事実にもまた安堵する。もう自分が誰か分からない。それは自分を見失っているようでいて、自分を最も良く分かっているようでもあった。

　そうだ、あの体位は「立ち鼎《かなえ》」だ。でもじゃあ私は誰だっただろう。下腹部に温かい性液を受け止め、肩で息をしながら天井を見上げて思う。もう大丈夫かな、と拭き取った私の下腹を触って確認する壮太に大丈夫と呟く。手渡されたティッシュ二枚で性器と周辺を拭うと、やはり性器を拭き取った壮太が隣に横になった。気持ちよかった、という言葉に、気持ちよかった、と返すと、私は壮太の差し出す腕に頭を乗せて壮太に背を向ける。彼の両腕がしっかりと私を後ろから包む。

「また寝れそうや」

「私も」

そう呟くと、その私が誰なのか分からないまま、私は目を閉じた。

episode 3
madly

美玖

まあさ、俺も色々きついことが多くてさ、自堕落な生活送ってるし、何ていうかお先真っ暗だなって投げやりになってた時期もあったわけよ。でもさ、ある時テレビ見てたらさ、海外の貧困を取り上げててね、もうこんな小さな子がさ、もう泥水よ、茶色く濁った水飲んでてさ。それ見た時俺思ったんだよね、恵まれてるんだなって、日本に生まれた俺ってなんだかんだ恵まれてて、世の中にはこんな可哀想な子がいるっていうのに、何甘ったれたこと言ってるんだろうって思ったわけよ。せっかくこんな恵まれた日本って国にいるんだから、しっかり生きなきゃなって。

飲食店経営の男はそこまで話すと満足げにハイボールを呷《あお》った。話の展開がそこで終わりということに気づいた私は「ですよね、ほんと私たちって恵まれてますよね。なんだかんだ、日本は水道水が飲めるし水道代も安いし、浄水器をつけたらミネラルウォーターと変わりませんよね」と話の趣旨をずらし精一杯のディスりを込めつつ微笑む。今日本の水道を民営化させようとしている勢力がどこ由来で、民営化したらどんな利権が生じるか、そしてそこを皮切りに日本批判を繰り広げてこいつの安易な愛国心を踏みにじってやりたい。頭の弱い小学生みたいなことを言う目の前の私より十以上歳上の男にそんな激しい欲望を抱きながら、ウーロンハイにフェイクしたウーロン茶を飲み込む。飲食店経営だからカウンター越しでも手の動きでバレるかもしれないと、一応焼酎を一センチくらい入れてあるが、まあウーロン茶だ。

不意に、昔読んだ作家の言葉が蘇る。「世の中が真っ当な時は、作家は愚かなことができる。でも世の中が愚かになってしまうと、作家は真っ当なことを言わざるを得なくなる。これは作家にとって最も悲しいことだ」。こうして来る日も来る日も浅いおじさんたちの相手をしている内に、私の思考回路も完全に真っ当になってしまった。毎日のようにガールズバーに勤務していて知ったことは、客に異様にナショナリストと差別主義者が多いということだった。でも考えてみれば、キャバ嬢や高級スナックの女は落ちにくいし高いからという理由で安価なガールズバーに来るワンチャン狙いの男にリベラリストがいないのは当然だった。本番NGな風俗嬢と本番をしたという経験を武勇伝のように、あるいは俺のグレートなテクニックがどうこうというニュアンスを込めて語る男や、下ネタやエロ話でこっちの反応を楽しむノータッチ痴漢男や、時代遅れのマッチョイズムをひけらかして若い子を批判する男、そういう奴らと自分は一線を画していると、先進的な自分を演出したいがために知的アピールをしようとして無知を晒す男、Twitterなどを見ていると、ひどい差別や抑圧の体験ツイートが毎日バズっていて、こんな人間がどこにいるんだろうフィクションなんじゃないの？　と思っていたがとうとう謎が解けた。そういう人間はガールズバーにいた。

ガールズバーが好きな男に、ガールズバーで一番モテる振る舞いを私は的確に伝授できる。それは目の前にあることについてのみ言葉を発することだ。ポッキー長いね、美味しいね、チョコがついてるね、手に持つ所にチョコがついてないのが最高だよね、ポッキーって名前もいいよね、いろんな味があるの知ってる？　何味が好き？　こういう話をすることだ。ガールズバーに来た時点で、女は客のことを嫌悪していて、真剣に話せば話すほどガールズバーに来る男らしさ、つまりナショナリズムと差別意識とマッチョイズムと無知を露呈してしまうから、とにかく無害であり続けることに努めろ、ということだ。まあその一番モテる振る舞いをしたところでキャストがお前と寝る可能性はよっぽどの利害がある場合を除いてゼロだがな。

欲求五段階説恋愛バージョン、頂点から「愛する人と愛し合いたい」「好きな人に好かれたい」「好きな人に認められたい」「一緒にいて苦痛でない人といたい」「キモくない人といたい」で、ガールズバーの客はどんなに頑張っても「一緒にいて苦痛でない人といたい」の欲求までしか叶えられないということだ。一人暮らしを始めた頃働いていたキャバクラでは、たまに水揚げされて辞めていく子がいたが、相手は当然太客だ。一晩で数百万、時には一千万以上使うような男だけが夜の業界の女を落とせるということで、それでも大概が水揚げ後も結婚後も金づるとして扱われるから、客は永遠に客でしかないのだ。

一ミリも尊敬するところのない男たちに微笑み、お酒を提供し続けることに慣れきってしまったせいで、客の中で少しマシな男がいると、吊り橋効果というやつか縋りたくなる病気になってしまった。縋りたくなるとは言っても、付き合いたくなるとか同棲したくなるとかではなく、猛烈にウニが食べたい時に寿司に連れて行ってもらったり、どうしても牡蠣が食べたい時に海鮮系の居酒屋に連れて行ってもらったり、どうしてもフォアグラが食べたくなった時にフレンチに連れて行ってもらったり、という同伴案件だ。キャベツもやし豚コマメインの切り詰めた生活の中で、たまにどうしてもとろっとした濃厚な食材が恋しくなるのだ。同伴は頑なに拒否していたのだが、ある日安価な食材を探しにスーパーに行った時、魔が差して半額になっているウニ千五百円也を買ってしまって以来、猛烈なとろっとしたもの食べたい欲求に襲われた時は常連客に次から次へと〇〇が食べたい、とLINEをするようになった。同伴数を稼いで時給を上げたいキャストは基本「何でもいいですよ〇〇さんの好きなもので」と言うらしく、ピンポイントで「ウニ」「牡蠣」「ラクレットチーズ」「白子」と、とろっとしたものを指定すると存外喜ばれた。本家マズローの五段階欲求の第一段階に位置する「食欲」が満たされていない私は、もはや美味しいものを食べるという欲望さえ満たされればかなり本気の幸福を感じるようになっていた。当時は馬鹿にしていたが、キャバクラの売れっ子の彼女たちが太客に水揚げされていった理由が今は分かる。お金に困り、お金に振り回され、お金に支配される人生ほど惨めなものはない。お金に縛られていると、お金以外のものに縛られている状態を想像できなくなるのだ。とにかくこの束縛から解放されれば、それだけで自分は幸福に違いないとすら思う。でもそれは勘違いだ。お金に困窮していなかった、慰謝料請求以前の私だって、今と同様に苦しんでいたし、悲しんでいたし、生きている心地がしなかった。

件《くだん》のキャバクラで、万年ランク外どころか盛り上げ役にもならないシケたヘルプとして働いていた私を、なぜか入った当時から気にかけてくれていた、ナンバー5前後をうろうろしていたモモというキャバ嬢がいた。天真爛漫なキャラで店内ではいい子だったけれど、一度外に出ればなかなかの毒舌で客もキャストも店長もボーイもこき下ろすところが好きだった。彼女は太客だった二十五歳歳上のメーカー役員と結婚し、悠々自適の旅行買い物パーティ三昧の生活を飽きるまで続けた後子供を作り、旦那の金で毎日習い事に通い、料理が一番気に入ったと調理師免許を取り、夫がキャバ嬢とホテルに行っている現場を探偵を雇って押さえ、出産をきっかけに夫が購入した一戸建てから夫を追い出すと、慰謝料をこれでもかというほどふんだくって離婚した挙句その金で料理教室を開いた。今ではレシピ本を出版し、一流の母親たち、というファッション誌の特集に呼ばれたりして半ば有名人だ。彼女から直接話を聞いている私は彼女の狡猾《こうかつ》さ腹黒さを認識しているが、傍《はた》から見れば子供も作り育児に追われながら自分のやりたいことをやって生きてきた活動的な女性が夫に裏切られ、シングルマザーとして育児と家事を担いながら起業し成功したというサクセスストーリーに仕立てあげられているところに、彼女の才能を感じる。夫と同様出産前から婚外恋愛に勤しんでいた彼女だったが、芸能人さながらの注意深さで絶対に足のつかない逢瀬を重ねていたのが、夫との力量の違いだ。子供も別の男の子供じゃないかと出産当時は思っていたが、離婚後そこを突っ込んだ私に彼女は鼻で笑った。「ああいう成金の隠れコンプレックス男は私に黙ってDNA鑑定するに決まってる。托卵なんて負け戦するわけないでしょ」。なるほど、彼女はキャバ嬢としても起業家としても有能だが、最も優れていたのは洞察力だったのかもしれない。

でも彼女のような才能は、私には皆無だ。私の才能は、うだつの上がらない、差別主義者でもナショナリストでもない代わりに金持ちでもイケメンでもない、お山の大将みたいな無害な男にとろっとした食べ物を奢ってもらうところでストップしているのだ。何となく残念そうな表情で飲食店経営の男は会計を済ませ、またねと微笑んだ。皆こうしてどこか不満そうに、あるいはつまらなそうに、私の前から消える。

あっ、という間抜けな声ににやっと笑って、ユリはひらひらと手を振った。連れの男は戸惑った様子で辺りを見回している。

「やだ、言ってよ来るなら！」

「びっくりさせたかったんだよ」

「え、ありがとう嬉しい。ほんと最低な客しかいなくて死にそうになってた」

声を潜めて言うとユリは笑って、「今日私のこと胡桃って呼んでね」と声を潜めて言った。またナンパ男を引っ掛けてきたのかと呆れながらはいはい、と頷く。ユリのこういうどうしようもないところに憤るほど今の私は健康ではない。ユリがこの店に来るのは一ヶ月ぶりくらいで、前回は仕事前に一杯と思って、という一言から始まって本当に十分ちょっとするとまた来るねと席を立たれてがっかりしたのだ。

「胡桃はジントニック？　お兄さんは？」

「胡桃が好きなん頼んでええよ」

じゃあ、ジンライムかな、と捻りのない注文をして、こっちは壮太、こっちは美玖、あ、ミカだっけ？　という雑な紹介をされてお互い少し戸惑ったまま私たちは会釈をする。どう考えてもついさっき出会った様子ではない。不倫相手だろうか。ちらほらと男の影は感じていたし、ナンパされても無防備な様子のユリを見てきたからいても不思議ではないけれど、遊び以外の不倫をするタイプには思えない。少なくとも私の前に不倫相手と思しき男を連れてきたのは初めてだった。私より歳下であろう、リア充感漂う壮太があれこれユリに気を遣っている様子に、無条件に憐れみを抱く。

「美玖も飲んでいいよ。無理して飲まなくていいけど」

「ユリとなら飲むよ。ちなみに今日入れられた酒の中で初めて本物の酒ね」

言いながら、きちんと三分の一ウィスキーを入れハイボールを作る。乾杯と言いながらグラスを合わせると、壮太が居心地悪そうに店内に視線を走らせているのに気づいて申し訳なくなる。どうしてこんなガールズバーに引くタイプの男を連れてくるのだろうと、ユリの空気の読めなさに呆れる。

「で、現在の借金はいくらなの？」

「和解金五十万、弁護士費用三十万、五十万は貯金で即払いしたけど、弁護士費用は丸っと借金。貯金ゼロになったから家賃生活費のためにもうちょっと借金して、最大で五十万くらい借りたけど、今は三十万くらいになったかな」

「まあまあいいペースじゃん。サラ金て利息いくらくらいなの？」

「借り入れが十万から百万なら年利十八パーセント。つまり十万だとしたら年間の利息が一万八千円。まあ全然大したことないよ」

「じゃあ三十万の今は、年間の利息が五万四千円、てことは月の利息は……」

斜め上を見上げてそこで言葉を止めたユリに、「四千五百円」と壮太が優しげな表情で答える。

「じゃここで一時間半働けば利息分が賄えるってことか。サラ金て最低なイメージあるけどものは使いようだね」

「自分がサラ金に感謝する日が来るとは思わなかったよ。私もすごく警戒してたけど、借りてみればまあクリーンなもので、広告代理店くらいの胡散臭さしかなかった」

「クリーンて認識は間違いだよ。何もないところから金を生み出すシステムに身を委ねてると、その状態に慣れ切って借金への抵抗がなくなって繰り返す人多いから気をつけな。まあ美玖はもともと破滅志向なところがあるから、その志向の果てにあるものを体験するのも一興かもしれないけど」

ユリは唇の端を片方だけ上げて笑い、私はようやく下らない会話から解放されたことに喜びを感じて微笑んだ。

「ここで働いて最短ルートで返済して、その後は二度と関わらないよ。まあ、ここで体壊して入院とかしちゃったら治療費と借金が嵩んで完全に詰むけどね。貧乏って暇ないけど、それ以上にもっと色々ないなって思う」

「メンタルは？」

「ないよ」

「何が？」

「何もない。変わってない。救いもない癒しもない。恒常的に辛くて、もう皮膚がボロボロになってあちこちパカパカ割れてるのに毎日塩酸に手浸してるみたい。両手が腫れ上がってグローブになってるみたい」

ジントニックを飲み干して、まだ二口ほどしか飲まれていない壮太のジンライムを勝手に取り上げたユリは、へえ、となにかコメディアンがするような大げさな苦悩の表情を浮かべた。馬鹿にされているような気がして、以前は苛立っていたようなシーンだけれど、ユリの乖離的な様子が逆に可笑しくて笑ってしまう。

「なんか、肌荒れひどいもんね」

「やだな、分かる？　めちゃくちゃコンシーラー塗ってんのに」

彼が一時帰国した時など、小さなニキビが一つできるだけでおろおろして皮膚科に行ったりしていたのに、今顎を中心に五個くらい大きなニキビができていてもケアは特にしていない。洗顔後のケアの後にニキビの薬を塗ることすらしていない。むしろここに出勤した日は疲れきって、化粧を落とさずに寝てばかりいる。普段の過剰に質素な食事に、たまの同伴時の暴飲暴食、恒常的なアルコール摂取が祟ってか、ここ二ヶ月常に五個くらいニキビができた状態で生きている。私は完全に女を捨てたのだなと、ガールズバーで働く女に相応しからぬことを思う。彼と恋愛する可能性のない世界で、私は女でいる必要も、魅力的な存在である必要もないのだ。

「彼とは全く？」

「全く。ほんと全く。まあ連絡取ったら一回につき百万慰謝料請求されちゃうからね」

自虐的に笑いながら言うと、壮太が痛々しい、という顔をして私の顔をちらっと見上げた。痛々しい女ですけど何か？　という気分で痛々しさを誇張するように「はは」と笑う。慣れてないガールズバーに連れてこられて、こんな不倫泥沼話を聞かされて、こいつも災難だなと思う。そんな彼を全く気にしてなさそうな表情でジンライムを飲みきると、ユリは「ジンライムと美玖と同じハイボールちょうだい」と注文する。

「聞いてよさっき来た客、なんか自分なんてって気持ちになってた時に、テレビかなんかで泥水飲んでるアフガンかなんかの子供の映像見て、俺は恵まれてんだなって思って、もっとしっかりしなきゃとか頑張らなきゃと思った的なこと言ってて。まじではあ？　って感じ。誰かを自分より下に見て自分は恵まれてるとか言い出す奴って本気で恥ずかしくないのかな」

溜まっていた苛立ちを吐き出すように一気に言い切る。言葉にしたらしたで、さらに腹が立ってくる。

「私この間映画観に行ったんだ。仕事で付き合いのある人に大傑作ですよって勧められて観たんだけど、それがものすごい愚作で」

この、自分の振った話に対して、別の角度やモチーフから切り込んでくるユリのやり方は、あまり好きじゃない。

「精神病の最下層の男が、社会に弾圧されて辱めを受けて邪悪な人間に変貌していくって話なんだけどね。結局主人公がただの可哀想な人に描かれてるんだよ。ただの悪人、ただの善人、ただの可哀想な人、ただの幸福な人、そういう人を描写するクリエイターって信用できないよね。可哀想な人にも喜びや愛に満ちる瞬間があるし、幸福な人間にだって邪悪になる瞬間、希死念慮に囚われる時があるし、悪人にだって愛はあるし、善人にだって殺意を抱く瞬間はある。そういう人間の多層性を無視して、都合の良い面だけを切り取ってキャラクターを描こうとするクリエイターは、ただ受け取り手の感情をいたずらにくすぐって金を稼ぎたいだけだから」

分かるよ。私は呟いた。昔、付き合いのあった文芸編集者が、そういう小説のことをポルノと表現していた。泣かせるために作られたフィクションは、勃起させるために作られたポルノと同じだ。一時的な快楽を得ることはできても、そこから本質的な問いや力を得ることはできない。射精はできても、射精した瞬間どんな内容だったかすら思い出せなくなる。私も同感だった。あの編集者の彼は、どうしているんだろう。そんなことを言う編集者が今のこの世の中でベストセラーを飛ばせるわけがないから、もう異動しているかもしれない。

「でも、売れんかったら意味なくない？　認知度広めんと食っていけない人やっておるやろうし」

私がその編集者の話をしようとした瞬間、壮太が言った。言っている内容よりも先に、こんなことを言う、ユリが一網打尽にしそうなタイプと思しき男を、ユリが連れ歩いていることに疑問を抱く。

「生前評価されなくて、死後に評価されたクリエイターはいくらでもいるよ。生前一切作品を発表せず、引きこもって絵を描き続けていたヘンリー・ダーガーに至っては、大家が遺品を片付ける時その作品群を見つけて美術関係者に連絡していなかったら全てが焼かれて名前すら残らなかった」

「だから、そんなん最悪やない？」

「生前評価されずに死んでいった人と、売れまくって豪遊して死んでいった人とどっちが幸せか、いや、そもそも誰の幸不幸も一元的に判断するべきじゃない。お金があれば幸せ、売れたら幸せ、っていうのは、お金も名声も地位も持たない人々の幻想でしかないよ。『非現実の王国として知られる地における、ヴィヴィアン・ガールズの物語、子供奴隷の反乱に起因するグランデコ・アンジェリニアン戦争の嵐の物語』を一万五千ページ書き連ねてきたダーガーが、売れなかったから不幸だったなんて私には到底思いつかない発想だね。まあ、私は彼の作品は趣味判断としては好きじゃないけどね」

壮太はとてつもなく何かを言いたげではあったが、ユリがこの調子になるとどんな反論を繰り出しても言い負かされると知っているようで、そっか、とその本質を全く理解してはいないし納得もしていないが、口で勝てないことを納得した、とでも言いたげに目の前のハイボールと向き合った。

「ユリの言ってることは分かるよ。ああいう客は、人にレッテルを貼ってそれだけで判断してる。そのレッテルがいかに物事を矮小化《わいしょうか》させているか気づいてない。ユリに言葉にしてもらってちょっとスッキリした」

「自分の中の大切なもの、守るべきものは誰も守ってくれないし、自分でそれを守り抜くには理論武装が必要だよ。センスがあれば大切なものとくだらないものの判断くらいはできるけど、そこを自分自身に対しても世間に対しても論理的に説明できないと、人は簡単に誑《たぶら》かされて落ちてくからね。言葉は剣であり盾だよ」

「私はユリみたいに理論武装してないから、そうやって瞬発的に反論することができないんだよ。いつももやもやしてぐるぐる考えてる」

「それは、美玖が作家だからだよ」

「何それ。私は作家じゃないよ」

何故か嬉しそうな様子のユリが気色悪くて顔を顰める。

「これまでのことも、馬鹿な客とのやり取りも小説に書けばいいじゃん。作家は書くことで思考するんだよ。小説は高尚なものだとか、神聖なものだとか思ってる？　小説は肥溜めだと思ったらいいよ。小説好きとスカトロ好きは正味人口としては同じくらいなんじゃないかな。もちろん、小説好きもスカトロ好きもソフトからハードまでピンキリあるけどね」

また始まった、と私はユリの言葉に肩をすくめてみせる。壮太も戸惑いの表情を浮かべ、ちらっと私を見やる。

「ねえ、さっきから、ユリって誰？」

壮太の言葉に、やってしまったと顔を歪めたけれど、ユリは一瞬の動揺もなく「ああ、美玖とは昔キャバやってた頃に知り合ったんだけど、その時の源氏名がユリだったの」と淀みなく答えた。

「胡桃、キャバやってたん？」

「もう十年くらい前の話だけど」

こんなに饒舌で、こんなに息を吐くように嘘をつけるのに、どうしてユリはこんな風に周囲から排除される存在であり続けるのだろう。改めて、ユリの生き方が不思議だった。どこか不安そうな壮太は、そうなんだと答えながらカウンターの下でユリの手を握った。全ては見えないが、彼の腕の角度で分かった。まあそういう関係なんだろうとは思っていたけれど、どこかですっと興ざめしている自分もいた。この壮太という男は、ユリが結婚していることを知っても、訴えたりなどしないだろう。偽名を使って欺いていたと知っても、責めたりしないだろう。皆上手くやっている。金持ちを最大限に利用したモモも、広く浅く手を出しては男を乗り換えるユリも、隣でアフターの誘いにどうしよっかなーともじもじしながら悩んでいる風だけどアフターは同伴と違って時給換算の加点に繋がらないから最終的には絶対に断るヒナちゃんも、この世の中を各々サーフィンしながら生きている。私だけが、貧相なビート板で波に乗ろうと、ハードモードで挑んでいる。虚無に襲われ始めた私に、ユリは「あ、明日早いからそろそろ」と、ペンを摘むジェスチャーでお会計を促す。

「えー、もう帰っちゃうの？」

「今度ご飯行こう。奢るからさ」

ユリの言葉に頷いて、またLINEする、と不貞腐れて呟く。ごちそうさまでした、と律儀にカウンターをナプキンで拭い、財布を取り出そうとする壮太にいいよとユリは手のひらを示し、会計を済ませた。

「ユリ、弓子さんとは連絡取ってる？」

三人で会ったのは、もう半年くらい前、ユリに呼び出されて集まったのが最後だった。私と弓子がユリに対して攻撃的になり、何となく喧嘩別れっぽくなって以来、三人とも何かあるとそれぞれと連絡を取り合ってはいたようだけれど、三人のグループLINEは更新されないままだし、三人で会ってもいなかった。

「ひと月前くらいに電話したかな。同居調停について話してたけど」

「ああ、私もその頃が最後かも。また今度三人で飲まない？　もうずっと三人で会ってないよね」

「私は別に三人で会う必要性は感じてないよ。人が三人集まると邪悪な社会ができるっていう事実を身を以て体験したからね」

定説を実証できたことに喜んでいる風でもあるユリに、ブレない奴だ、という感想を抱く。もちろんあの時、追い詰められていたこともあって私と弓子が結託しユリを責める形に結果的になってしまったとはいえ、これまで何年も三人で定期的に会いあらゆることを共有してきたというのに、ユリはその場を喪失しても何とも思わないのだ。自分にとって大切なことを大切と思わない相手に対して苛立ったり否定的な気持ちになるというよりも、この人はこんな風に生きていて大丈夫なのだろうかという気持ちになる。確かに弓子といると、私は弓子と一緒になってユリを批判的に捉えてしまう節がある。でも今はただユリのことを真正面から見ていられる。邪悪な社会、というユリの言葉に、私は自分の無力さを感じた。

まあ俺、結構イキってたんすよ、若い頃は結構親に迷惑かけちゃったりもして、だから今は真っ当になったってちゃんとアピりたいんすよ、最近母親のこと見るとなんかちっちぇえなって思うことがあって、実際縮んでんのかもしれねえんすけど、でもその小さな人をもう悲しませたくないんす。

送迎の運転手の男の子の話が、やっぱりそこで展開を止めたのに気づいて、そうなんだ、お母さんも安心してるんじゃない？　と、まあやってるのはガールズバーの送迎だけどなと思いながら適当に答える。ガールズバーには、ナショナリストと差別主義者のみならず、血縁に重きを置いている人が多い。ぼんやりと窓の外の寝静まった街を眺めながら、どこかでユリの言葉が渦巻いていた。

かつて小説を書いていた頃、私はどこかで投げやりだったように思う。何があってもどこかで「小説に書けるし」と片付けていた気がする。己の不幸や悲惨な体験に対してそこまでの絶望がなかったのは、どこかで「小説に昇華する術」が自分にはあると思っていたからかもしれない。今の私は純度の高い不幸に身を浸しているけれど、もしも今小説を書いていれば、今の状況をもっと俯瞰的に捉え、目の前の不幸にここまで囚われずにいられたのかもしれない。ユリの言う理論武装は、やはり私にとって小説の執筆であったのかもしれない。シールドのなくなった私は、塩酸を直に受け止め、もうドロドロに溶けている。形にしたい、そう思った。このドロドロになってもはや形を留めない自分を、書くことによって少しでも形にできるのであれば、それを誰かに評価されずとも発表せずとも、一ミリでも二ミリでも、ささやかな礎になるかもしれない。そう思ったら、これまで悲惨な状況に直面し続けながら、一瞬たりとも小説を書くことを考えつかなかった自分自身が情けなくて、涙がこみ上げてきた。でもこんな人間に成り下がったからこそ、何か書けるかもしれない。私の思考回路が、既にしてかつての形態を取り戻しつつあることに、そう思った瞬間気がついた。

弓子

すみません、少し急ぎで向かっていただけますか。五時までに着きたいんです。私の言葉に運転手ははいはい、と答えた。はいはいって子供かよ、と苛立ちながらバッグを漁りスマホを取り出す。校了の時期に仕事以外の雑務で駆り出されると、ほんの僅かな時間のロスであっても他のあらゆる業務を圧迫する。締め切りを二日過ぎているのに映画批評の原稿を送ってこない映画監督の矢張《やばり》さんに電話を掛けると、六回コールが鳴ったところで留守電に切り替わった。「お世話になっております。光岡です。今月の連載原稿の進み具合はいかがでしょうか？　お時間ございます時にメールかお電話でご連絡いただけると助かります。またこちらからもご連絡差し上げます。失礼いたします」電話を切ると、自分が取り立て屋になったような気がして憂鬱になる。

最近、電話を掛けるのはマナー違反だという言論が目立つようになってきた。アポなし訪問する新聞勧誘や保険の勧誘と同じで、事前確認もなく突然人の時間を奪うのは暴力的だとする意見だ。しかし資材や広告、営業や販売、社外でもデザイン事務所や矢張さんのような書き手やライター、芸能事務所やスポンサーなど、あらゆるポイントとの中継点になる編集部の人間としては、全てをメール連絡にしてしまうと非効率的なのだ。唐突に時間泥棒を仕掛けてくる私のような人に苛立つ人々は、時間を盗まれることよりも実際にはそういう効率性で物事に優先順位をつけるこちらのガサツさに苛立っているに違いない。しかしこのガサツさを示さないと物事が進まないことだってある。直接的な声で催促した方がプレッシャーを与えられるのは事実なのだ。つまり結局のところ、今私は取り立て屋なのだ。

五時を数分すぎたところで到着した雑居ビルのエレベーターに乗り込みながらメールをチェックする。スポンサーとのタイアップページにOKが出たという連絡にホッとする。少し先鋭的に攻めすぎたかなと、出来上がったページを見て不安に思っていたのだ。

「こんにちは。今日はよろしくお願いします」

「よろしくお願いします。えー、結果は本人にも持たせましたが、今日は先週行われた模試の結果を元にご提案、ご相談をさせていただこうと思います。彰人《あきと》くん、算数と理科が伸び悩んでいますね。第一志望は修徳、第二が立実ということで、立実は完全に射程範囲かと思うのですが、修徳は不安が残るところです。ご提案なんですが、コースをマスターに変更してみるというのはいかがでしょう。こちらですと日曜も午前から夕方までみっちり教えられますし、常時少人数クラスとなりますので今よりも手厚く指導ができると思うのですが」

これまでも何度か彰人にマスターを提案してきたが、すでに塾のために土日やっていたサッカーを日曜のみに減らしていたため、絶対に嫌だと突っぱねられていた。私も、現在月六万の塾費用がマスターだと八万に跳ね上がるのを懸念してありがたく思ってきたが、夏期講習を終えた段階で偏差値が修徳の合格範囲に上がらなかったことを思うと、最後の追い込みとしてマスターに変更した方が良いかもしれないと揺れ始めていた。彰人と幸人のサッカーが月一万五千円、幸人の塾費用が月三万、幸人の英語教室が月二万八千円。二人の塾と習い事代で月合計約十五万。サッカーも塾も英語教室も、ユニフォーム代や教材費として唐突に二、三万の出費が頻発するし、さらに冬期講習で一人六万程度の支出も発生するだろう。そもそもこの塾はぼったくり過ぎじゃないか？　彰人のクラスメイトのヒロキくんなんてクラスで一番頭が良いのにこの間お母さんとちらっと話したら塾費用は月三万くらいだと話していた。でも受験まであと三ヶ月と迫った今、塾を替えるのは不可能だ。

「一度持ち帰って、本人と相談してみます」

「ご主人はお忙しいですか？　以前はお二人で見えていましたよね」

ええ、最近忙しくて家にもあまりいないんです……困った表情を浮かべて言うと、「ではご家庭でしっかりと話し合ってください。今が最後の頑張り時ですから」と先生は目力を強くして会釈した。怒りが湧き始めていた。受験が近づきここぞとばかりに営業をかけてくる、保護者の不安を食い物にするハイエナのような講師にも、息子の受験を控えたこんな大切な時期に家を出て行った夫にも。

「猛勉」「絶対合格！」「必勝！」「伸びる子の十ヶ条」等の張り紙がベタベタ貼られた廊下を歩いている途中、吐き気が襲ってくる。逃げるようにエレベーターに乗り込み外に出ると、ほっとして大きく息を吸い込む。私も中学受験組だった。バカと田舎者ばっかりのクラスが嫌で、自分から進んで進学塾に行き始めた私は、塾のこの世界観に辟易していた。あれから三十年近く経っても、日本のこの受験ノリが変わっていないこと、田舎だけでなく東京の塾もこんな調子であることに、あらゆる塾の見学に行って愕然とした。少なくともあのバカ丸出しの張り紙だけでも剝がせばまだマシなのに。このデリカシーの欠片もない、完全に開き直った空気に最初は強烈な抵抗があったが、日本の受験制度を思うと進学塾に行かせるのが最も効率的で、無難なやり方であることに変わりはなかった。

あの空気に浸り切らないこと。私は長男に強く注意した。受験スキルを身につけるため、今はあの塾のシステムに則って勉強を進めていく他ないが、あのシステムが如何にバカげていて、人間の思考能力を、自尊心を奪っていくものか、しっかりと説明した。私の意見に左右されやすい長男は、塾に通ううち厭世《えんせい》的な態度をとるようになり心配していたが、それでも素朴さや子供らしい無邪気さを忘れずに育ってきたのは、サッカーの存在が大きかったように思う。やっぱり、今の時期に一時的にとはいえサッカーを辞めさせるのはあの子のためにならないのではないだろうか。

こうして考えながら、夫のことが頭に浮かんでくるのを抑えられなかった。あれだけの仕打ちを受け、離婚要求され、争い続けている夫に相談したいという気持ちが湧き上がるのだ。育児について意見が割れたこともあったけれど、私たちは常に子供たちの教育について、子供たちのこれからについて情報を共有し、納得いくまで話し合ってきた。夫に話したい、相談したい、意見をもらいたい、我が子たちについてこれほど深く悩み、延々と考え続けてきたのは私と夫しかいないのだ。それなのに女を作り出て行った、それなのに私と子供たちを裏切った。怒りと情けなさと、一瞬でいいからこの重荷を誰かと共有したいという気持ちの狭間でモヤモヤしていると、電話が鳴った。尾長勇吾という夫の名前に、今の考えが見透かされていたような気がして、そんなはずないのに恥ずかしさが全身を駆け巡る。出たくない、と反射的に思うが、夫から電話が来るのは彼が家を出て行って以来初めてだった。何か特別な事情があるのだろうと分かったけれど、その特別な事情がこちらにとって都合の良いものである可能性は限りなく低い。

「もしもし弓子？」

「うん」

「メール見た？」

「ううん。今塾の面談が終わったところで」

「幸人が怪我をしたって子ども教室の人から連絡がきて」

「幸人が？　怪我って……」

「友達と遊んでて、ぶつかって倒れた時に腕をコンクリートかタイルかにぶつけたみたいで、とにかく縫合が必要だって判断されたみたいで今は病院にいるって」

え、と呟いてから言葉が続かず、絶句したまま自分がパニックになりかけているのに気づく。

「どうしよう」

「今タクシーで向かってて、あと五分くらいで着くから。弓子の携帯にも連絡が入ってると思うけど、病院の名前入れといた。弓子は来れそう？」

「今行く」

「保険証と医療証、持ってこれる？」

「うん、一旦家に戻って持ってく」

「心配しなくて大丈夫だよ。俺が電話した時、教室の人が幸人に電話代わってくれたんだけど、本人はしっかりしてた」

「分かった。ありがとう」

言いながら空車のタクシーを停め乗り込む。家の住所を言って、その後また別の場所に行きますと言うと、その後どこですか？　と無遠慮な聞き方をされて腹が立つ。ちょっと待ってくださいと言いながらスマホのロックを解除すると、電話と留守電が二件ずつ入っていた。夫からのLINEを開くと、病院の名前と地図が入っている。「都立医科大学医療センターです」あ、はい。とぼやっとした運転手の返事に苛立ちながら留守電を聞く。幸人くんが怪我をしてしまい、これから救急車で搬送してもらうところです。気づきましたらご連絡くださいという内容と、搬送先の病院が決まりましたのでご連絡しますという内容だった。両方に入っていた大変申し訳ありません、という謝罪の言葉に逆に腹が立つ。こんな時に保身かよ、もっと今の状況について話すべき伝えるべき内容があるだろうと戦慄《わなな》いた。メールを開くと矢張さんから宛名も署名もなしの「締め切りいつまで遅らせられますか？」という一言だけのふてぶてしいメールが来ていて、それどころじゃないんだと怒鳴りたい気持ちで返信せずホーム画面に戻した。

病院に到着すると、受付で前の人がグダグダと何かを話しているから、すみません手が空いている方いませんか？　と声を上げ、奥から出てきたスタッフに息子の治療がどこで行われているか聞いた。外来の時間は終わっているようで、随分人の少ない待合スペースを小走りで通り抜け、外科の診察室の前まで来ると、夫に電話を掛けた。すぐに奥の処置室から夫が顔を出し手招きをする。夫の顔を見るのは、半年ぶりだった。なんだか少し太った気がする。

幸人は、と言いながらドアをくぐると、処置台に乗った幸人が振り返った。

「ママ」

元気そうな幸人の姿を見たら、今の今まで泣きそうになっていたのに、しっかりしないとという気になってにっこりと微笑んだ。右腕に走る前腕の傷は五センチほどで、血は洗い流されたのか、ぱっくりと中の肉が見えている。思わず少し歪んだ私の表情に幸人は笑って、「大丈夫だよ、もう痛くない」と言う。

「今から縫合するところです。もうスプレーの麻酔をしてあるので、痛みはだいぶ和らいでいるはずです」

「何針くらい縫うことになるんでしょう」

「十針程度です。これから笑気麻酔をしながら麻酔を注射して、効いてきたところで縫合します。幸人くん、笑気麻酔の経験はありますか？」

「はい。小さなころ歯科で治療した時に、一度か二度経験しています」

「その時は問題ありませんでしたか？」

「大丈夫です。歯科で注射の麻酔も受けたことがありますが、その時も問題ありませんでした」

「分かりました」

「一緒にいられますか？」

「お望みであれば」

「傷痕は残りますか？」

「うっすらとは残ると思います。一週間後に抜糸をするので、そうしたら日光に当たらないよう日焼け止めか、あるいは保護テープを貼ることをおすすめします。縫合後の傷痕は、紫外線に当たることで残ってしまう場合が多いんです」

「弓子、その辺のことは縫合が終わった後に聞こう」

　夫の言葉にはっとして、私は幸人の左手を握る。大丈夫？　と聞くと、傷痕残った方がカッコよくない？　と呑気なことを言うから、私は「こら」と幸人の頭を叩く振りをして笑う。先生も、夫も笑っていた。私は、脳が痺れるような感覚に襲われたことに気づいて処置台に手を置く。

「では笑気麻酔をしていきますね」

がんばってね、すぐに終わるから大丈夫だよ、一緒にいるからね、看護師が鼻の下に固定したチューブから笑気麻酔を吸い込む幸人に声をかけ続ける。幸人の目が少しずつとろんとしてきて、私もヒアルロン酸注入をされてる時こんな感じになってるのかと、そんなことを考える余裕が出てきたことに気づいてホッとする。では麻酔を打っていきますね、と注射器を持った医者がぶすぶすと、容赦無くぱっくりと開いた傷の中に針を刺していくのを見て血が下がっていくような気がした。後ろで夫が深く息を吐いたのが聞こえて、苦笑しながら振り返ると、彼も苦しそうに笑った。お母さん、辛かったら見てなくても大丈夫ですよ、縫合を開始した医者がそう言ったけれど、「こんな機会もないので見ておきます」と答えると笑われた。

「弓子は縫合したことないんだっけ？」

「ないよ。あれ、勇吾はあるんだっけ？」

不意に飛び出した夫の名前に自分で少し戸惑う。幸人が生まれてからしばらくして、私たちは子供の前では互いをパパ、ママと呼ぶようになっていたのだ。赤ちゃんの時だけだろうと思っていたその習慣は、戻すきっかけを失い今の今まで継続していた。

「あるよ。頭五針」

「なんか、縫合したことのある人って何針縫われたか絶対記憶してるよね」

「別に自慢してるわけじゃないよ」

今まさに肉を縫い合わせられている幸人を安心させる目的もあったけれど、私たちはもう何年も交わしていなかったような柔らかい会話をしていた。脳が震えている。私はまた訪れたその感覚に少しだけ眉間に皺を寄せる。疲れているのだろうか。異常事態に置かれ、情報処理が追いついていないのかもしれない。

「幸人、もうちょっとだよ。がんばって」

幸人は何も答えなかったけれど、私の目を見るとニコッと笑い、手の力を強めた。

処置を終え、これからの注意点と抜糸の日程について説明を受けると、私たち三人は処置室を出た。待合室では子ども教室の責任者と搬送に付き添ってくれたというスタッフが待っていて、事故の経緯を説明され、謝罪され、保険についての話が始まったところで夫が遮った。

「すみません、今日はこの子も疲れていると思うので、保険の話は後日でいいですか？」

申し訳ありません、と平謝りする二人に頭を下げ、私たちは病院を出てすぐ隣にある薬局に寄り、処方箋を渡した。

「校了近いよね？　大丈夫なの？」

夫の言葉に一瞬きょとんとして、私の校了を気遣ってくれる人がこの世にいるのだという事実に感心しながら、もう今日は戻らないと答える。

「鍵貸してくれるなら、幸人連れて帰ってご飯食べさせるけど」

「ううん、大丈夫。明日朝一で行く」

「そう」

「ねえパパ。今日だけ家に帰ってくれない?」

幸人がそう言った瞬間、私と夫の表情は曇った。それは自分の一存では決められない、私も夫も、そういう顔をしていた。

「ママ、いいよね?」

迷いが加速していく。今日ここで三人で家に帰って破綻してしまった家庭を再演したところで、夫はまたすぐに消え失せるのだ。一瞬の夢を見て、夢から醒めた時、幸人は自分がどれだけ傷つくか分かっていない。父親が出て行き、パパはしばらく帰ってこないと伝えてから、幸人は何日も夜ベッドに入った後一人で泣いていた。沈黙が続いて、こんなことなら社に帰るからと幸人と二人で帰って貰えば良かったと思い始めた時、「じゃあ夜ご飯だけ、夜ご飯だけでいいから三人で食べたい」と幸人が言った。私の返事を待たず、夫が「いいよ、一緒に食べよう」と答えた。

「やった! 僕がんばったからハンバーガーにしたい!」

「駄目。先生が今日は刺激物は避けてくださいって言ってた」

「ハンバーガーって刺激物か?」

「油っぽいものは駄目。家に帰ってお粥にしよう」

えー、と不満そうな夫と幸人に微笑むと、また脳の揺れを感じた。もしかしたらと思っていた疑念がようやく確信に変わった。私は夫と幸人といるこの瞬間に、幸福を感じているのだ。病院で、仲の良い普通の家族のように振る舞いながら、夫と軽口を叩いて笑い合いながら、深い幸福に脳が震えていたのだ。この悪魔のような夫の所業によって突き落とされ半年間地獄を彷徨い続けてきた私は、そんな悪魔のような夫と仲良しごっこをすることで幸福を感じているのだ。情けなくて、バカみたいで、泣きそうだったけれど、半年ぶりに叶った幸人の幸福な時間を壊したくなかった。

えっ、パパ？　どうしたの？　えっ、幸人が怪我？　九時半になり、塾から帰宅した彰人は顔を輝かせて父親の帰宅を喜び、幸人から怪我とその後の経緯を聞かされ、とにかく興奮していた。修学旅行に行った時の話、先週のサッカーの練習試合での自分の活躍、父親と共有して読んでいた漫画の最新刊の話を次々にまくし立てる。幸人はしょっちゅう夫とメールをしているようだったけれど、彰人は塾通いもあってかほとんど連絡を取っていなかったようで、あれも話してなかったこれも話してないよね？　と次から次へと話題を振っていく。自分の怪我のおかげで家に連れ帰れた父親を兄に取られた気がしたのか、幸人が不満そうな顔で兄を見つめている。

「で何食べたの？　え、お粥？　パパとママも？」

「そんな、幸人にお粥食べさせて私たちだけステーキ食べたりできないでしょ」

「それはそうかもしれないけど、半年ぶりに家帰ってお粥なんてパパも災難だね」

そんな大人っぽい口調で言って笑う彰人は、どこまで事情を理解しているのだろう。二学年下の幸人と違って彰人はそれなりに夫婦間の問題を認識していそうではあったけれど、それでもさすがに父親が他所で女と暮らしているとは思っていないだろう。

「彰人は？　お弁当全部食べた？　お腹空いてない？　まだお粥あるけど」

「全部食べたよ。お粥以外で何かある？」

「うーん、冷凍してあるハンバーグとか、大根の煮物が冷蔵庫にあるけど」

「えー、お兄ちゃんだけずるい。僕だってハンバーグ食べたいよ」

「でも幸人はまだ刺激物は駄目だって」

小食で、身長も低めで心配していた彰人が、この数ヶ月で食欲が増したようでもう少し大きなお弁当箱にしてくれないかと直談判してくれた時は、久しぶりに心が躍った。冷凍食品ばっかりで適当に作るようになっていたお弁当も、スペースが増えた分品数も増やさないとと張り切って作り置きのおかずを大量に冷凍した。夫が消えた分、作る量を減らしたご飯を、彰人が無理して食べることで夫のいた頃に近づけようとしているのではないかとナイーブなことを考えたりもしたが、こうして夜遅くに帰宅した彰人がお弁当を毎日完食していて、さらに夜食を欲しがったりするたび、私は心に明かりが灯ったような温かさを感じていた。

「もう大丈夫だよ。幸人も元気だし、ハンバーグ食べようよ。俺もやっぱりお粥だけじゃ物足りないしさ。タンパク質摂らないと傷だって治んないよ」

夫の言葉に息子たちはやったーと声を上げ、私は仕方ないなあと言いながら冷凍庫を開ける。しばらくこれでお弁当のスペースを埋められると思っていた、すでに焼き上げてある小ぶりのハンバーグをありったけ皿に出してレンジに入れる。取り皿とか用意するよ、と夫がキッチンに入ってきて、私は小声で「彰人のことで、ちょっと話したいことがあるから、子供たち寝付くまでいられない？」と聞く。

「いいよ。受験のこと？」

「うん」

「分かった」

夫に相談できる安心感と同時に、私と二人きりになったらまたあの、冷たい目で「俺は弓子といるのが苦痛だった」と吐き捨てた夫に戻るのだろうかと胸が冷える思いがする。

歓声を上げてハンバーグにかぶり付く三人の男たちを見ながら、私はぼんやりと、いっそこの男三人にご飯を作り続ける飯炊きになりたかったと思う。彼らの体のコンディションや成長、老化に対応しながら、それに合ったご飯を作り続ける仕事に就きたかった。反射的に虚しい願いだと思ったけれど、これを虚しい願いだと思ってしまう私の方が虚しいのかもしれないとも思った。私が専業主婦になっていれば、夫は他所に女を作らなかっただろうか。そんなはずはない。それに私が専業主婦になっていたら、今の私はなかったはずだ。でも今の私にこだわるべき理由がどこにあるのだろう。今の私に、固執するべき要素が一つでもあるだろうか。何か強烈にこだわり抜いて生きてきた気がしていた。幼い頃からあらゆるものと戦って、あらゆるものを批判して叩いて拒絶して、何かを守り抜いてきたような気がしていた。でもこうして何かと戦い抜いて経験値を貯《た》めてレベルアップしてきたつもりでいた私に訪れたのは、夫の不倫という、離婚要求という、最も近しい人に根底から拒絶される現実だった。

「おいしい？」

私の言葉に頷く男たちを見ながら、脳が震えた。永遠に、この瞬間に閉じ込められたかった。この瞬間に閉じ込められて絵画にでもなってしまいたかった。

歯磨きをしてパジャマに着替えた子供たちは、最後に一緒に寝たのがいつだったかも思い出せないほどだというのに、パパと寝たいと言い張り私たちを困らせた。二人とも一人部屋にセミシングルベッドを置いているだけだから、とても夫が寝かしつけをできる大きさではない。じゃあリビングに布団を持ってきて三人で寝ようと提案する幸人に、彰人がパパとママのベッドに三人で寝ようと提案する。

「いい加減にしなさいよ。ママもパパと話したいことがあるから、二人はもう上で寝なさい」

私の言葉に、幸人は渋々ながら納得した素ぶりを見せたけれど、彰人は納得のいかない様子で夫に交渉を続ける。

「彰人、パパもママも明日仕事なの。もう十一時半。いい加減寝なさい」

さすがに言うことを聞くだろうと思った。三歳の頃から、私の意に反することは、なんだかんだでしない子だった。こっちがうんざりしたという素ぶりを見せると必ずどんなわがままも取り下げて引き下がった。ほら、上に行きなさい、私がそう言った瞬間、彰人は背中に氷を当てられたかのようにぶるっと体を震わせ私を睨みつけた。

「ママは黙ってて！」

久しぶりに四人分の声が響きざわわしていたリビングが唐突に静寂に包まれ、私はダイニングテーブルを拭く手を止め、口を閉じたまま固まる。幸人はこの家の絶対君主である母にこんな態度をとった兄に戸惑いよりも恐怖を抱いているようだった。

「彰人、ママにそんな言い方しちゃダメだよ」

夫が彰人の肩に手を載せてそう言うと、彰人は突然大声で泣き始めた。泣いているというよりも、吠えているに近いかもしれない。幸人は豹変した兄に慄《おのの》いている。大きな怪我をしてようやく家に帰ってきたのに家庭がこんなにガチャついていて可哀想に、とこんな時まで幸人の精神を心配してしまうのは何故なのだろう。そんな思考回路でいるから、彰人はこうして限界まで全てを自分の中に詰め込み爆発させたのかもしれない。そう思いながら、彰人に歩み寄り、抱きしめる。吠える彰人の体の震えが、私にも共鳴する。これが家族の壊れる音なのか。ギャー！　という彰人の叫び声を全身で受け止めながら、どこかで冷静にそう思う。

「彰人、いいよ。一緒に寝よう」

夫がそう言うと、夫の腕をきつく摑み、肩を震わせながら彰人が頷く。私は愕然としながら、彰人から僅かに体を離す。受験のプレッシャーもあるのだろうし、父の出て行ったこと、父なき家で自分がしっかりしなければという気持ちもあったのかもしれないし、だとしたら、彼には私が幸人の心配ばかりをして、彰人はきっと大丈夫と高を括っているように見えていたのかもしれない。私の予想に反して、父親の裏に女の影を感じ取っていた可能性もある。彰人が大声で泣きたい気持ちを、きっとずっと抑えつけていたことに、私は自分を見るような思いになった。もっと早く言えばいいのに、言葉にすればいいのに、寂しいと、辛いと、もう限界なのだと、言えばいいのにと人には思う自分が狭いような気がしたけれど、自分にはできないと分かっているからこそ、私と彰人はこんなことになっているのだとも思う。

「ほらおいで」

夫はそう言うと、彰人を抱き上げた。泣きじゃくっていた彰人がうわっ、と声を上げて、泣き声を笑い声に替えた。ずるい僕も！　と幸人が絡みつく。お前ら重くなったな、と言いながら、夫は二人を何とか抱えリビングを出て行く。さすがに二人を抱えながら歩く夫が心配で、先回りして階段に落ちているおもちゃや本を拾いながら上に上がると、寝室のドアを開ける。ぐちゃぐちゃになっている掛け布団を掛け直しているとすぐに三人が来て、彰人と幸人はベッドに投げ出された。

「パパも疲れた。もう寝るぞ」

夫がベッドにドスンと横になると、二人は夫によじ登ってその反応に一喜一憂している。涙の残る顔で、彰人は夫にくすぐられ大声で笑っている。

「お前たちはまだまだ子供だな」

夫の言葉に、子供だよ、知らなかったの？　と二人が口々に責め立てる。そうだ。あなたはまだまだ幼い子供たちを捨てて出て行ったのだ。湧き上がり始めた苛立ちは子供たちの笑い声に掻き消され、私は二人のベッドから枕を持ってきて並べてやる。僕パパの隣、と彰人が端に寝る夫の隣に陣取ると、幸人は「ママも来て」と私に手を伸ばした。

「ママはまだやることがあるから」

「ちょっとでいいから。四人で並んで寝たいんだ」

これが四人でベッドに横になる最後の機会だと分かっているかのような口調で言う幸人に従って、私もベッドの端に横になる。もう寝るぞ、夫の声がして、リモコン操作によって電気が消えた。あっち行けよ、狭い、と小競り合いがあって、仲良くできないなら自分のベッドに戻りなさいと窘めると、二人はようやく静かになった。すぐに夫のいびきが聞こえ始め、息子たちがくすくすと笑い合う。目を閉じていると、瞼の隙間から涙が流れた。カサ、と小さな涙が枕に落ちる音がする。しばらくすると幸人の寝息が、そして彰人の寝息が聞こえてきた。肘をついて顔を上げると、暗闇の中に僅かに三人の顔が浮き上がる。愛しい人と共に眠ることの幸福を、喪失した今になって思い知る。喪失した後に気づくくらいなら、もう二度とそんな幸福の存在を感知しないまま憎しみの中で死に行きたかった。

深夜三時に目がさめると、ベッドに夫の姿はなかった。寝ぼけたまま起き上がり、化粧を落としていなかったことに気づく。子供たちに布団を掛け直し寝室を出ると、踏み外さないようゆっくりと階段を降りる。

「おはよう」

ソファでタブレットを見ていた夫が顔を上げて言う。

「帰ったのかと思った」

「さっきみたいなこと、彰人、よくあるの？」

「初めて。張り詰めてた糸が、勇吾に会って切れたんだと思う。びっくりしたよ。だから、しばらくは勇吾と関わらない方がいいかもしれない。もう普通に会ったりできないって思ってる方が、子供たちにとっては楽なのかもしれない」

「逆に、俺が子供たちに会う機会を定期的に設けることはできないの？　例えば土日だけ、俺が面倒みるとか。弓子だって一人になる時間が欲しいんじゃない？」

「家、会社の近くでしょ？　彰人の塾通いが大変になるし、ていうか彼女と暮らしてる家に子供をやれないよ」

「土日は向こうに実家に帰ってもらう」

「て言ったって、彼女の物を全て隠すなんて不可能でしょ。そんな所に行って子供たちが傷つくと思わないの？」

「じゃあ、土日俺がこっちに来るのは？」

「そんなこと、彼女が承諾するの？」

「説得するよ」

「私だって、普段他の女と暮らしながら勇吾がここに定期的に来ることを快くは思えないよ。あんな卑怯なやり方で出て行ったくせに、よくそんな都合のいいことが言えるね」

本当は夫に縋りたかった。一ミリでもこの家に関わってほしい、たまにこの家に帰ってくるだけでも、私たちと直接連絡を取り合うだけでもいい、私たちのことを気にかけているという事実だけでも、私たちは救われるのだ。あなたは私たちにとってかけがえのない人なのだ。そんな本心を口にできる女ならば、こんな状況には陥っていなかったのかもしれない。

「悪かった。今思うと理性を失ったやり方だったと思う」

「どうしたの？」

夫の態度を不審に思い、眉間に皺を寄せる。この間まで直接連絡は取らないで弁護士を通せとまで言っていたのに、なぜ唐突にこの家で土日を過ごす提案などするのか、不審極まりなかった。何か嵌められようとしているのではないか、何か本当の狙いが他にあるのではないかと、胸の奥がざわつく。何か言質《げんち》を取ろうとして、レコーダーでも回しているのではないかと夫のワイシャツのポケットを見やり、下部にペン染みのできたポケットに、思わず少し笑ってしまう。夫はいつも、ジェルボールペンをポケットに差していて、ペン先を出しっぱなしにしたまま入れてはいくつもペン染みを作ってきたのだ。

「え、なに？」

「ポケットにペン染みできてる。そのシャツ気に入ってたのに」

「ああ、もうガッカリだよ」

「すぐにインクの専用洗剤で洗えば落ちるのに」

「あれどこに売ってるの？　ドラッグストアでは見つからなかったんだけど」

「あれは確かヨーロッパの洗剤だから、ドラッグストアにはないけど、ネットで買えるよ」

「ＵＲＬ送ってよ。これはもう落ちないかな？」

「いつついたの？」

「三週間くらい前かな」

「じゃあ無理だね。薄くはできると思うけど、完全には落とせないよ」

　夫といて、こんなに穏やかな気持ちになるなんて不思議だった。昨日夫からの電話を受けるまで、次会ったら殴ったり刺し違えたり罵り合ったりするだろうと漠然と予想してたのに、ガスが抜けきったように今は穏やかだ。塾の面談の後、自然に夫に相談したいという衝動に駆られたこと、幸人の病院に駆けつけ、子供たちに自分は揺るぎない家族であることを示してくれたことで、私の怒りと憎しみはどこか形骸化してしまったようだ。

「馬鹿みたいに聞こえるかもしれないけど、弓子が俺のことを自分のことのように考えてくれてたことも、子供たちに求められてることも、今はよく分かるんだ」

夫はきっと、彼女との間に問題を抱えているのだろう。この人は疲弊して、寂しがっている。手に取るように分かったのは、私たちが十数年夫婦だったからだ。

「都合のいいこと言ってごめん。でも何か自分ができることがあるなら言ってほしい」

「とりあえず、彰人の受験のことなんだけど、模試の結果があんまり伸びてなくて、修徳は無理かもしれないって言われたの。立実はほぼ確実なんだけど、修徳にどうしても入れたいならマスタークラスに入れるのはどうですかって、最後の追い込みだからって。でもそうなると日曜も塾になるからサッカーは一時的にとはいえ完全に辞めることになる」

夫は唇を歪めてしばらく思案の表情を浮かべた後「修徳は捨ててもいいんじゃない？」と軽い口調で言った。

「受験てさ、苦しかったけど後から思えばあの時がんばっといて良かったとか経験者はよく言うけど、日本の中学受験の過酷なやり方は異常だと思う。十二歳の子が朝から夜の九時まで学校と塾で勉強して、家帰っても勉強するなんて、恒常的に学習っていう労働と緊張状態を強いられるって意味では軍隊にいるのと変わらないよ。学習をそこまで苦痛と思わないタイプとか、緊張状態で図太くいられるタイプとか、そういう子なら今推進する意味はあるかもしれないけど、彰人みたいなどっちの資質も持ち合わせてない子は、あんまり辛いとトラウマみたいなものを抱えるかもしれない」

「まあ、それは言い過ぎかもしれないけど、私も勉強漬けにするのは抵抗がある」

「彰人自身はどこでもいいって言ってるんだし、見てて分かるだろ？ あれは学習を楽しむタイプじゃないよ。幸人だったら誉めそやしてハッパかければ伸びそうだけど、彰人は今無理して修徳に入れたとしても結局ついていけなくなって苦労するんじゃないかな」

確かに、と言いながら、次第に何故そこまで修徳にこだわっていたのか分からなくなってくる。立実よりも学費が安いとか、歴史のある名門校だからとか、知り合いが何人か子供を入れていてとても良い学校だと聞いていたこととか、塾の先生にきっと修徳の校風は彰人くんに合うだろうし偏差値的にも射程圏内だからと勧められたこととか、いろいろ積み重なって修徳を第一志望にしていたけれど、別に絶対にそこに入れなければならない理由など一つもなかった。

「さっきのあの様子見ても、ストレス耐性ないのは分かるし、今の彰人からサッカー取り上げたらパンクするよきっと。幸人って、柔軟だろ？ こういう状況になってもさ、俺にちゃんと甘えられるじゃん。出て行った頃から毎日のように『寂しいから早く帰ってきて』とか『どうして帰ってこないの？』ってメールしてきて、学校でこんなことがあったとか、おやすみとか、今もほぼ毎日メールしてくるんだ。自分のストレスの処し方を分かってるし、自分の気持ちを伝える力を持ってる。でも彰人は違う。俺が出て行ってから一度も連絡してこなかった。ずっと、怒ってるのかなって思ってたんだよ。弓子のことを傷つけたこととか、黙って出て行ったことを。だから今日あんな風に甘えてくるのを見て安心したけど、心配でもある。もっと普通に、会いたいとか寂しいとか言ってくれればいいのにって思うけど、あいつの性格考えたらやっぱり無理なんだよな」

自分について言及されているようだった。私も幸人のように、会いたい、寂しい、捨てないでと本音を口にできていれば、爆発したり意地を張ったりなどしないでいられたに違いない。

「彼女とうまくいってないの？」

「こんなことを弓子に言うのはお門違いだって分かってるんだけど、一緒に住み始めてから、束縛がすごいんだ。なんて言うか、俺の意思を尊重してくれない。ずっとわがままが言えなかった分、爆発したように何もかも欲しがろうとする。ずっと我慢させてたから必死に応えてたけど、限界がきてる。今日だって幸人のことがあって帰れないって連絡したら何度も電話とLINE入れてきて、息子さん大丈夫？ って心配してる振りしながら、どこにいるのかとか、弓子が一緒なのかとか探り入れてきて。この家に帰ってきた時、すごい解放感があったんだ。今の生活がきついんだって、自覚したよ」

何故そんな状況に陥るのか教えてやろうか。お前らが浅はかな恋愛感情に突き動かされて生きている下等動物だからだ。そう言いたい気持ちと、それならもう家に帰っておいでよ、全部捨てて帰っておいで、やり直そうよ、と言いたい気持ちがグインと強力なミキサーにかけられたように混ざり合いどっちの言葉も口にできない。

「ごめん、今日はもう帰ってくれる?」

結局私から出たのはそんな可愛げの欠片もない言葉で、そういうとこ、というユリのいつかの言葉が蘇る。

「ごめん、長居したね。幸人の怪我も、そこまで酷くなくて良かった」

そう言って夫は立ち上がる。鞄にタブレットを入れ、スマホをポケットに仕舞う。

「今日は四人で過ごせて良かった。楽しかったよ」

夫の言葉に、私は何か一言、自分の気持ちを言葉にしなければ絶対に後悔するという焦燥に駆られ、ものすごい勢いで頭の中であらゆる言葉が駆け巡るのを感じる。そのどれも摑み取れずにいる内に、夫は立ち上がって「じゃあ」と呟いた。リビングを出て、私たちが二人でこだわり抜いて設計してもらった廊下の造り付けの本棚の前を通って玄関に向かっていく。呆然と立ち尽くしていた私は弾かれたようにリビングを出ると、勢いよく洗面所のドアを開け、戸棚を漁る。

「勇吾」

玄関で靴を履いて立ち上がった夫に、スペイン語の書かれた十センチほどのボトルを差し出す。

「あげる」

夫はマジックやボールペンの写真のラベルが貼られたボトルを見て少し笑って、ありがとうと微笑む。見つめ合う私たちの間には逡巡があった。夫は逡巡ののち、手を伸ばした。抱きしめられた私は彼に手を回せない。しばらくきつく抱きしめた後、夫は腕の力を弱め、じゃあ、と呟き出て行った。その場に立ち尽くしたままじっとしているうち、どっと涙が出てきた。夫がいる間に涙を流していれば、私の気持ちは伝わったかもしれなかった。でも私は夫が出て行ってからしか泣けなかった。私から抱きついていれば、夫の服を摑んでいれば、一度でも自分から手を伸ばしていれば、気持ちは伝わったかもしれなかったのに。ドラマみたいに、夫が戻ってきて泣いている私を発見してくれればいいのに。そんな好都合なことが起こらない現実に絶望しながら、その場に座り込み、小さな子供のように泣き続けた。

パパは？　と慌てた様子で起きてきた彰人は、もう帰ったよと言うとしばらくその場で呆然とした後、洗面所に行った。出てきた彼は目を赤くしていて、ご飯食べなと言う私に無理やり微笑んでテーブルについた。寝室に上がって幸人と声をかけると、まだ眠っていた幸人は目を覚まし、辺りを見回した挙句やはり「パパは？」と聞いた。もう行ったよ、と言うと幸人はパパとちゃんとバイバイしたかった、また来てねって言いたかった、いってらっしゃいってちゃんと見送りたかった。そう言って、わんわん泣きながら私に抱きついた。ママもそんな風になりふり構わずパパを求めたかった。そんな思いで幸人を強く抱きしめる。お通夜のような朝食を終えると、子供たちはげっそりした表情のままランドセルを背負って家を出て行った。

睡眠も足りていないし、疲弊していた。一眠りしてから会社に行くか、このまま会社に行くか、食卓を片付けながら考えていると、スマホが鳴っているのに気づいて足を止める。

「もしもし？」

「弓子さん？　あの、ユリのことでちょっと聞きたいことがあるんですけど」

美玖の落ち着きのない声に顔を顰め、なに、と苛立ちながら答える。

「ユリの旦那さんとか、胡桃ちゃんに、弓子さん会ったことありますか？」

「何、いきなり。写真とかは見たことあるけど、会ったことはないよ」

「私もないんです……」

「それがなに。私だってユリに自分の夫とか子供会わせたことないよ」

「ユリの彼氏だっていう子が昨日の夜うちの店に来たんです」

「ユリなら彼氏いたっておかしくないよ。そういう奴じゃんユリって。貞操とか貞淑って言葉と無縁でしょ」

「でもその子、ユリと五ヶ月同棲してたって言うんです」

「同棲？　何それ、その男が本当のこと言ってるって確証はあるの？」

「前にユリがお店に連れてきた子なんです。手繋いだりしてたし、恋人なのかなとは思ってたんですけど、彼昨日来て、ユリが突然出て行って連絡取れないって言うんです。えっと、その子はユリのこと胡桃だと思ってるんですけど」

「え、つまり、既婚とか子持ちとか名前とか、素性を隠してその人と同棲してたってこと？」

「……多分。私も二人の関係性とか何にも分からないから何も言わなかったんですけど、とにかくユリと連絡取りたいって言われて。共通の知り合いもいないから、私のところに来たって」

「ユリは？　連絡したの？」

「連絡取れないんです。昨日の夜十時くらいからずっと連絡してるんですけど、既読にもならなくて」

「何それ」

「弓子さんて、ユリの住所とか知ってたりしないですか？」

「いや、小田急線沿線だったと思うけど、住所までは。でもユリ、自分の事務所のホームページあるよね？　事務所の住所書いてあるんじゃないかな」

「いや、見たらメールアドレスしか書いてなくて」

「ほんとに？　前見た時書いてあった気がしたんだけど」

「なんか、ちょっと怖くなってきちゃって」

「怖いって何が」

「だって少なくとも、この五ヶ月ユリは彼と同棲してて、いや、もちろん彼の話が本当ならですけど、それなら旦那さんと胡桃ちゃんは一体どこで暮らしてるのかってことになるし、なんかそもそも、ユリってもうとっくに離婚してたりするんじゃないかって、それで胡桃ちゃんは旦那さんが引き取ってるとか、そういう風に考えると合点がいく気がするんですけど」

「そんなはずないよ。ユリ、普通に旦那さんの話とか、胡桃ちゃんの話してたし、胡桃ちゃんの小学校の愚痴とかもほら、前話してたじゃない。ほら、旦那さんと中国語講座に通い始めたとかも言ってたよね？　それで下手くそな中国語披露してたじゃん」

「そもそも、ユリって本当は胡桃って名前だったりして」

美玖の突拍子もない発想に思わず声を上げて笑ってしまう。確かに私もこれまでナンパされると胡桃と名乗るユリに呆れていたし、そこはかとない不審感を抱いてはきたけれど、美玖は小説家志望だったせいかたまにこういう荒唐無稽なことを言い出して周りを呆れさせる。

「私はユリがアークスに勤めてた時に知り合ってるけど、名刺にだって若槻《わかつき》ユリって書いてあったよ」

「そっか、じゃあユリはユリなのか……」

「もー止めてよ。まあ、もしかしたら何か家庭内に問題があって、それを私たちには話してなかったのかもしれないね。私たちがばたばたしてたから、話しづらかったのかもしれないし。私からも連絡してみるよ。何かあったら連絡する」

分かりました、ともやもやした煙のような返事をする美玖に、美玖は最近どうなの？と聞くと、辛酸じゃなくてウンコ舐めるような日々ですよ、と彼女は自嘲気味に笑った。

電話を切って、美玖からユリと連絡取れないって聞いたんだけど、大丈夫？　とだけLINEを入れる。ついでに夫にも何か一言、昨日のお礼を入れようかなと一瞬思ったけれど、やっぱり入れないでスマホを放り出す。状況は色々あるにせよ、家族に感謝の気持ち一つ伝えられない自分が情けなかった。もうこのまま、こんな私のまま、好きな人に好きともありがとうとも言えないまま、一緒にいたいと言えないまま、手を伸ばすこともできないまま、かさかさのおばあちゃんになって、一人で死んでいくのだろうか。

ユリ

なんか俺のこと避けてへん？　何でこんなに毎日遅いん？　何か俺に隠してるんちゃう？　壮太が疑心暗鬼になりそんな台詞を吐くようになったのは、二ヶ月前からだった。今どんな仕事が入っているか全て話しているし、カレンダーを共有して打ち合わせや現場確認のスケジュールまで事細かに共有しているというのに、壮太は全く納得できないようだった。え、何でこんなに土日に仕事入れるん？　個人事業なのに好きな日休みにできんの？　と言うが、私の仕事はクライアントの休日に入ることが多いため土日の方が忙しいのは当然だ。知り合った頃ちょうど仕事が少なく、入る仕事入る仕事リフォームや居抜きの現場で拘束時間が短かったせいで、壮太は私が仕事でこんなにも忙しくなることが信じられないようだった。この間の土曜は一緒に行くと言って聞かず、私がクライアントと打ち合わせをしている間近くで待っていた。嘘でないことが分かれば安心するかと思ったが、彼は翌日の日曜の現場視察にも付いてきて、やっぱり近くで二時間も待っていて、その後バイヤーとの打ち合わせがあると言うと、じゃあ近くで待ってるから終わったらご飯に行こうと提案した。疲れていた。なぜ仕事で疲れに行っていると いうのに、壮太に気を遣ったり宥めたり慰めたり元気付けたりしなければならないのだろう。社員の八割が残業をしない、年齢層の低いベンチャー企業に勤めている壮太は、本気で私の仕事の仕方が狂っているようにしか見えないようだった。

たまに一日ゆっくりできる日ができたりすると壮太は幸せそうで、この世に何ひとつ不満などないような顔で穏やかに二人の時間を味わう。幸せそうな、満たされている表情の壮太を見ると私も申し訳ない気持ちになって、連休が取れたら旅行に行こうかとか、今度壮太の好きな何々を食べに行こうなどと優しい言葉を掛けられるのだが、そうした穏やかな時間に仕事の電話が掛かってきたりするともう最悪で、彼は掛けている音楽を止めもせず、不貞腐れたようにスマホでゲームを始める。そこで資料を確認する必要が出てきたりするともう最低で、こっちが作業に集中しているのもお構いなしに「くそっ」とか「ふざけんなよ」などとうまくいかないゲームに苛立ち悪態をつく。自分に向けられた悪態のようで精神が削られると同時に、こっちは仕事してるのにどうしてしばらく静かにするという気遣いすらできないのかと私は苛立つ。焦りと苛立ちで集中力を削がれいつもなら十分で足りる作業に倍くらいの時間がかかるし、壮太とずっと一緒にいたら彼を苛立たせることを懸念するうち、仕事の質が落ちて仕事がなくなるのではないかという恐怖もある。一緒に行くレストランや二人で選ぶ家具や雑貨、二ヶ月前に二人で始めたボルダリングのお金なんかもこの仕事から発生しているというのに、というせせこましい思いに支配される自分が情けない。

「何なんあの店。残念な女とキモいおっさんばっかで座ってるだけできつかったわ」

美玖の働くガールズバーに行ったあと、混み合った電車に乗って帰る途中壮太は明らかに苛立った態度でそう吐き捨てた。

「二人でいる方が全然楽しいやん」

私は二人でいるのが気詰まりで美玖の店に行き久しぶりに美玖と話せて楽しい思いをしていたため同意しかねた。いずれ何かしらの形で私たちの価値観の違いが目に見える不和となり表出するだろうとは思っていたが、その訪れは予想よりもずっと早かった。私は壮太の怠惰さに苛立っていた。知り合った頃はそうではなかったのに、彼はいつしか怠惰になったのだ。こういう面を見せたら嫌われる、呆れられると思って隠していた部分が、いつだかのタイミングで彼の甘えゆえに崩落し、露呈したのだろう。その部分が露呈するたび、公共の場でパンツを下ろすもんじゃない、と子供に注意するような気持ちで苦言を呈してきたが、自分が呆れられていることに気づかないのか、それとも敢えてやっているのか分からないが、彼は子供っぽさをどんどん前面に押し出すようになっていた。もちろん背伸びし続け無理して合わせていれば疲れ果ててしまうだろうが、それならば無理が限界に達する前にしばらく会わない時間を持つなり、距離を取るというのが大人のやり方だ。でももちろんここで問題になっているのは彼の子供っぽさだから、そんなことを言っても無意味ではある。

「私は楽しかったよ。美玖に会うのも久しぶりだったし、彼女みたいに無自覚で感覚的に生きてる人と話してると発見がある」

「なんであんな人と付き合ってんの？」

「あんな人って？」

「なんかあの人愚痴ばっかりで疲れへん？　文句ばっかやし、痛々しかったわ。まああんなとこで働いてるんやから仕方ないとは思うけど」

「君は私が昔キャバをやってたことに苛立っているの？」

「そんなことないよ。事情もあったんやろうし、別にそういう偏見持ってへんし」

「じゃあ私が壮太よりも美玖と長い時間話していたことに苛立っているの？」

「別に、苛立ってへんよ」

さっきから目を見ずに話す壮太に苛立ち、私は「苛立ってる！」と声を上げた。「本気で苛立ってないと言うなら客観性が著しく欠如している！」と続ける。大きな声を出したせいで、周囲の視線が私たちに注がれた。壮太に対して怒りを表明するのは初めてで、彼は可哀想なほど狼狽《うろた》えている。ちょっと胡桃、と壮太は子供の頭をぽんぽんするようなジェスチャーで声を抑えろと伝えてくる。

「どうして壮太は自分の気持ちを正確に言葉にする努力をしないの？　私がどうしたの悲しいのお腹が空いたの？　って覗き込むまで不貞腐れて黙り込むみたいなマザコンの小学生みたいなコミュニケーションの仕方をしないでくれない？　私は子供の世話をしてるんじゃない！　自立した大人同士として壮太と恋愛をしたいんだよ！」

私の右隣に立つ、いかにも仕事ができそうなパンツスーツの女の人が唇の片端をクッと上げたのが見えて、Sの血が騒ぎ縮こまった様子の壮太をもっと責め立てたくなる。

「どうして子供がわがままを言えるのか分かる？　自分はわがままを言っても許される特別な存在だと思ってるからだよ。母親は自分を見限らないと高を括ってるからだよ。壮太は確かに私にとって特別な存在だけど、だからと言ってそんな風に緊張感のない関わり方をしようとするなら壮太は私にとって特別な存在どころかただ単に面倒なだけの存在に成り下がるよ」

　壮太は信じられないとでも言いたげな表情を浮かべ、何なんそれ、と呟いたきり黙り込んだ。言いたいことを言いきった私も黙り込んで、窮屈な車内で無理やり体勢を変え壮太に背を向けた。ごめん、という声に頭だけ振り返る。

「胡桃の友達の悪口言ってごめん」

「私の話を聞いてた？　壮太は悪口を言っていないし、私は美玖の友達だったことはない」

「じゃああの人、胡桃の何なん？」

「同時代を生き、空間を共有する人だよ」

「それは、単に表現の違いやないの？」

「そうやって元の議論をどうでもいい話にずらしていくの、気持ち悪いから止めて欲しい。どうして論点に対して真っ直ぐ関わることができないの？」

「ねえ、俺そんな怒らせることした?」

「それだよそれ!」

指を差して言うと、壮太は面食らったように黙り込む。近いところから男の人の咳払いが聞こえて、壮太の横に立っている二十歳くらいの男の子が苦痛そうな表情を浮かべていた。自分がとてつもなく意地悪な上司か何かになった気がした。でも抵抗はなかった。私は我慢してきた。そして我慢の限界にきたのだ。最寄駅に到着すると、私たちは黙ったまま、目も合わさず家に向かって歩き続けた。一度爆発してしまうとこれまで積み重ねてきた苛立ちに火がつき毒ガスが立ち込めていくような不穏さを体内に感じる。気になるけど見逃してきたあれこれの摩擦で無数にできていたささくれが、足を踏み出す毎に一つ一つ爪の先で剝がされているようだった。これ以上逆撫でることを言わないでくれこれ以上衝突するには体力が足りていない。とにかくそこはかとなく、うんざりしていた。

家に帰ると、狭いダイニングテーブルの上に散乱する定規やスケールなどの製図道具とノートパソコンが目に入って、事務所でやった方がずっと楽なのに文句を言う壮太のためにこっちでも仕事ができるようにと最低限のものを持ってきていた自分に腹が立った。仕事には集中力と整った環境が必要で、図面を引くためにスペースも必要だ。壮太からプレッシャーをかけられながらここで仕事をすることを選択した自分は、愚かだった。きちんと説得して、きちんと自分の仕事のテリトリーを守るべきだった。子供がつけあがるのは、母親のせいでもある。私は甘やかしすぎたと言えるだろう。考えてみれば、私は壮太に対して自分の信念や判断基準を適用せず、彼が愚かさを露呈させても愚可愛いねよしよしで済ませてきた。しかし愚かなのは私だった。美玖や弓子に対して、無自覚な点や愚かな点、俗悪な点や浅はかな点を指摘し続けてきたくせに、壮太のそういう点を見過ごしてきたのは、恋愛対象は愚かで無知な方が楽、というロリコンや処女幻想を持ったおっさんと同レベルの害悪と言えるだろう。私はきちんと、思ったことを思った時に、全て納得いくまで壮太に解説し思考レベルを高めさせる努力をすべきだったのだ。私は教育を怠けて、手を抜き続けた挙句、愚かな子供に育った我が子を嘆く母親のようではないか。だがしかしなぜ私が教育をしなければならないのだろう。恋愛感情を持っていてこれからも一緒にいたいカップルは当然何が正しいことなのか互いに話し合い高め合い、一緒にいて心地の良い関係性を築く必然性があるが、この世の何が正しくて何が間違っているのかを一日の間に一分すら考えてなさそうな壮太に一方的に何が正しいか教えを説き一から教育するというのは至難の業だし、そんなのまるで私が洗脳しているようではないか。私は誰かを洗脳したいわけでも、聞き分けの良い犬が欲しいわけでもない。一人の人間と互いの意見をぶつけ合いながら、スパークしたいのだ。

「胡桃が嫌なところはちゃんと直すよ」

「私が言ってるのは、ただ最低限相手を尊重しろってことだよ。最低限」

「何があかんかったの。今日だって胡桃の仕事上がりに迎えに行ったやん。胡桃が行きたいって言うから行きたくもないガールズバーにも行ったやん」

「壮太の世界の中心は私だけど、それは私を尊重してるってことにはならないよ。何より壮太は私の仕事を尊重してない。仕事を私と自分との間にある障壁としか思ってない。仕事は壮太と私の間にあるものじゃない、私と共にあるものだよ。壮太は仕事を生きていくためのツールとしか思ってない。壮太にとって仕事がそういうものでしかないってことは分かってる。でもその考え方を押し付けないで。私はずっと、仕事に対する信念と理想を、壮太の浅はかな価値観で測られて貶められてる気がしてた。壮太は自分の価値観を押し付けることがいかに残酷で、相手の尊厳を傷つけることなのか分かってない。これは想像力の問題だよ。信念なきものと信念を有するものが共存するために必要なのは想像力だよ」

「それ言ったら信念なきものはずっと信念あるものを待ってなあかんってことやん。俺には胡桃しかおらんねんもん」

ずっと、自分が尊厳を傷つけられ、追い詰められていると感じていた。でも、ここまで壮太を搾取してきたのは私だったのかもしれない。信念や理想を共有する努力はせず、ただ寝食を共にして楽しいことと気持ちいいことだけをする。それはペットを飼うこととに等しいのではないだろうか。猫可愛がりをしてスポイルして、彼を無力化させたのは私だったのではないだろうか。私は可愛くて飼い始めたペットと性的なことをしていた、あるいは自分が育てるべき息子のようなものと性的なことをしていたのかもしれない。彼の未熟さを見るにつけ、私は自分が罪を犯していたような気がしてくる。見た目だけで彼を大人の男と判断し、未熟さを無視して付き合ってきた私こそが、悪の根源だったのかもしれない。私は可愛がるばかりで壮太と本質的な関わりを持たなかったせいで彼のその資質を助長させ、終いにはもう可愛がれないだって私の人間としての本質的な活動の邪魔をするから、と突っぱねようとしているのだ。

ふと、象徴的な出来事が思い出される。私がとある女性政治家への批判を繰り広げた時だった。ちょうどその日会ったクライアントとその話になり盛り上がっていたこともあって、最近の女性政治家に過激な保守派が増えた経緯とその害悪と効用について一方的に語っていた時、彼は私のその保守的なものへの激しい反発心に反感を覚えたようで、その女性政治家をTwitterで激しく叩き議論を巻き起こしていた男性活動家の名前を挙げ、ヒステリックで非現実的な理想を掲げて強いものに吠えてみせるだけの似非活動家だと批判したのだ。そもそも何故私の女性政治家への批判に対して、その政治家を批判している活動家への批判を繰り広げるのか、また話の論点をずらしやがってという苛立ちと共に、私は「へえ」と呟いて黙り込んだ。私はその活動家のことを買っていた。彼の活動を十年近く注視していたし、新書も何冊か読んでいたし、政界への転身を望んですらいた。しかしそうして馬鹿にした態度をとる壮太に対して彼の活動が如何に真っ当であるかを説明するのは「めんどくさくて」口を噤んだのだ。私の話は聞くかもしれないし私の言うことには同調するかもしれないが、どうせ自分で彼の活動や主張を精査し比較検討し何が正しいのか自分で思考することはしないだろうから「そんなことをしても無駄」と諦めたのだ。何故なら彼は従順なペットであり「楽しい時間を過ごせればそれでいい」と片付けていたからだ。それは私が彼を人として認めていなかったことの証と言えるかもしれない。

ごめんちょっと一人になりたい、またすぐ来るから、と伝えてからの壮太の取り乱し方は尋常ではなく、人は半年足らずでここまでスポイルされ人に依存するものなのかと、私は純粋に感心した。仕事道具とパソコンといった必要最低限のものをまとめ、必ず明日には連絡するし数日したらお互い気持ちも落ち着くだろうしまた会って話をしようと言う私に、壮太はこのまま連絡取れなくなるとかないよね？　と何度も確認した。大丈夫だよと頭を撫で、宥めすかし、切羽詰まってる仕事も終わらせてくるからと説得して家を出た。駅まで送ると言う壮太を何度も大丈夫だからと押しとどめ、何度か事務所から壮太の家に荷物を運ぶために使ったボストンバッグにがちゃがちゃする仕事道具を詰めて急ぎ足で駅に向かう私は、逃亡犯のようでもあり、夜逃げする多重債務者のようでもあり、今しがた釈放された犯罪者のようでもあった。

壮太の家を出てから一週間、私は一度も壮太からの連絡に応えなかった。留守電も聞かなかったし、LINEも読まなかった。異常に苛立っていた。その苛立ちが何に向かっているのか分からず、壮太のことも自分のことも、私たちのことも一ミリも考えられないまま仕事だけをしていた。出来上がった物件の視察に行ったら何度も確認した設計が十センチ単位でずれていたり、クライアントからなんとなくちょっとイメージと違うという「言語化！」と叫びたくなるクレームが入ったり、この日には必ず納入できますと言われていたタイルの到着が二週間近く遅れると連絡を受けたり、史上最悪の窮地に陥っていた。そんな時に美玖から不在着信が三件とLINEが入り、嫌な予感がして3D Touchで既読をつけずに読むと、予想通り壮太が美玖の店に私のことを聞きに来たというメッセージだった。壮太のことを考えただけでむしゃくしゃした。何がどう機能したのか分からない。壮太のことを考えると私は全てを破壊したい衝動に駆られた。だから何も考えられなくもあった。今、壮太の言葉も情報も記憶さえも、全てがこの心身をかき乱した。自己嫌悪でもあったし、壮太に対する嫌悪でもあった。私は二人で築いてきた、本当に誰一人介入しなかった二人だけで築いてきた二人だけの関係を、憎み始めてすらいた。でも憎んでいる自分に対する怒りもまた激しく燃えていた。完全に冷静さを失っていた。

ヨーロッパの建築資材を扱っている卸業者の元を訪ね、納期に間に合わなくなってしまったタイルの代替品を探し回り、ようやく元々発注していたものと似ているものが見つかりいくつかのサンプルを借りて帰る途中、突然自分が石膏化していくイメージに捕らわれた。何だこれはと辺りを見回すが、繁華街の雑然とした街並みが広がっているだけで、何も異変はない。駅に向かっているとやけにパチンコ屋が多い通りに出て、昔パチンコ屋通いをしていた頃のことが思い出される。それを皮切りに、自分の過去が走馬灯のように蘇ってきて、自分が何か発作のようなものに襲われ始めていることを知る。

「良くない傾向だ」冷静さを保とうと、私は頭の中にそんなナレーションを流す。ちょうど開いたばかりと思しきアイリッシュバーが目に入り、少し休もうとカウンター席に座りジントニックを注文した瞬間、お腹が空いているのに気づいて、メニューの一番上にあった生ハムも頼む。はっと気づくとジントニックはもうなくなっていて、お代わりするため顔を上げると数組の客が入っていることに気づいた。サッカーを流している店内はすでに賑わっている。何かいいカードの試合でもやっているのだろうかと思いながらも背後のテレビを確認するのも億劫で、目の前のジントニックと生ハムとグリッシーニだけに集中する。またはっとすると、いつの間にか隣に白人男性が座っていて、眉間に力を込める。余裕がなくなると状況把握能力が著しく低下するのはいつものことだ。

それでもあまりに周囲が見えなくなっている気がして深呼吸をするとカウンターの向こうの酒瓶に視線をやり、銘柄一つ一つをじっくりと頭の中で発音してみる。

「ハイ」

隣の男が声をかけてきて、じっと見つめた後に「ハイ」と答える。

「待ち合わせ？　一人？」

「一人」

「サッカー見にきたんじゃないよね？」

「違う」

「僕もサッカーを見にきたんじゃないんだ」

「そう」

「仕事をしてたの？」

「仕事をしてた」

「僕も仕事をしてた。今日はノー残業デーだね」

「ノー残業デーは関係ない」

「かわいそうにね」

「別に、かわいそうじゃない」

相手の日本語が変なのか私の日本語が変なのか、もう良く分からなかった。ＮＨＫ英語講座のような会話だ。

「名前は何ていうの？」

くるみ。その言葉を発した瞬間パンパンに膨らんだ風船がパンッと音を立てて割れたような爆風が頭の中に走る。名前は？　くるみ、そっちは？　壮太、字は？　滋養強壮の壮に太い。そっちは普通のくるみ？　うん、普通のくるみ、普通のくるみって言っても書ける気せんな、えーくるみ書けないの？　なんか栗みたいな字やっけ？　全然違う、あれ、なんか考えてたらどっちの字も全然分からんくなってきた。困ったような顔でスマホを取り出そうとする壮太の手をとどめ、ちょっと自分の思うくるみを書いてみなよとペンを出し、とんちんかんな字を書かせて笑い合っていた、壮太と出会った日のカラオケが蘇る。

「くるみ？　かわいい名前だね」

ありがとう。答えながら私は店員に手を挙げお会計を頼む。もう帰っちゃうの？　今会ったばっかりなのにという男の言葉を無視する。会計を済ませ立ち上がろうとするともう一杯飲もうよと肩を抱かれ、私は彼に向き直り息がかかるほど顔を近づけ「触らないで」と目を見つめて言う。男は肩をすくめてとぼけたような表情で手をどけた。めちゃくちゃな気分で店を出ると駅に向かう。きっと帰宅時間で混んでいるだろうという予想は当たったが、今のメンタルで繁華街に一人彷徨うのは恐ろしかった。無理やり乗り込んだ電車はひどい混み方で、乗降口の近くに立っていた私はジントニックと生ハムが胃の中でボクシングをしているかのような吐き気に襲われる。快速に乗ったせいで次の駅まで七分と表示されており、終いには唐突に激しい尿意が訪れげっそりする。頭の中にぐるぐるとあらゆる思考が飛び回り始め、どうやっても箸からすり抜けてしまう高速の流しそうめんのようだった。形をなさない思考が恐ろしく、このまま訳が分からないまま生きていかなければならないのだとしたら、とゾッとする思いが浮上した時、お尻にぴったりとくっつく温かさを感じる。経験を重ねた痴漢は抵抗しない女性が浮かび上がるように分かるというが、それが事実だとしたらこの痴漢は超初心者、あるいは初痴漢かもしれない。私の嫌悪は最高潮で不快指数一〇〇パーセント忌まわしさおぞましさこの上なく放射性物質のように呪いの粉塵を降らせ吸気によって全ての人の消化器や骨や筋肉に蓄積し何年もかけて全ての人を少しずつ滅亡に向かわせたい気持ちでいっぱいになる。それでも私は声を上げなかった。抵抗もしなかった。身じろぎ一つしなかった。男の手は少しずつ大胆になり尻を撫で上げそのうちワンピースの裾を少しずつ引き上げ始めた。それでも私は動かず声も上げない。恐る恐る手の甲をお尻に擦り付けていた男の指は、抵抗されないと確信したのか遠慮なくパンツの上から筋をなぞる。刺激により尿意が増していく。男の指がパンツの隙間から中に侵入し、中の水分に触れた瞬間、向こうの喜びが指を通じて伝わってくる。この豚、いや、この豚の餌め。七分の苦行の後、ドアが開くと同時に私はその手を摑み自分の周りの人々も道連れにするかのごとく猛烈な力でドアに向かっていく。

四十代と思しき禿げの極みサラリーマンは「何するんですか！」と声を上げ激しく抵抗する。手を振り払われた瞬間、かなり伸びていたジェルネイルが剝げ刺すような痛みが走る。怒号を上げながら男の手をありったけの力で蹴りつけると男の手から鞄が落ち、それを拾おうと屈んだ男の背中を後ろから蹴りつけ、倒れ込んだ男の顔に向かって何度もバッグを振り下ろす。「ふざけんな！」「クッソ汚いオヤジのくせに」「触ってんじゃねえ！」「今すぐに死ね！」「今死ね！」「この私を！」「よくもこの私を触りやがったな！」「殺してやる！」サンローランのバッグのサイドについたごつい金具が何度かいい具合に当たった感触があった。立ち上がろうとする男をまた蹴りつける。男のこめかみの辺りから血が滴り落ちているのを見て、自分の中の血という血が竜巻のように湧き上がっていくのを感じる。自分が制御不能に陥っていくのが分かった。パンプスの先で股間を蹴りつけるとうめき声が上がり、男が股間を両手で庇ったためガラ空きになった顔を蹴りつける。「お前の住所探し出して絶対に殺してやる！」「私を触ったことを一生後悔させてやる！」「この私を！」「よくもこの私を触りやがったな！」「ゴミ！　カス！　一刻も早く死ね！」怒鳴り散らしている内に身体中が興奮に戦慄いていることに気づく。バッグを漁ってサンプルファイルに貼り付けてある長方形のタイルをべりっと剝がすと右手に握り馬乗りになって力任せに男の側頭部に打ち付ける。ピッと血しぶきが上がり私の手にかかる。「痴漢の血が私にかかった！」「よくも私に血をかけたな！」「この痴漢が！」助けて！　と叫び起き上がろうとする男の首の付け根にもう一度、肩にもう一度、顔を覆う腕にもタイルを振り下ろす。「誰か！　助けて！」頭にぶっ刺してやりたい！激しい衝動に駆られた時、「あっちです！」という誰かの大声が聞こえてはっとする。大勢の人が私とおっさんから一定の距離を保って取り囲み観察していて、振り返ると駅員が駆け寄ってくるのが見える。私は一瞬で男の上から飛び退くと、投げ出していたバッグを手に取り階段に向かって走り出す。途中でパンプスを脱ぎ捨て、裸足で階段を駆け上がり、改札に両手をついて飛び越えると、駅員の怒鳴り声を背後に受けながら後ろを振り返らずに走り続けた。降りたことのない駅だった。すれ違う人すれ違う人が私を怪訝そうに、恐ろしげに眺める。今日がハロウィンだったらいいのにと思ったのは生まれて初めてだ。痴漢の血に濡れ、裸足で全速力で駆け抜けていく私はどう考えてもホラー映画やスプラッター映画の端役だ。駅から随分遠くに来て安堵したところで、タクシーに乗り込んだ。私を振り返ってぎょっとした様子の運転手だったけれど、行き先を告げると普通に発進させた。

この辺ですか？　という声ではっと目覚めると、私が告げた交差点がもう見えていた。こんな時に眠れるなんてどうかしてる。訝りながら「交差点を右に曲がったところで降ろしてください」と言う。マンション前まで乗ったら、もしこのタクシーに聞き込みがあった場合身元がバレるかもしれない。でもそもそも、このタクシーにだって防犯カメラが付いているのだから、解析されたら身元は割れてしまいそうでもある。でも私は痴漢を撃退したのだ。痴漢を撃退したと言える状況だからこそ、正当だと主張できる状況だからこそ、あそこまでやりたいことができたのだ。むしろ私は正当な暴力を振るいたかったから、その状況を半ば招き寄せたとも言える。でもどうせあれだけやったら、当然過剰防衛になるはずだった。

腕の返り血を隠すため、腕組みをしたまま歩く。右手の人差し指と中指のネイルが剝がれ、自爪にも大きなヒビが入り血が滲んでいた。足がしんと冷え、震えがくる。家を出た時から薄着過ぎたなと思っていた格好だったが今や靴まで喪失し、耐え難いほど体の端々が冷たい。あの男を殴りつけたタイルは一体どこにいったんだろう。すっかり記憶から抜け落ちていたあのタイルのことを思い出しながらエントランスのオートロックドアを解錠してマンション内に入った瞬間、「ユリ」と声を掛けられて飛び上がる。美玖と弓子が、エントランスのソファから立ち上がり私の前まで来る。

「なにそれ。どうしたの?」

弓子の言葉に肩をすくめる。

「え、血？　え、何で裸足？」

　美玖の言葉に苦笑してみせる。

「今日はちょっと疲れてるんだよね」

　二人が顔を見合わせて呆れたように笑ったのを見て、私は初めて、この二人に救われたと感じた。彼女たちを模倣するように呆れたように笑うと、二人はもっと笑った。ああ私はまだタクシーの中で、今は夢の中にいるんだな。そう思いながら、上がってく？　私もうずっとおしっこ我慢しててさ、とエレベーターを指差した。

episode 4
secretly

美玖

適当にしてて、と適当な口調で言ってユリはトイレに入ってしまい、弓子と私は一瞬顔を見合わせた後並んでソファに腰掛ける。

「何もないですね」

「そうだね。ユリの部屋って超汚そうって思ってたけど、汚くなるほどの物もないね」

先端恐怖症の人だったら見ていられないであろうほど両端の尖った細長のアーモンド型のガラステーブルに、ブラウンの革張りの三人掛けソファ、恐らく同じシリーズの深いバーガンディの一人掛けソファ、スタンドランプ、窓にはフローリングと同じダークブラウンのウッドブラインドがかけられている。観葉植物も絵や写真も、ラグなんかもない。とにかくこのリビングにはローテーブルランプソファブラインドしかない。ローテーブルのガラスの下には何冊かのインテリア関係の雑誌とエアコンのリモコンが置かれているが、それは逆に、自分がインテリアデザイナーであるという以上の情報を絶対に与えないという異常なまでの強固な意志を感じさせる。

以前見たアメリカ映画で、妻と子供の養育権を争っている男がケースワーカーに訪問され、壁に絵や写真を飾っていませんねと指摘されているのを見た時の違和感を思い出す。子供の絵の額装を注文したからこれから飾る予定だと彼は言い訳をしていた。つまり絵などを全く飾っていないことが親にふさわしくないと判断される材料となることに違和感を抱いたのだが、実際あまりに飾り気のない部屋にいる時、その部屋の主に対して不信感に近いものを抱くのだということを、私は今身を以て知ったとも言える。

「あの血、本当に痴漢を殴った血なんですかね」

エレベーターに乗り込んだユリは、ちょっと痴漢撃退したら興奮しちゃってと笑いながら血塗《ちまみ》れの腕とバッグを示したけれど、私たちはやはり顔を見合わせてどう反応したら良いのか分からず曖昧に微笑んで黙り込んだ。

「まあ、痴漢じゃなかったとしても、ユリが誰かを血塗れにさせたってことは恐らく事実なんだよね」

　ここまでの経緯に血塗れということを加味すると、そのホラー感にぞくぞくしてくる。

「ここで私たち二人がユリというサイコパスに殺される展開とか想像しません？」

「あんた元作家志望とはいえそれは飛躍が過ぎるでしょ」

　トイレを終えたユリはリビングのドアを開け「一瞬シャワー浴びていい？　冷蔵庫の中にお酒入ってるから好きなの飲んでて」と言い私たちの返事を聞かずにドアを閉めた。

「ホラー映画的に言えば逃げるシチュエーションですけど、逃げた場合も逃げなかった場合も八〇パーセントくらいの確率で結果的に死にますね」

「ユリの事務所まで行こうって言ったの美玖でしょ？」

「冗談ですよ。なんか飲みましょう」

　リビングと繋がったキッチンの明かりを点けると、私はまたその静けさに閉口する。流し、調理スペース、コンロ、どこにも一つの汚れもなく、物も何一つなかった。辛うじてラックには湯沸かし器とレンジが置いてあったけれど、そのしんとした佇まいから、もう何年も前からそこに便宜的に置かれ全く使われていないような印象を与える。冷蔵庫を開けると、上の段にビール、その下の段にストロング酎ハイがぎっしり詰められ、三段目にワインボトルが四本、四段目には焼酎と日本酒が二本ずつ、五段目に段ボールのまま入れられた箱買いのカロリーメイトとビーフジャーキー二袋とナッツ缶が二つ。何もない部屋のインパクトが大きかったせいか、ある程度普通の料理しない酒飲みの冷蔵庫であることに安心している自分がいた。覗き込む弓子に「なんか要冷蔵じゃない食べ物突っ込んでるあたりホテルの冷蔵庫を彷彿とさせますね」と言うと、「目に見えるところに物を置けない強迫神経症なのかもね」と弓子はより批評的な意見を述べた。

「なんか心配させられたところもあるんでこの高そうなシャブリ飲んじゃいましょう」

白ワインのボトルを手に取りそう言うと、えー、と懸念を示した弓子を無視してキッチンの引き出しを開けると、十徳ナイフ、フィルムカッター、ワインオープナー、キッチンハサミがうやうやしく並べられていて、ステンレスのバットからメスを取り上げる外科医のような気分でフィルムカッターとワインオープナーを手に取り、コンロの上の棚をバタバタ開けてようやく見つけたワイングラスに手を伸ばす。栓を抜いて二つのグラスに注ぐと、お腹減ったし食べちゃおう、とビーフジャーキーを取り出して封を開けた。乾杯すると、私たちはいいペースで飲んでいく。

「なんか結構お腹空いてたね。ビーフジャーキーが染みるわ」

「結局三時間くらい待ちましたからね。オセロと将棋がなかったらもう帰ってましたよね」

ちょうど人が出てきたところを見計らってマンションのエントランスに侵入した私たちは、暖房も効いているしソファもあるし快適ではあるけれどいつ帰ってくるか、そもそも帰ってくるのか分からない人を待つ不毛さにすぐに心が折れてしまい、その不毛さに対抗できるエンターテインメントとしてオセロと将棋のアプリをダウンロードしたのだ。最後の将棋の対局は白熱して、一時間近くかけて競り合った。負けた方が次のランチ奢る、と決めたため二人ともかなり本気になって、設定した持ち時間を気にしながらジリジリと攻め合った。

「忘れないでくださいね壱岐牛の焼肉ランチですよ」

三回目の確認に弓子ははいはいと呆れた顔で笑う。

「ごめんねー、ちょっと着替えてくる」

リビングに戻ったユリは頭にタオルを巻きガウンを着ていて、あ、私にも入れて、あ、暖房も入れといて、とシャブリと暖房を見やって言いながらリビングと繋がった部屋に入っていった。しばらくして出てきたユリは短パンにロンTを着ていて、少し安心する。普通だ。さっきまで血塗れだった人にはとても見えない。右手には激しいダメージを受けた跡が残ってはいるが、ぱっと見普通だ。

「ユリのすっぴんってもっと落差があると思ってたけど、意外とアフターとそんなに変わらないね」

「思った！」

弓子も声を上げ、ですよねもっと全然あれかと思ってた、でもすっぴんがそれならもっと薄化粧の方が元の顔が際立つんじゃない？　意外と童顔だから若く見えそうだし、でもユリみたいに強めのメイクが似合う人もあんまりいないから活かしてるとも言えません？ でもタレ目な感じのフニャッとしたメイクとかも似合いそうじゃない？ 確かに、ベージュ系の薄い色のアイシャドウ入れてタレ目風にライン引いてうっすらチークとか入れてみたいかも。それで髪の毛ゆるっとウェーブさせたら似合うよね絶対。それ絶対可愛い！

「楽しそうで何より。私に殺される想像でもしてるかと思った」

「いや実際したよ。でも心配して家まで来て殺されたらたまんないよ」

「そりゃそうだ。別に殺すつもりないから安心して」

静かにそう言ってワイングラスを持ち上げ乾杯を促すユリは、すっぴんのせいかこれまで見てきたユリとは別人のように見える。お風呂場で別人と入れ替わったのではという妄想が膨らみ、私はこれまでユリの何を見てきたのだろうと不思議に思う。いくつもの昼や夜を共に飲んで過ごしながら、何を見てきたのだろう。これまでユリに対して抱いてきた気持ちが何一つ機能しなくなっているのを感じる。人なんて、こんなもんなんだろうか。名前が嘘かもと思ったり、情報が嘘かもと思ったり、言っていることを信じられなかったりするだけで、私たちは相手を見失ってしまうのだろうか。

「それ、ほんとに痴漢殴ったの？」

弓子がユリの手を指差して聞く。右手の大部分が赤い痣に覆われていて、人差し指と中指の先には血が滲んでいる。スカルプが剝がれ、自爪も途中まで剝がれたのかもしれない。私たちの視線から隠すように、ユリは右手を握って太腿の脇に置いた。

「うん。でも別に、大した話じゃないよ」

「ちょっと、足も傷ついてるじゃん」

ユリの両足の甲に生々しい切り傷と擦り傷があるのを見つけて弓子が眉を顰める。あ、とぼんやり傷を見つめるユリは、その瞬間ふっとスイッチが切れたように見えた。シニカルな空気がすっと抜けて、それと同時に彼女が被ってきた仮面が全てばらばらに砕け落ちたかのように、私には感じられた。

「ねえ聞いてよユリ」

気づくとそう語りかけていた。

「うん。何でも聞くよ」

「私、松本さんのことが好きじゃなくなった」

どこかで、言葉にすることを恐れていた。私自身どこかで、そんな訳ないんじゃないか、松本さんのことを好きじゃなくなるなんてことが起こるはずないんじゃないかと思っていたのだ。だからこそ、弓子と二人でユリを待っている間も話そうかどうしようか迷っていたこの言葉を、私は口にできないでいたのだ。

「それがどれだけ虚しい恋愛だったとしても、誰かが好きだった人を好きでなくなる瞬間に直面するとノスタルジックな気分になるものだね」

　無表情のままユリはそう言ってグラスからワインを飲み干し、ボトルを手に取りなみなみと注ぎ足した。なんか、彼から連絡きたの？　腫れ物に触るような態度で弓子が聞く。

「ないです。でもこの間唐突に彼の気持ちがありありと手に取るように分かったんです。彼は彼で私とは二度と会わない連絡を取らないって誓約書を奥さんと交わしているはずで、それを破ったら慰謝料なり離婚なりまあまあ大変な未来が待っているはずなんです。普通に代替可能な不倫相手なら、そんなペナルティが課せられてる女じゃなくて新規の女に行きますよね。元々私は代替可能性を認識してたし、惨めな脇役でいいと思ってたんですけどね」

「脇役でいいと思ってたのに、急に好きじゃなくなったの？　だってこんな、慰謝料請求から何ヶ月も経っていきなり諦めがつくなんて」

「数日前に夢を見たんです。松本さんが大学の屋上みたいな超高いところからワイングラスを落とそうとしていて、何かのテロを起こそうとしてるんです。私は彼を犯罪者にするまいと、私がやるかりとグラスを奪い取って、屋上の落ちたら死ぬ的な超危険なアスレチックを渡りきって超高いところからグラスを落とすんですけど、何かの縁みたいなところにとんとグラスが立ってしまって、テロは失敗に終わるんです。でも次の日起きてみると、テロだ！　って大学中が大騒ぎになっていて、私が落とせなかったはずのグラスが何故か落ちてたんです。犯人の望みは血塗られた地球だから、先に血塗れにしてやろうって、学生たちは総出で地面を赤く塗りたくっていて、私は捕まりたくないと思って隠れようとするんですけど、彼の部屋に行く途中でパリピっぽい女の子に納豆を渡されるんです。それで彼の部屋に行って、私はその納豆をかき混ぜた後、寝ている彼の首筋に垂らすんです」

「え、納豆を首筋に垂らすの？」

「そうです。垂らしたところで目が覚めました。目覚めた瞬間、松本さんのことが好きっていう魔法からも覚めたんです」

弓子は不可解そうな表情を浮かべ黙り込み、黙ったまま聞いていたユリは何故かドヤった表情を浮かべている。

「それは彼は共闘せずに逃げて、自分一人で世俗的な世界と戦ったっていう美玖の自負の表れだろうね。グラスが落ちなかったのにテロが起こってしまったのは、彼と美玖の恋愛が偽物であったにも拘らず不倫発覚から慰謝料請求っていう本物のカタストロフを引き起こしたことの象徴かな。納豆が何の象徴かちょっと微妙に分からないな……。不快感の象徴、それとも彼に対する嫌悪かな。鍵を握ってるのはそのパリピだと思うんだけどそれもちょっと難解だよね」

「納豆は、彼に対する怒りだと思う。一人では怒りを処すことができなくて、何か仕返しをしたい気持ちが、その陰湿で粘着質な復讐となって表れたんじゃないかな。パリピは、私の中のファンキーな人格かなって思う。重苦しい世界に自分を引き摺り込んだ彼への怒りが、ファンキーなペルソナによって表出することになった、的な」

「なるほどね。つまりそのパリピの女の子は美玖の元来のファンキーさの象徴で、その子が引導を渡すことによって美玖はファンキーかつくだらない方法で彼に復讐をすることができた。それで起きた瞬間、ファンキーの力が勝って不毛な恋愛をしてジメジメした自分が魔法にかかっていたと気づいて目が覚めたって感じかな」

「そんな感じかな。まあ夢の考察はともかく、一つ言えることは、私はもう松本さんが好きじゃない」

「それは、おめでとうと言うべきなのかな。不毛な恋愛してる美玖のことをずっと心配してたからホッとしたとも言えるけど、彼を好きな美玖がもういないんだって思うと少し寂しくもあるね」

「そもそも美玖が彼と初めて寝たあと、ずっと彼との記憶の中に生きていればいいって私は提案したんだよ。ループものの映画を見続けるように彼との記憶に埋没していればいいって、そうすれば、美玖は一生彼と過ごしていた幸福な時間に浸りきっていられたし、ずっと彼のことを好きでいられたのに」

「今でも彼を愛しく思う気持ちはあるけど、前とは全然違う。全てが覚めた。私の今の感想は、ああ人ってこんな程度なんだなって感じ。会ったら百万かー、って思うし、私から出てくるその百万ってどうしたってガールズバーとか風俗とかから稼ぐお金以外にありえないし。でもそれでも好きだと思ってた。夢を見るまでは」

「全てはタイミングだよ。夢を見る前に彼から連絡がきてたら美玖はこれから何年もその魔法にかかり続けたんじゃないかな」

ユリの言葉に小さく頷きワインを飲み干すと弓子が注いでくれて、それをまた勢いよく飲みながら、ようやく悲しみが湧き始める。夢を見てからさっきまで乾いた感情しかなかったのに、言葉にした瞬間、乾燥したカブトエビの卵を水に浸けたように、さっきまで物体だった悲しみが生物になったようだった。それでも涙には程遠い。私の悲しみはここまでの蓄積の中で形骸化していて、もう元には戻らない。生々しい悲しみも寂しさも希求も欲望も煩悩も、潰えてしまった。私はもう恋愛を求めていないのだ。彼氏も、愛の言葉も、結婚という確約も、奥さんとの離婚も、男から与えられる一切を求めていないのだ。そのなんと自由で解放されていることか。そのなんと不自由で束縛されていることか。フィルターのなくなったあまりに解像度の高い現実に、現実の瞬間瞬間に、私は打ちのめされ続けている。死ぬほど好きな人のいない世界は、これほどまでにクリアで肌寒く、安心感があってでも温かみがなく、自分自身でいられると同時に自分がなくて、衝動も幻想も排除され尽くしているものなのかと。

弓子

ざまあみろという気持ちもなくはない。数日前だったらそのざまあみろ感はより強かっただろう。不倫する奴は総じて死ね。私の基本スタンスはそれで、それは一生覆ることはないし、実際に総じて死んで世界の人口が三分の一くらいになったらどれだけ清々しい世界になるだろうと本気で思う。夫が勝手に出て行き別居が始まって以来、ちらほらと仕事で付き合いのある男性を恋愛対象として見るとしたら、という視点を持たないこともなかった。そういう機会があれば寝るかもしれないと思える男もいた。でもその選択肢に積極的になれない自分もいたし、半ば恋愛を面倒に思う自分もいた。結婚した時、そして子供を出産した時、私はもうあの恋愛という馬鹿みたいなものに身をやつし感情を揺さぶられたり痩せ細ったり会えなかったり信用できなかったりして悶える必要がないんだという解放感に包まれた。これから私は私として、平然と私でいられる。そう安心して、恋愛というリングから降りたのだ。

恋愛したかった旦那と、恋愛を馬鹿にしてる弓子がうまくいくはずなかった、というニュアンスのことをユリに指摘された時、そうして恋愛的側面を軽視してきた自分を改めて自覚した。私は恋愛したい夫に対して、いつまでも子供っぽい、この歳になって恋愛なんて、もう親になったんだからそんな戯言《ざれごと》抜かしてないで親として夫としての役割を粛々と果たせ、という気持ちを持っていたのだ。そして行き場を失った彼の恋愛欲求は、別の女に向かった。そういうことなのだろう。

美玖の不倫相手がどういう状況だったのかは分からない。結婚前から続いている不倫相手がいて、結婚直後に美玖に手を出し、一時は三股状態にあったというのだから、それはもう愚かな女たらしに違いない。でも、彼はどうしようもない人間であることは確かだけれど、どうしようもない人間がどうしようもない状況に置かれていたのかもしれないとも思う。そんなのこっちの与《あずか》り知るところではないのだが、一度本人と腹を割って話してみたらまた違った印象を持つのだろうとも分かる。不満や鬱屈はきっかけに過ぎず、不倫とは自分自身がその出自を把握できない欠乏感から発生するのだろうと、今は何となくそんな風に思う。

「旦那が帰ってきた」

えっ？　と声を上げ、美玖は真剣な顔で「相手の女と別れたんですか？」と続けた。サレ妻側の話をすると女友達は大抵皆サレ妻側視点で考えてくれるが、美玖は寝取り女の方に感情移入しているのが透けて見えて腹立たしい。

「相手の女と暮らし始めて、向こうの束縛がひどくなったり色々あって、上手くいかなくなったみたい。それで、私とか子供とか、帰る家があることの大切さを知ったって言ってた。一昨日こっちに帰ってきたばっかりでよく分からないけど、別れ話を進めてるところだって」

なるほど、と言ったきり光玖は黙り込み、ユリは目を輝かせて「それはすごい」と感嘆の声を上げた。

「弓子は家庭というものを熱心に支えてきた。しっかりと充実させてきた。弓子は恋愛という分野に於いては優れた能力を持つ女性ではなかったけれど、家庭を居心地の良い場所に保ちその場に居合わせる人にある種の恒常的不自由さを強いながらも一定の安心感を与える力があった。そして結婚以来十数年にわたって家庭を形成してきたその力が、四十を過ぎ枯れ始めた男の恋愛したいという欲求を満たしてくれた若い女の恋愛力に勝利したということだね。恋愛欲求をセックスや狩りに象徴される闘争的な激しさと共に満たす動物に、安寧、安住、安心といった心休まる継続的な空間の創生者が勝利した。十数年にわたる結婚生活の安寧の中で骨抜きにされた捨て猫が、冒険に出てみたけどやっぱり外の世界はきついわいつものキャットフードじゃないと毛玉吐いちゃうし、って家に戻ってきた感じ。それにしたって恋愛という荒野で久しぶりに獲物を仕留める喜びを体験して舞い上がって離婚まで決意した男性が別居まで始めた挙句、相手の女性の浮気とかの理由もなく帰ってくるというのはなかなかのレアケースだよ」

「いや、分からないよ。言ってないだけで女の方に新しい男ができたのかも」

興奮したユリの態度に悶々として、吐き捨てる。白ワインが尽き、もう一本飲もうとユリは立ち上がる。傷痕の走る足が動くのを見るだけで心がざわつく。自分が子育てを始めて以来、全ての若者に対して、使えない部下に対してだって「誰かが大切に育てた子供」だったのだという思いを抱いてきた。若い頃、親に反発したり自傷行為や無茶をしたりという経験は誰にだって多かれ少なかれあるだろうが、子育てを経験している人、特に女性は、人に対しても自分に対してもそこまで物理的に傷つけることができないのではないかと思うのだ。膨大な時間と体力労力、集中力、資産を費やして一人の人間が育て上げられていることを知ると、人は殺人や自殺にはなかなか向かえなくなるのではないだろうかと。自殺者の七割は男性、犯罪者の八割は男性だと聞いたことがある。社内の男女を見ていても納得できる数字だ。でもユリには子育て経験者特有の慈悲、慈愛的なものを感じられないのだ。

「ねえユリ、捕まったりする可能性はないの?」

薄暗いキッチンに立つユリはポンといい音を立ててコルクを抜き、ボトルを持って戻ってくると「まあなくはないだろうね」とバドミントンの羽根が落ちるような軽さで言う。「でもパンツの中まで指入れてきたんだよ。痴漢ってパンツの外から触るか中まで触るかで随分刑罰が変わるんだよ。上からなら迷惑行為防止条例違反になるけど、中に入れたら強制わいせつになる。迷惑行為なら懲役六ヶ月以下、強制わいせつなら懲役六ヶ月以上十年以下。会社だって辞めることになるだろうし、向こうが声を上げることはないんじゃないかな」

「どうしてそこまでしたの？　痴漢されたからって相手を血塗れになるまでボコボコにするって、尋常ではないよ。普通に周りの力を借りて捕まえたりすることはできなかったの？　過剰防衛で向こうに後遺症が残ったりしたらユリの社会的立場が危うくなる可能性だってなくはないんだよ」

美玖がまともなことを言う。

「そうだよ、独立してうまくいってるのに、一瞬で全部失うかもしれないんだよ」

どうして私は、ユリを前にするとここまで保守的な態度をとってしまうのだろう。前々からうっすらと感じていた疑問が湧き上がってくる。

「私は美玖とか弓子みたいな人にはなりたくない」

空いていた美玖と自分のグラスにワインを注ぎながら、ユリはそう言った。

「自分の怒りを原動力にして人を痛めつけられる、場合によっては殺せる人でありたい」

閉口してユリを見やる。すっぴんのユリは、別人みたいだ。彼女はこんなことを言う人だっただろうか。いや、これは彼女の一面に過ぎない。何かのきっかけで裂け目ができて、その中が覗いている瞬間に違いない、と反射的に思う。今ユリには、裂け目が生じているのだ。いつもは見えないところが、見えているだけなのだ。

「私の命が一だとする、それぞれの人が一を持っている。私は自分が一である以上、一を奪える人間でありたい。一で十を奪うとか、大量殺戮的なものには惹かれない。でも私は一である以上、自分の一を守って、自分の一が侵害されそうになった時には一をしっかりと、誰かから奪うことのできる人間でありたい。一を奪われる可能性のある時に、社会的地位とか仕事とか家族とか、そういうものの存在を考えたくない。私は何も背負ってない個として、敵が現れた時には戦いたい」

一人掛けソファに深く腰掛けたユリは淡々と、いやダウナーとも言える態度でそう言って白ワインを口に含む。

「でも別に、痴漢はユリを殺そうとしてきたわけじゃないでしょ？　それにユリは男が怖くて声を上げられないような女じゃない。敢えて痴漢させてたんじゃないの？」

「私だって別に相手を殺そうとしたわけじゃないよ。性暴力を暴力に換算して同等程度のことをしただけ。弓子の指摘はごもっとも。私は正当な理由の上でボコれるサンドバッグが欲しかった。だから今すごくすっきりしてる」

やっぱり駄目だ。私はユリに共感できない。友達で居続けることはできないだろう。うっすらとそう思う。自分の世界に影を落とす人というのに時折出会うことがある、例えば結構親しくしていた人が怪しげな新興宗教にハマっていると知った時、幼い頃から何かとモラハラ的な発言を浴びせかけてきた親戚のおじさんやおばさんと冠婚葬祭で会った時、海外旅行で物乞いに付き纏われた時、恋人にサプライズ的な演出をされた時、どれも私をゾッとさせる、そしてこの世に生きている意味を考えさせられる。ユリは今、彼らと同様私に重くねっとりした影を落とす存在だ。

そういうものと触れた時、私はスッと数歩下がって、安全地帯に戻って自分を顧みて己の正当性を確認し、影を落とす人から距離を取り自分を守ってきた。そういう意味に於いて、家庭というものは私が自分を保つために重要な役割を持っていた。決して思想的に一致していたわけではないけれど大きい衝突は生じない夫と、自分があらゆるものの善し悪しを教え込んできた子供たちに囲まれ、私はたとえ自分を脅かす存在と出会ってもすぐに家庭という繭に舞い戻り自分を充電し守り続けることができ、そして同時に凝り固まり続けてきたのかもしれない。しかし結局のところ、一番の理解者であり人生を共有していると思っていた夫は、私に陰惨な現実を突きつけ、影を落とす存在となったのだけれど。

「私は不倫してる間、奥さんに殺されても仕方ないって思ってた。だからいつ殺されても悔いのないようにって思ってたところもある。罪悪感じゃなくて、単なる諦めだけどね。でもどんな犬死にをしようが私は後悔しなかったと思うし、戦いたいなんて本気で一ミリも思わなかった。私も、ユリみたいな生き方はしたくない」

「なんか憲法九条みたいな話になってきたね。私は誰かの支配下で生きることになったとしても丸腰で生きるのは嫌。大人になってから飛び飛びだけどクラヴ・マガに合計六年通ってたのも丸腰が嫌だったから。その経験があったから今日私は痴漢をボコボコにすることができたんだと思う。私は憲法改正には反対だけどね。国同士の話でも、人同士の話でもなくて、私が話してるのは個人のあり方の問題だから。コミュニケーションじゃなくて、人のあり方の話」

「コミュニケーションなしで人は存在できないよ。個人のあり方は人に影響を受けてるし、影響を与えてる。それを無視してたった一人として存在することは不可能だよ」

「痴漢は私とコミュニケーションを取ってるつもりだったのかな？　人から搾取されてる時、人は常に一人だよ」

「そんなの、戦争を仕掛ける人だって同じ言い訳ができる。あらゆる不和はディスコミュニケーションから生じるんだよ。搾取されてる、差別されてる、虐げられてる、そういう被害者意識こそが戦争を含むあらゆる対立を生んできた」

「もちろんそれも切り離せない要因ではあるけど、現在起こってる戦争の目的は金儲けの要素の方が大きいんじゃないかな。私は何からも自由でありたい、誰からも影響を受けたくない、自分一人で確立していたい。そうでなければ人は気づかない内にあらゆるものを喪失してしまうんだよ」

「そもそもユリは自分が何かを喪失することを恐れて合法的なサンドバッグを捏造したんだよね？　どうせむしゃくしゃするからオヤジ狩りでもするか程度の気持ちでオヤジをボコボコにしたんでしょ？　実際は傷ついてなんてないくせに喪失とか搾取とか言うのおかしいよ。先に痴漢してきたのは向こうだったかもしれないけど、ユリと痴漢オヤジのどっちの方が邪悪か、判断の難しいところだと思う」

美玖の言葉に答えず、ユリは野生的な顔をしてビーフジャーキーを齧り続けている。美玖がユリに対してここまで論理的に反論する様子は初めて見た。三人のパワーバランスが崩れ始めている気がして胸がざわつく。三人での初めての宅飲みは始まりから不穏で、きっと最後までこんな調子なのだろうと改めて思い知る。さっきまで人をボコボコにしていた人と楽しい飲み会が期待できないのは仕方のないことではあるものの、半年以上ぶりに顔を合わせた二人なのだから、もう少し穏やかな空気の中で近況なんかを話したくもあった。それでもここで宅飲みをすることになった理由は穏やかさとは相反するもので、いつかは誰かがその理由を切り出さなければならない状況でもあった。

「ユリはどうしてそんなに追い詰められてるの？　ずっとユリのことはよく分からないと思ってたし、今話を聞いてても全く共感できないけど、ユリがいつもと違って余裕をなくしてるのは分かる。何かあったなら話してよ」

憤っていた様子の美玖は、私の言葉にハッとしたような表情を見せ、今日ここに来た本来の目的を思い出したようだった。

「驚いてなかったってことは分かってるんだよね。どうして私たちがここまで連れ立って来たのか」

「そうだよユリ。既読ついてなかったけど読んだでしょ？　壮太くんがうちの店に来て、ユリと、っていうか胡桃と半年くらい暮らしてたって言ってた。あの子、嘘ついてないよね？」

「どう思う？　壮太が嘘ついてるのか、それとも私が嘘ついてるのか」

何となく、もうそれはどうでも良い気がし始めていた。ユリだろうが胡桃だろうが、それよりも大事なのは彼女の精神状態だ。精神状態についての話をしてそれなりに安心してから家に帰って子供たちと夫の食べ散らかした食器を洗い、明日の夕方彰人に持たせるお弁当の下ごしらえをしたい。そんな衝動に駆られていた。これが私の限界だ。昔週刊誌の特集班にいた頃、あらゆる殺伐とした現場に直面した。凶悪事件の公判や、三面記事的な事件の被害者加害者の取材、虐待死、貧困シングルマザー、ぼったくりバー、ホストキャバ嬢、風俗嬢、SMクラブにハプニングバー、私はその現場の一つ一つに少しずつ心が死んでいくのを感じていた。強い刺激を受け続け皮膚が硬くなっていくように、心が少しずつ無感覚になっていった。反動でオーガニックやマクロビ、家庭菜園、ファスティング、ヨガやメディテーションなど、精神を落ち着かせるものに散財したりもしてきた。中心地点、波風のないまっさらな状態に自分をできるだけ長い時間留めておきたくて、刺激の強い資料を読んだり取材をしても感情移入をしないよう防衛本能が働き、鉄の女になったのだ。

ネグレクトの末に亡くなった女の子の記事を書くため、母親の友人に取材に行った時、生まれた時はすごく可愛がっていたんですと涙ぐみ、シングルだった母親が彼氏を作ってから虐待が始まったと話す彼女を見ながら「またこのパターンか。前の虐待事件の焼き直し記事になりそうだな」と反射的に思っている、自身も死んだ子と歳の近い子供を持っていた私は、読者が食いつくであろう陰惨な虐待の様子を聞き出そうと躍起になっていた。裸足で歩いていた、泣き喚いていた、謝っていた、親を庇っていた、性的虐待身体的虐待、可哀想なら可哀想なだけいい。パチンコに行っていた、何日も家に帰らず放置していた、殴っていた蹴っていたベランダに出していた正座させていた裸にさせていた、親は鬼畜なら鬼畜なだけいい。言葉足らずな女相手に神妙な顔で頷き、説明力の足りない彼女の言葉をほどくように補い、母親の彼氏が床にポテトチップスをばら撒き、手を使わずに食えと空腹の五歳の女の子を這いつくばらせて食べさせ、食べ終えたあとは汚いから舐めて綺麗にしろと舐めさせ、まだ床がヌルヌルしていると足で確認しては蹴り上げ、その様子を笑いながら動画で撮っていたという話を聞き出し「よしこれでキャッチーな見出しが書ける」と胸の中でガッツポーズをとった瞬間自分の輝いた目が、暗くなり始めた外とカフェ内とを区切るガラスに映っているのが見えた時、次の異動願いが受け入れられなかったらもうこの仕事を辞めようと決めた。

カルチャー誌に異動した後、フランスの帰国子女のアーティストに取材をする機会があって、私が件の週刊誌に五年もいたという事実を知った彼はひとしきりその週刊誌の批判を繰り広げた後、日本とフランスの報道の違いについて教えてくれた。

フランスでは、誘拐事件や殺人事件は、捜査を進展させるための報道はされるが、犯人が捕まったり、遺体が発見されたりすると続報は出なくなる。どういう経緯で連れ去られたのか、どんな経緯で殺されたのか、どんな加害者だったのか、どんな被害者だったのか、など周囲の人のインタビューや目撃情報を事細かに報道することは被害者、加害者、両者のプライバシー保護のため基本ないというのだ。対してこの報道規制も欲望規制もかかっていない日本社会では個人レベルでも節度を保つことは難しい。不倫は面白おかしく、あるいは憎しみと共に語られ、虐待や嬰児《えいじ》殺しは鬼女だのだったら産むなだの無関係者に訳知り顔で罵られ、殺人事件は被害者加害者の関係ややり取り、手口や経緯を仔細に図や地図や現場レポーターを使って報じられ、被害者加害者のプライベートが公共の電波に乗る。私たちは完全に感覚が麻痺していて、事件が起これば犯人の名前で検索をかけてFacebookや顔写真、Twitterなんかに目を通す。好奇心で。

世界の俗悪さを、自分の愚かさを、世の中の残酷さを、自分の中の軽薄さを、人々の卑しさを、自分自身の狡賢さを、私は憎んでいる。だからそういう社会や自分の中にあるあらゆる卑俗なものを感じずにいられる家庭が、私にとって唯一の安全な場所なのだ。

ユリという不穏かつ得体の知れないものに、自分の中のアラームが鳴り始めているのを感じていた。「この女は、耐えがたい」。この一言が百個くらいのテロップとなり自分の周りを高速で回っているようだった。虚しく笑うユリの顔を見ていられなくなった私は、彼女の冷たそうな足の無残な傷痕に視線をロックする。

ユリ

脇に置いていたスマホが震えていた。振動をお尻に感じながら、白ワインを飲み干しまた注ぐ。見なくても分かる。発信者は壮太だ。家を出た当初は鬼のようにLINEと電話が入ったが、最近は少し落ち着き、朝早くと仕事が終わってから寝るまでの間に数回LINEや電話が入る程度になった。壮太が、こんな風に自分の気持ちや感情とコミュニケーションが一致している人なのだという事実に始めは動揺していたけれど、それは次第に感心に変わっていった。

「鳴ってない？」

美玖の言葉に眉を上げ、私はこの数時間その存在を忘れていた煙草をバッグから取り出し火をつける。水洗いで綺麗になるかな？　とバッグの血を見ながら発した言葉に返事はなかった。

「壮太くん、うちの店に来たよ。とりあえず、無事だってことくらいは連絡してあげたら？」

「お前には関係ないだろ」

ちょっとユリ、と弓子が眉間に皺を寄せて咎める。私たちは悲しくも今に囚われている。今の私は今の私でしかあり得ない。これ程の不自由があるだろうか。目の前にいる人が何者なのか、自分が何者なのかという命題から逃れられないのも、私たちはそれぞれ確固とした個人であるという幻想に囚われているからに違いない。確固とした私というものが存在すると思い込んでいる人に向けて、何を語るべきなのか見当がつかない。

「私は胡桃の生後数ヶ月で、ワンオペの末に育児ノイローゼになって、生後半年くらいから虐待をするようになった。旦那は忙しくて家に帰ってくるのがいつも深夜だったし、親も頼れなかったし、育児がまともにできない自分が恥ずかしくて、誰にも見られたくなくてシッターも頼めなかった。私が叩きつけたり強く握ったりしたせいで胡桃に痣ができてたからっていうのもある。深夜帰宅してふらふらになりながら、泣いてる胡桃のオムツを替えようとしてる夫に気づいて飛び起きて突き飛ばしたこともある。見られたら終わりだって思った。それでどんどん二人の世界に埋没していった。どんどん密室感が強くなって、トランス状態になって、ある日頭がすごく痛かった日、それでも母乳をあげてたから鎮痛剤を飲まずにへとへとになって面倒を見てた時、胡桃が悪魔憑きみたいな感じで狂ったように泣き始めた。黄昏泣きっていうやつなのかな、とにかくずっと、喉も痛いだろうに、激しく泣き喚いてた。狂ってるんじゃないかって思った。泣き喚く子供を延々抱っこして、腱鞘炎になってる腕を酷使しながらあまりの虚しさに呆然としてた。気がついたら私は胡桃をベビーベッドの柵に叩きつけようとしてた。彼女の頭が柵にぶつかる十センチ手前で我に返った。それでも私はその手を止めなかった。二回、いや三回、四回かもしれない。とにかく何度か叩きつけると、胡桃はぐったりして目の焦点が合わなくなって、震えながら夫に電話を掛けた。あなたと幸せな家庭を築くはずだったのにって、自分に訪れなかった幸せを思って、泣きながら謝った。胡桃が嘔吐したのを見て、電話を切って救急車を呼んだ。救急隊員には正直に自分のしたことを話した。話して救われた。私は自分の子が死に瀕してる時、ようやく自分が子育てができないことを吐露できて、救われた。私が救われると同時に胡桃は死んだ。打撲による頭蓋内出血が死因だった。ワンオペ故の育児ノイローゼっていうことで情状酌量されて、懲役四年の実刑判決だった。夫とは服役中に離婚して、三年刑に服したあと模範囚として出所した。生きてたら何歳、っていつも考えながら、ずっと彼女と夫と、自分に訪れなかった幸福の中で生きてる想像をしてた。その中で胡桃は十二歳。身長は百五十センチ、生理もきてて、朗らかな性格だけど少し反抗期に入り始めてて、たまに口答えをする。でもお喋りで、毎日学校であったことを全部報告してくれるし、夫に対しては甘えん坊で、最近はよくスマホ買ってってねだってる。クラスメイトの女の子たちはほとんど好きな男の子がいるんだけど、胡桃は全然恋愛には興味がなくて、もうまあまあお姉さんなのに公園で男の子たちと鬼ごっこをして遊んでたりする」

とてつもなく淀んだ空気の中で、二人は黙り込んだまま顔を顰め息苦しさを感じているように見えた。まるで毒ガスが蔓延していく部屋の中で、私たちは集団自殺でもしようとしているみたいだ。何故自分がこんな話をしているのか分からなかった。「あるいは」と言うと一度間を置きワインをぐっと飲み込みドボドボとワインを注ぐ。その映像と呼応するように、滝のように思考が流れ落ちていく。

「私は二年前、イタリアンレストランの居抜きの内装を依頼してきた仕事のクライアントだったオーナーシェフと不倫を始めて、のめり込んでいった。十時くらいに胡桃が寝付くと、仕事しに行くって言って家を出て、ここで不倫相手と過ごしてた。彼のお店は火曜定休だったから、火曜日は胡桃が学校に行くと同時にここで落ち合って、胡桃が帰宅する時間帯に私も帰って、やっぱり寝ついたらここで二人で朝まで過ごした。夫は当然勘付いてたけど何も言わなかった。ある日の火曜日、朝からここで彼とセックスしたりピザを取って映画を観たりしながら過ごしてたんだけど、思ってたよりも長い映画を観た後にもう一度セックスをしたせいでいつもよりも家に帰る時間が遅くなって、でも胡桃にも鍵を持たせてるし、留守番もできる歳だし平気だろうと思ってたんだけど、携帯に電話しても胡桃は出なくて、不安になってタクシーで帰宅したら家には誰もいなくて、ランドセルもなかった。玄関に鍵が置きっぱなしになってるのを見て、胡桃が鍵を忘れて出たことに気がついた。下校の通知メールは入ってて、友達の家に電話を掛けたけどどこにも行ってなくて、学校に電話を掛けてもやっぱり三時半には下校したって言われた。学校の先生も何人か近所を探しに行ってくれて、私は家で胡桃を待ちながら旦那とか隣駅に住んでる両親の家とかに電話をして、そんな時にもさっきまでしてたセックスの映像が浮かんでくることに苛立ちながら、胡桃を発見したっていう誰かからの連絡を待ってた。夫が帰ってきても連絡は来なくて、それでも夫は私が何をしてたのか聞かなかった。夕方になって暗くなってきた頃ようやく電話が掛かってきて、警察が胡桃を保護してるってことが分かった。胡桃は前に何回か私とタクシーで行ったことのある、夫の会社に歩いて行こうとしてた。車だと二十分くらいだから、歩いても行けると思ったみたいで。私の事務所、ここの方が近いのにどうしてって聞いたら、ママの邪魔はしちゃいけないと思った、って胡桃は遠慮してたことを遠慮がちに話した。胡桃を引き取って夫と三人で家に帰って、夫の作った具なしのインスタントラーメンを三人で食べて胡桃が寝た後、夫に離婚と親権を要求された。具なしのインスタントラーメン作る人が子供育てられると思ってるの？　って呆れて笑ったら泣かれた。お前みたいな良心のない人と暮らす中で、自分はもう完全にすり減って、限界にきてしまったって。どんなラーメンでも、この家族を破壊しようとしない人だけと食べられるならそれだけで幸せだって言われた。今も胡桃とは一ヶ月に二回会ってる。私を排除した家庭で生きる二人は本当に幸せそう。来年の四月、胡桃は中学生になる。それを機に、私と会うのを月一回に変更したいって、ついこの間元夫に言われた。中学に入ったら勉強が大変になるだろうし、本人も月一でいいって言ってるからって」

弓子は眉間に皺を寄せ、私を睨み付けている。美玖もまた、不信感を滲ませ、手に取ったボトルが空と分かると勝手に冷蔵庫を開け焼酎を持って来た。ちょうどグラスが空になったところだった私も、ワイングラスにそのまま焼酎をドボドボと注ぐ。

「ユリの猿芝居にいつまで付き合えばいいの？　私たちに本当のことを話す気はないってこと？」

弓子の言葉に眉を上げ、じっと見つめ返す。また尻の脇でスマホが鳴り始めた。何か壮太に言葉を掛けてやりたい。彼の家を出た後電話がきた時、一言言えば良かったのだ。しばらく一人でちゃんと考える時間が欲しいと。そうすれば壮太は今よりも幾らかは楽だったに違いないし、私だってきっともう少し楽だったはずだ。でも同時に、そうできない理由が私にはあったのだろう。ウインと冷蔵庫が小さな音を立てて、なぜかすんと背筋が冷たくなる。

「今の話はとても現実的な話だと思うけど」

「あるいはって言ったじゃん。そんな話まともに聞けないよ」

「じゃあ本当のことを話そうか。夫は三年前に失踪して行方不明になった。捜索願を出して胡桃と二人で夫のことを待ってたけど、私が本気で夫のことを心配してないって、夫の不在を悲しんでいないって胡桃はずっと不信感を抱いてたみたいで、一年くらい前、夫の失踪以来何かと世話になってた私の両親のところに住みたいって言い始めた。ちょうど通ってた小学校でいじめが流行ってて、本人もその学校にうんざりしてたみたいで、環境を変えたいっていうのも彼女の主張の一つだった。一年前から彼女は私の両親の家に住んでて、私も土日は実家に帰って一緒に過ごしてた。でも今年の春、三年以上の生死不明を理由として離婚を成立させたって報告した私に、胡桃は怒り狂った。もう二度と会いたくないって言ってるって母親から連絡がきて、あなたに会うと胡桃は不安定になるからしばらく来ないでくれとも言われた。時間をおいて何度か実家に行ったけど、胡桃は部屋に籠もって出てこなかった」

「どうして離婚を選んだの？　待ち続けるっていう選択肢はなかったの？　三年間連絡とか、目撃情報とかは全くなかったの？」

声に疑いを含ませている弓子は、嘘は絶対に許さないという眼光鋭い目で私を見つめる。

「三年間、連絡も目撃情報もなかった。三年前、浮気して離婚要求してきた夫を、私が殺したから。現場はここ。夫の遺体は死後硬直が始まる前に結束バンドで体育座りの形に縛って布団用圧縮袋を二重にして真空パックにして、Amazonで買った業務用の二百リットルの横置きの冷凍庫に入れてる。物凄いアドレナリンが出てたから達成できたけど、今思えばすごい肉体労働だった。あっちの部屋に冷凍庫置いてるんだけど、見る?」

持っていたグラスをカンと大きな音を立ててガラステーブルに置き、弓子は立ち上がった。

「ごめんユリ。あんたと友達ではいられない。あんたみたいな人を見てるのが苦痛。私はぬくぬくとした家庭の中で自分と家族を守りながら生きていきたい。あんたみたいに、訳の分からないものと戦ってる人、見てるだけで辛い」

「私は弓子と友達だったことなんてないよ」

明日も早いし彰人のお弁当の下ごしらえしなきゃいけないし、もう帰るね。弓子はバッグを肩に掛け玄関に向かって歩きながら言って、「はー時間の無駄」と怒りを表明するための呟きを残してリビングのドアを強めに閉めた。しばらくして、玄関のドアが閉まる音がする。

「美玖は? 帰らなくていいの?」

「えっと、いや、そろそろ帰るよ。ユリもゆっくり休んだ方がいいだろうし。何ていうか、弓子さんは怒ってたっていうか、自分の中のユリを心配する心を弄ばれたような気がして悲しかったんだと思う」

「私だって悲しいけどね」

「えっと、私はまあまあ面白かったよ。何ていうかユリらしいし。こんなキャラなかなかいないし。小説にも書けそうだし」

「書き始めたの？」

「うん。まあ。まだ全然、完成させられるか分からないけど」

「良かった。次は実は私は結婚したことも出産したこともないって話をしようかと思ってたけど、さすがに一対一でそういう話をするのは憚られるからやめとくよ」

あはは、と力なく美玖は笑い、視線を手元に落とす。

「これから、みんなどうなっていくんだろうね」

「弓子は取り戻した家庭をこれまで以上に強固に守り続ける。美玖は借金を返して小説の執筆に専念、それでそのうち松本さんよりも好きになる男の人に出会うんだよ」

「ユリは？」

「私はこのままだよ。ループものみたいな感じ。同じ物語を繰り返す。誰かが現れては消えていく。夫も子供も彼氏も友達も、現れては消える。この家が私を持たざるものにリセットしてくれる」

「ユリがそこまで持たないことにこだわるのはどうしてなの？」

「失うことを恐れない人間でありたいからかな」

「壮太くんに連絡しないのもそれが理由なの？」

「喪失はあらゆるところに潜んでる。壮太との関係だって刻々と変化して、もうすでに始まった当初の関係は喪失してる。継続は喪失と同義だよ。その点において、美玖と弓子との関係は継続していなかった。いつもその場だけがあって、焼却炉みたいに、誰かが今日の分のエピソード、燃料を投入して、燃え尽きる。そこには思い入れも情も依存もなくて、あらゆる幻想や理想や期待が排除されていて、ただ現象だけがあった。それは私を私でいさせてくれる最も純粋な空間だった」

「ユリは、どうして私たちのことを友達じゃないって言うの？」

「その関係に友達という名前を与えた瞬間、友達を所有してしまうから。所有の概念こそが、他人を排除する意識を自身の中に生じさせてしまう。弓子みたいにね」

「分からなくはないけど、私はユリみたいな生き方はできない。でもユリが何者であっても構わないって、今は思うよ」

「冷凍庫の中、見ていく？」

美玖はギョッとした顔をした後ふふっと笑い、「だから、ユリが何者であってもいいってば」と焼酎を飲み干した。そろそろ出勤の時間だから行くねとスマホをバッグに入れ立ち上がる。じゃあね、呟くと、私はソファの上に足を上げて膝を抱えた。

「ちょっと見送れないから、そのまま出て行って」

美玖にそう言って微笑むと、膝に顔を埋めようやく一人になれる安堵に身を委ねた。しばしの逡巡の空気とバッグを漁る音の後、リビングのドアが閉まる音がして、またしばらくして玄関のドアが閉まる音がした。顔を上げてガラステーブルによれよれの三枚の絆創膏を見つける。バッグの中がいつもぐちゃぐちゃな美玖のことだから、財布に入れっぱなしにでもしていたんだろう。手に取ろうと立ち上がりかけて、無理だと気づいて三人掛けのソファに倒れるように横になる。爪が剝がれた指と傷ついた足の甲とがどくどくしている。無理やり腕をテーブルに伸ばすと、焼酎の瓶を取り上げてそのまま口をつけて飲み込む。さっきまで全く味がしなかったのに唐突に芋の香りが口中に広がって、体勢のせいで口の端から零れた焼酎がソファにぽたぽたと落ちる音を聞きながら目を閉じた。

美玖

乗り換えのために駅のホームを歩きスマホで移動し、送ろうかどうか迷っていたメールにうんざりして、自殺に近い気持ちで投げやりに「送信」のアイコンをタップする。何となく、何かがリセットされたような気分でもあった。諸行無常、弓子とユリと話す中で感じていたものを言葉にするとそんな感じで、人と人との違い、感情のかけ違い、求めているものの違い、気持ちや感情を言葉に変換する時のそれぞれの癖、不完全なもの同士がぶつかり合うピンボールのような偶然性によって、私たちは人や人を取り巻く事象に満足したり幻滅したりするのだという、諦念に近いものを感じる会だった。弓子の怒りと悲しみ、ユリの飄々《ひょうひょう》と存在し過ぎた故の限界値と比べると、好きな人を好きでなくなった私の、自分から取り残された感覚など、まあ新しい自分にアップデートした感のある前向きな変化とも言えるよなとやけにポジティブな気持ちにすらなっていた。

銀座駅で降りると、一人で来るのは初めてかもしれないと思いながらコリドーの街を彷徨う。時間はもう九時を過ぎていて、お腹もかなり減っていた。さすがにコリドーで一人でご飯屋さんに入るのは嫌で、何度かユリと一緒に来たことのある陽気なバーに入る。カウンターに通されメニューに目を通し、ハバネロチキン&チーズのファヒータとジントニックを頼んだ。ずっと豚コマともやしばっかり食べていたから、久しぶりの贅沢だ。今日は幾らでも自分のためにお金を使いたい気分だった。白ワイン二本と焼酎のせいでもうだいぶ酔っていた。ふと、私と弓子とユリが仲良くなったのは、酒飲みだったからではないだろうかと思いつく。もしも三人のうち誰か一人でも下戸だったとしたたら、あの三人の関係は成立しなかったのではないだろうか。そんな適当な条件で結びついた三人が、何となく仲良くなったり何となく険悪になったり、何となく苦手意識を持って集わなくなったり、衝突して喧嘩別れしたりするのは、考えてみればごくごく普通のことなのかもしれない。スマホが震え、返信かなと思ったけれど手に取る気にはなれずやってきたジントニックを持ち上げる。

「チアーズ！」

突然手の中のグラスにぶつけられたグラスにポカンとしていると、隣の隣の席に座った男が自分のビールをくいっと上げて「乾杯だよ」と微笑む。乾杯、と呟くと、元気ないね、仕事大変だった？　と肩に手を置いてくる。

「誰とも乾杯しないで飲むのは悲しいかなって思ってさ。俺はソジン。君は？」

「ミク」

「ミクちゃん？　素敵な名前だね！」

ソジンは太っていて、少し前に流行った韓国のコメディアンに似ている。この見た目でこんなふうにノリよくナンパしてくる人は、日本人ではまずいない。その違和感だけで唐突にメキシカンバーが異国感を増し始めた。

「俺ね、韓国から来ててね、明日帰国しちゃうの。最後の夜の出会いに感謝！　チアーズ！　こっちの彼はユジュンね。ユジュンは日本に住んでるんだけど友達がいなくて寂しそうだったから、彼に友達を作ってあげようと思って日本に来たんだよ」

そう言って彼は自分の隣に座る男性を指差した。一昔前のトレンディドラマに出て来そうな人だ。瞬時にそう思ったのは彼の服装と髪型が理由だった。若い韓国人の男の子は尖った感じのマッシュや中性的な髪型が多いのに対して、彼は随分古臭い、正統派な髪型をしているのだ。整った顔だが、一昔前に人気のあったタイプの顔、というだけで残念感が滲み出るのは少し可哀想だと、本人からしてみれば余計なお世話であろうことを考える。

「彼は日本に駐在で来てるの?」

「そうそう。俺も結構前に駐在で三年住んでたんだ。だからこんなに日本語がペラペラなんだよね。埼玉だったけどね。俺は今は韓国に住んでるし、もうほんと可愛い彼女がいてね、あ、写真見る? ほんとに俺の彼女って思えない可愛い子なんだよ俺はデートするといつもびっくりするんだよこんな可愛い子が俺の彼女なんてって」

彼はそう言いながらカメラロールを漁り始め、彼の向こうに座った彼は、僕も乾杯していいですか? と丁寧な口調で言って手を伸ばすから、私も手を伸ばしてグラスをぶつけた。

「乾杯」

微笑むユジュンに微笑み返し、ほら見て見て、可愛いでしょ? とスマホを向けてくるソジンに「ほんとだ可愛い。すごく可愛い」と感心する。インスタの女王と言われそうな可愛さだ。隣に写るソジンが彼女の二倍くらい顔が大きくて思わず笑ってしまう。

「釣り合ってないって思った？　思ったでしょ、ひどい奴だなー。俺たちめちゃくちゃラブラブなんだからね。ほら見てこれ、これモルディブに旅行した時の写真ね。ほら可愛いでしょ？　アイドルじゃないんだよ、握手会じゃないんだよ、一緒に南の島旅行してんのよ？」

「はいはい」

「ほらほら、俺は明日帰っちゃうから、もう十二時の便で羽田からソウル戻っちゃうから。ビジネスでね。彼女も待ってるからね。でもユジュンは一人で寂しく東京暮らしだから、友達になってあげてよ」

ほらほらこっちおいでと大きな顔と強い圧のソジンに促され、私は二人の間の席に移動する。

「ごめんね、彼はすごく強引で。嫌じゃないですか？」

「うん、大丈夫です」

「何か食べますか？　奢りますので、好きに頼んでください」

「あ、さっきファヒータ頼んだし、なんか、もういっぱいあるし」

あまり手の付けられていない彼らのナチョスやソーセージの盛り合わせを指すと、心配でしょうから、食べたいものがあれば新しいのを頼んでください、と彼は言って、次は何飲みますか？　と私のグラスを指差して聞いた。じゃあジンライムでと言うと、彼は紳士的な態度でチャラいバーテンダーに注文してくれた。

「日本は長いんですか？」

「二年です。日本の前はシンガポールにいました」

シンガポールという言葉に、好きだった人を思い出すけれど、もう好きではないから胸に痛みは走らない。こうして移り変わっていく自分を受け入れるたびに、一つずつこだわりや理想が潰えていく気がする。かつてはこうでなきゃダメ、こうでありたい、が自家中毒的に溢れて溺れてがんじがらめになっていた私は今、慰謝料請求されて借金をしてオヤジたちに延々酒を作り二度と書かないと決めていた小説を書き始め一生好きだと思っていた人を好きじゃなくなり友達に友達じゃないと言われナンパ待ちと思われ韓国人の男の子にナンパされている。ひどいな、という呟きは、大音量で流れるＥＤＭに紛れて消えた。

「ミクさんは韓国に来たことはありますか？」

「一回だけ、女友達と焼肉とエステだけの旅行をしたことがあります。でも、三泊くらいで、中心地しか回れなくて」

「よければ今度、案内したいです」

何から何まで紳士的な彼に、私はほっとしていた。ソジンがほらほらと自分のスマホに映る彼女や自分のセレブ生活なんかを直球で自慢してくるのも清々しく、好きな曲が流れると立ち上がって奇妙なダンスをするソジンに笑いながら食べるファヒータも美味しかった。一時間以上飲んでじゃあそろそろ私はと言うと、ソジンがカカオトーク入れてる？　と聞いてくるから、LINEならと言うと、ＱＲコードでLINE交換が始まり、あっという間にソジンが三人のグループを作った。「Miku chan let's meet again!」とソジンが入れているのを見て、やり取りは英語で進むのだろうかと疑問を抱く。お会計をしようと手を挙げると、いいよミクちゃん僕の奢りだよユジュンじゃなくてソジンの奢り！とソジンが大きな声で言って胸を叩くのを見て思わず噴き出してしまう。

「じゃあ、ごちそうさま。今日はありがとう」

「楽しかったですミクさん。また会いましょう」

きちんと敬語を使うユジュンに、私は微笑んでじゃあねと手を振る。一応入り口の近くにいた店員に、隣の席の彼らが払いますと伝えると、慣れているようで彼女は了解ですと元気良く頷いた。店を出て三歩で日焼けした男二人組に足止めされ、いきなり肩を抱かれる。

「終電まだだよー！　俺らと終電まで飲もうよー！」

ちょっと前までコリドーには愚かな男がたくさんいたけど、最近のコリドーには薄ら馬鹿しかいない。ユリが一年くらい前にそう言っていた。そして、私は愚かな男は好きだけど薄ら馬鹿は嫌いなんだよと続けた。ふうんと気の無い返事をしていたけれど、なるほどこういうことかと腑に落ちる。無理やり足を踏み出そうとすると肩を抱いていた男が前に回って突然抱きしめてくる。「ちょっと！」と突き放すけれど諦める気はなさそうでうんざりする。こんなの普通の路上や電車だったら痴漢になるのに、コリドーは無法地帯化し過ぎている。

「ミクさん、一緒に行こう」

振り返ると、ユジュンが私の腕を摑んだ。ごめんね、と二人組に呟いてから、彼は歩き出す。

「ありがとう」

「窓から見えたんです。この辺りはああいうナンパが多いと聞いていたので、バイバイした時も心配してたんです。駅まで送りますね」

そこまで言うと、失礼しましたとユジュンは腕を放す。

「でも、ソジン置いてきていいの？」

「ソジンがミクさんがナンパされてるのを見つけて、送りなって言ってくれたんです。それに、ソジンは一人でもハッピーな人ですから」

確かに、と笑うと、ユジュンもくすくす笑った。

「ありがとう」

久しぶりに、人にありがとうと言った。ありがとうと言った。心から、ありがとうと言った。なぜか唐突に、世界中の全てのものに感謝したい気持ちになった。ありがとう、ともう一度言う。優しげに微笑むユジュンは思ってたよりも背が高かった。そして手が綺麗だ。ずっと男の人を見ると松本さんと比べていたのを思い出す。松本さんはこうだった、松本さんはそうじゃなかった、そうして全てを松本さんと相対的に見ていた私は、今ようやく男の人をその人自身として見ることができるようになったのだ。

「さよならって、韓国語でなんて言うの？」

「色々あるけど、よく言うのはトマンナかな」

「トマンナ、なんかちょっと変な感じ」

「また会おうねってことです」

トマンナ、と言い合って手を振ると、私はとてもいい気持ちで駅の階段を上り始めた。

弓子

リビングのドアを開けると、彰人が歩きながらバナナを食べていて、私は思わずお行儀悪い、と小言を言う。小腹が減ったなら何か作ろうか？　と聞くと、いやそこまでじゃない、と彰人は歩きながら手のひらを私に開いて見せた。ソファで幸人とスイッチをやって遊んでいる夫はうわっ、とか、あーっ、と声を上げる合間に「おかえり」と私に声を掛けた。

「夕飯、大丈夫だった?」

大丈夫。と夫はほとんど何を聞かれているのか分かっていないような様子でやはり感嘆詞の合間に答えた。夕方唐突に幸人に夕飯を食べさせてくれないか頼んだ私に、勇吾はいいよと軽い口調で答えた。さすがに何か聞かれるかと思ったけれど何も聞かれなかったため、美玖とユリの事務所に行くことになって、と自分から言った。それでもその言葉に対して彼は何の疑問も口にしなかった。

夫は帰ってきた。実際に、私と子供たちと家庭というものに惹かれて帰ってきたのだろう。しかし圧倒的に、彼には私に対する興味がない。きっと、絶対的に私が不倫や浮気をしないということを、彼はよく分かっているのだろう。自分が舐め尽くした甘い蜜を、私は未来永劫舐めないのだと、よく言えば信頼し、悪く言えば舐めている。その事実を耐え難く感じたのは、夫が帰ってからだった。帰って来さえすればそれでいい、何も求めない。そう思っていたけれど、私と家庭を徹底的に裏切って若い女と存分にセックスして愛を確かめ合って蜜を舐め尽くした彼が何も失わずここに戻ってくることに、私はモヤついていた。そもそも、外で蜜月を楽しんできた夫を心から迎え入れるには、セックスが必要ではないだろうか。離婚理由として勇吾が挙げていたのは、それこそセックスだったのだから。呆気ない結論が出てしまうと、私は久しぶりにセックスをしようという意欲に駆られた。性欲ではなく、これはプライドを守りたいという意欲だ。

食い散らかされた残り物にラップをし、食器をキッチンに下げ、食洗機を開ける。もうすでに食洗機の中が空っぽになっているのを見て、夫が片付けておいてくれたことに気づく。食器棚を開けると、ぐちゃぐちゃに詰められた食器類を一々直していく。茶碗、お椀、小皿、大皿、コップ、お酒用のグラス、全て定位置が決まっているのに、何年経っても夫は空いている所から食器を詰めていくのだ。ため息が溢れる。当然出て行った夫に腹を立てていたし、戻ってきて欲しいとも思っていた。でも、夫が出て行った家で過ごす中で、私は夫のいない心地良さも享受していたのだと気づく。お手伝いで食器を戻す時、幸人ですら私の決めたセオリーを守ってくれるというのに。苛立ちながら下げた食器を食洗機に詰めていく。夫は食器を片付けたり食洗機に詰めてくれたり洗濯機を回してくれたりはするが、やるのは自分の気の向いた時だけで、気が向かなければ食器を下げることすらしない。そしてたまに食洗機を回してくれても適当を絵にかいたような詰め方をしていてきちんと洗えていない食器があったり、私だったらこの倍は詰められるのに勿体ない、と残念な気持ちにさせられる。洗濯だって私のものは洗濯しないでくれと事あるごとに言っているのにブラジャーをネット無しで洗われてしまうこともあるし、ニットを縮められたり色移りさせられたことも一度や二度ではない。

結局のところ、私にとって夫とは何なのだろう。帰ってきて欲しいと思っていたその気持ちは、例えば歯が抜けて食べ物が食べづらいしその周りの歯がぐらついてきてどうにかしてその穴を埋めなきゃいけないいけど、他のものを入れるのは面倒だしサイズ調整するのも面倒臭いし色の差が出ちゃうのも嫌だから、やっぱり元の歯を入れたい。みたいなことだったのだろうか。この二日で、夫への執着心の根拠が少しずつ薄れているのを感じる。結局一度抜けてしまった歯は、もう元には戻らないのだろうか。そこに埋め込んだとしても、それはもう死んでしまった歯なのだろうか。夫の帰宅は、私をガチの地獄から救い出し、温い地獄に幽閉することに他ならなかった。

死にたい。衝動的に脳内に発生したその言葉に驚く。死にたいわけない。それに私は絶対自殺なんかしない。それでもその衝動は本物だった。つまり今、自分は激しい絶望に襲われているということなのだろう。唐突に、体に力が入らなくなっていくのを感じた。いつもは半ば「美しくたくさん入れられた」という満足感と共に終える食洗機への皿詰めが、終わる頃にはヘトヘトだった。何かが物凄いスピードですり減っている、いや、降下している、そんな気がした。もう寝ろー、明日も学校だろ。えーあと一回だけ！　ねえパパ俺とも一回やってよ。仕方ないなーじゃあ一人一回ずつな。久しぶりに訪れた息子二人と夫の幸福な空間を全身で感じながら、圧倒的な鬱に襲われているという事実に、乾いた笑みが溢れた。

やっぱりこのパジャマが一番着心地がいいよ。寝室に入ると、すでにベッドに入っていた夫がKindleを見ながら言った。少なくとももう五年以上前に私が誕生日かクリスマスかに買ってあげたパジャマだった。シルクが八〇パーセントほどで、なかなか奮発して買ったものではあったけれど、思った以上に気に入って、くたびれてるからと買い替えの提案をしてもいいよこれでと夫は言い張り続けた。それでも私がいない間に荷物を取りにきた夫はこのパジャマを残していて、見つけた瞬間私はびりびりに切り裂いてやりたい衝動に駆られた。それでも夫なきこの寝室で、このパジャマに残った夫の匂いを嗅いで泣いたこともあった。

「それ、セレクトショップで見つけたパジャマで、日本には店舗がないんだよね」

「いいよ別に、全然着れるし」

「お尻のあたりが少し薄くなってきてるし、ゴムも結構緩んでるよ」

「まだ全然着れるよ」

「向こうでは、どんなパジャマを着てたの？」

夫が緊張したのが分かった。

「パジャマじゃなくて、スウェットにTシャツとかで寝てたよ」

ふうん、と言いながら脳裏にお揃いのパジャマが蘇る。この間まで夫が一緒に暮らしていた女が、夫と暮らし始めた頃インスタに上げていた画像には、色違いのチェックのパジャマが写っていた。彼女は同棲を始めてからというもの、マーキングのように夫の痕跡をあちこちに残していた。匂わせとかマーキングとかそういうせこいことやってるから捨てられるんだと今は思うけれど、そんな女に夫を寝取られていたのは私だし、匂わせやマーキングにいきり立って向こうの思う壺状態になっていたのも私だ。彼女に対する蔑みの念は、大抵ブーメランになって返ってくる。

クイーンサイズのベッドは、二人で気楽に横になってもそうそう体は触れない。自分から手を伸ばすのは抵抗があって、でもそんなことを言っていれば彼は私とまたセックス抜きの関係を何年も続けるかもしれないとも思う。こんなことを考えさせる夫が全て悪い。何も考えず衝動的なセックスをして、衝動がなくなればセックスをしないという、洗い物と同レベルの気まぐれと怠惰さを表出させる夫が憎かった。でも衝動が介在しないセックスが想像できないのも事実だ。

しゅるしゅるとシーツの音を立てて手を伸ばすと、夫の手に触れた。腕から手に向けて滑らせ、手を握る。仰向けになっていた夫は手を握り返すと、唐突に覆いかぶさってきた。そうだった、こういうセックスだった。一つ一つ、確かめるように私は夫の体を端々から感じていく。そうだった、この人は前戯もそこそこに挿入する人だった。セックスの最中、顔を舐める人だった。キスをする時唾液を飲ませる。首筋も脇も舐める。そんなに強くしたら垂れるしこっちが焦るくらい強く胸を揉み、痛いくらい強く乳首を摘む。体位変更が乱暴で毎回どこかが強く擦れたりぶつかったり髪が抜けたりする。終始無言。覆い被さる時本当に全体重をかけてくる。苦しくて私は咳き込む。特に何の断りも言葉掛けもなく、無言で射精する。精液は拭かない。

私たちがレスになった理由が全て詰まっているセックスだった。虚しい感想が浮かんだけれど、それでも私たちは無言のまま手を繋いで目を閉じた。すぐに夫の寝息が聞こえ始めた。家庭のことは好きとか嫌いとかいう二項対立で捉えるべきじゃない。そう思っていた。でも私は今、夫のことがあまり好きではないのだと初めて自覚していた。その自覚は、彼の寝息がいびきに変わり、本当に耐え難いうるささになって手を解き頭から布団を硬く被った時、私はどうして、この人と絶対に離婚しないとあそこまで強く心に決めていたのだろうという疑問にようやく変わった。

ユリ

――ンポーン。……ポーン。……ポーン、ピーンポーン。頭がグラグラして気持ち悪かった。這いつくばるようにして起き上がると、一人掛けソファに置いていたスマホを手に取り時間を確認する。鳴り続けるインターホンに頭を押さえ眉間に皺を寄せる。例えば私が過剰防衛で捕まった場合、家宅捜索をされる可能性はあるのだろうか。いやそんな理不尽なことあっていいはずがない。憂鬱と諦めの中で、インターホンに向かう。その小さい白黒の画面を見て、訳が分からなくなる。それでももう仕方がなく、ゆっくりと受話器を手に取る。

「はい」

「胡桃、お願いやから一回会って欲しい。このままじゃ俺は前に進めん。生きていけんよ。お願いやから、今だけでええから、一日会いたい」

十階に上がって。それだけ言うと解錠ボタンを押した。受話器を置くと、その場で頽《くずお》れそうな体を壁に手をついて何とか保つ。何度か深呼吸をすると、私は肩にかけっぱなしだったバスタオルを洗濯機に放り込んで玄関に向かった。鍵はかかっておらず、私は取っ手に手を掛け押し開ける。エレベーターが開く音がして、すぐに壮太の姿が見えた。裸足のまま廊下に出てその場に立ち尽くし、壮太が歩いてくるのをじっと見つめる。早足の彼が涙目であるのを認めた次の瞬間には抱き竦められていた。肩を震わせて泣きじゃくる壮太の背中を、黙ったまままさする。これ着てみてよ、ふらっと立ち寄った店でそう言って試着させ、すごく似合ってる買いなよと勧めたコートを着ていた。まだ暖かい時期に買わせたコートだったから、外で着ているのを見るのは初めてだった。

「コート似合ってる」

そう言って壮太の肩に顎を載せ、右手で壮太の頭を撫でる。

「お願いやから、切り捨てるみたいなことせんで。ゴミ捨てるみたいに捨てんでよ」

「壮太のことを切り捨てたことも捨てたこともないよ。部屋に入ろう」

壮太から離れてその手を取ると、ドアを開けた。どうしたんその足、手も血出てるよな？　壮太の言葉に答えないまま、私は手を引いてリビングに戻る。

「お願いだから今は何も聞かないで。今は私を癒すことだけを考えて」

床に置いていた焼酎をテーブルに戻し、ソファに座り隣の壮太の腿の上に足を置くとそう言ってソファのアームに頭を載せる。

「俺も癒されたくて死にそうなんやけど」

私の傷のついた足を手で温めながら壮太は言って、テーブル上の絆創膏に手を伸ばすと「貼っていい？」と聞いた。いいよと言うと、彼は丁寧に絆創膏の紙を剝ぎ、丁寧に私の足の傷を覆っていく。そうだった。この人は丁寧な人だった。

「足りひんね。後で買ってこようか」

「いいよ。何もいらない」

「ごめんな。びっくりしたやんな」

「大丈夫。美玖？」

「うん。美玖さんがＳＭＳくれて、ここの住所教えてくれて」

「美玖は何か言ってた？」

「胡桃、っていうかユリ？　ユリは今壮太くんに会いたいと思うって、失恋したばっかりの人はそういう感情に敏感だから多分間違いないって書いてあった。でもストーカー扱いされるようなことはしないようにって」

　そっか、と言うと思わず笑みが溢れる。手を伸ばして私の生乾きの髪を撫でる壮太の手がくすぐったくて、懐かしい。こんなに短いスパンで喪失して、また手に入れたからこそ、懐かしかった。

「胡桃がユリでも胡桃でも構わんよ。どんな過去があってもいいし、既婚者でも子供がいても、何でもいい。どんな胡桃でも、ユリでも俺は全部受け止めたいし、受け止めさせて欲しいし、受け止める度量がないって胡桃が言うならちゃんとその度量作る努力するよ。あなたが求めるものには全部応える。応えられんかったら応える努力を全力でする。収入とかそういうのは限界あるかもしらんけど、できることは何でもするから。だから捨てんで。絶対に幸せにするから」

「壮太の作ったレタスチャーハンが食べたいな。ハムが入ってるやつ」

「作ろうか？」

「卵が二個入ってるやつ」

言いながら涙が溢れて止まらなくなっていく。呼応するように覗き込む壮太の目にも涙が浮かび始め、鏡を見ているような気分になる。

「何でも作るよ。買い物行こか？」

「うち、炊飯器もフライパンもないいんだ」

どんな生活してたん、と壮太は笑って、頭を撫で続ける。

「何か食べたいもんある？　何でも買ってくるよ」

頭を撫でる手を取って首に当てさせる。なんにもいらない。壮太は私の言葉に涙目のまま笑って頷く。きっと彼には、この一週間の間に起きたことがよく分かっていないだろう。私にもよく分からないのだ。

「これからは何て呼んだらいい？」

「ユリかな」

「分かった。何でもええんよ、そんなんお惣菜パンに貼られた『ツナコーンパン』みたいなことやろ？　砂糖多めで甘めに味付けされて卵で艶出しされたふわふわのパンに、ツナとコーンとマヨネーズとパセリが載って焼き付けられてるってこと俺は知ってんねん。それでそれがどれだけ美味しいのか知ってんねんから」

「そっちは？」

「うん？」

「壮太でいいの？」

「壮ちゃんとか呼んでみる？」

「いや」

じゃあ壮太でと笑う壮太に、壮太、と呼びかけてみる。なに？　と尻上がりで聞く彼への愛しみが募って、私はようやく彼を引き寄せる。最初もそうだったと、思い出す。別に今じゃなくてもいいし、どう思ってるか分からないし、まあもうちょっと様子を見てからにしようか、と消極性の塊のような態度で逡巡し引き下がろうとしていた壮太を、私が捕えて引き寄せたのだ。長いキスをした後、私は壮太を押し戻し、起き上がる。

「サンテミリオンがあるから飲もう。冷蔵庫に入ってる」

「分かった。じゃあ焼酎は冷蔵庫しまっとくね」

焼酎の蓋を閉めてキッチンに向かう律儀な壮太の背中に、「ずっとこの部屋に壮太を連れてこなかったのには理由があるんだ」と投げかける。

「どんな理由？」

「見て、あっちの部屋。あそこに冷凍庫があるの。すごく大きな、二百リットルの冷凍庫。私は自分が殺した夫を布団圧縮袋に入れてその中で凍らせてるの」

「そうなん？　何で殺したん？」

「浮気してたの」

「じゃあ俺も浮気したら殺されるん？　まあせんけど」

「殺されるかもね」

「ユリが人殺ししてても俺はなんとも思わんよ。そんなんユリに捨てられることと比べたら蚊に刺されるくらいのダメージやね」

壮太は手際よくコルクを抜き、ここ？　こっちか？　と棚を探しロックグラスでいい？　と確認した後ロックグラスと栓の抜かれた赤ワインを持ってきた。ドボドボと注ぐ壮太はこれいいワインなん？　と興味なさそうに聞いて、多分ねと応える私にグラスを差し出す。

「何でも作るし何でも買ってくるし何でもするよ。彼氏だって夫だって奴隷だって何だっていいから一緒にいさせしよ。ユリが一緒にいてくれない以上の地獄は俺にはないって分かってん」

「じゃあ、とりあえず彼氏で」

ええの？　と無邪気に喜ぶ壮太のグラスにグラスを当てた後、少しずつ、私たちはサンテミリオンを飲み込んでいく。

「冷凍庫の中、見てみる？」

私はリビングと繋がったドアを指差して聞く。

「じゃあ、これ飲んだら一緒に見にいこか」

壮太がなみなみと赤ワインの入ったグラスを持ち上げて言う。彼はチキンレースに挑んでいるのか、それとも本当にそんなことはどうでもいいのだろうか。美玖が壮太に連絡をするとは思わなかったけれど、した。今日、明日、数週間後、数ヶ月後に、警察が唐突にこの家を訪ねてくるかもしれない。過剰防衛の容疑、あるいは、殺人の容疑で逮捕されるかもしれない。壮太はこの赤ワインを飲み干した後、向こうの部屋に入って、この家を出て行くかもしれないし、ここに越してくるかもしれない。色んなことがやじろべえみたいに、どちらに振れるかよく分からないまま、この物語は続いていく。そのことが耐え難くもあり、これ以上ない幸福でもあった。

美玖

で、式は？　五月に決まったよ。とうとう予約した。こっちでやった後、向こうでもう一回の予定。私そっちにも行ってもいいの？　え、来てもいいけど何もフォローできないかもよ？　別に何も求めないよ、私は個人的に旅行も含めて楽しむし。それにこっちの人いなくて完全アウェーじゃきつくない？　まあねえ、一応親と近い親戚くらいは来ると思うけど、それ以外は来れる人少ないだろうね。

「おー」

ユリの声に顔を上げると、弓子が入り口から手を振りつつ歩いてきた。ユリの隣に腰掛けた弓子は、生一つと注文して、料理のメニューを手に取る。

「何で居酒屋のメニューっていつもベタベタしてるんだろう。私が居酒屋経営することになったら絶対にメニューがベタベタしない洗浄機とか導入してでも油っぽさを排除するけどな」

忌々しげな弓子に、式五月に決まりましたよと言うと、えっまじで？　あと三ヶ月じゃん。大変だよーそんなスケジュールじゃ、ほんと結婚式ってやることが半端なく多いんだよ？　と脅してくる。

「でもほんと嬉しいよ。あんな廃人みたいだった美玖がこんな短時間で結婚なんてね」

ユリの言葉に、そうそうしかもあんな素敵で全く懸念のない人と結婚してくれるなんてと弓子が被せてくる。

「その節はご心配をお掛けしました」

「いやいや全然。むしろそれでこそ美玖みたいなところもあったし」

「ま、ユジュンさんの駐在終わったら韓国行っちゃうっていうのは寂しいけどね」

「いやいや、今時韓国なんてほぼ国内だよ。私この間調べてみたんだけど、羽田から韓国まで約二時間二十分で、格安航空券なら片道五千円台からあるんだよ」

え、五千円台？　と弓子は不審を貼り付けたような顔をしながらやってきたビールを持ち上げ「はい」と二人とグラスを合わせる。

「そう。つまり新幹線で大阪行くよりも早いし、チケット代も安いってこと」

「さすがに五千円台の飛行機嫌じゃない？」

「いやいや、格安航空会社って一回でも墜落事故起こしちゃうと破産しちゃうからめちゃくちゃ整備とかしっかりしてるんだよ。ま、格安じゃなくても整備はちゃんとしてるだろうけどね」

まあユジュンさん稼いでるから大丈夫だろうけど、と弓子が本来の話を逸らしていくのにユリは苦笑し、ほら食べな食べなとチャンジャや浅漬けキャベツを差し出していく。

「まだ分かんないけどね。この間引き抜きの話もあったみたいだし、受けるとしたらもっと長く日本に住むかもしれない」

「まじ？　ユジュンどんだけ有能なの」

いやいや、それほどでも、と言いつつユジュンほどの優秀さ真面目さ優しさを兼ね備えた男は本当に稀有だとも思う。それにしても本当にコリドーで知り合った男と結婚するとはね、とユリが首を傾げながら言って、ほんとそれ、と弓子が相槌を打つ。

「あ、ユリって結婚式壮太くんと来る？」

「うん。結婚式挙げるらしいって話したら、気が早いから韓国語の挨拶練習してたよ」

「何それ可愛い。胡桃ちゃんは？　三人で来てもいいよ」

「どうしよっかな。まだ壮太と胡桃打ち解けてないんだよね」

「まあ、胡桃ちゃんも難しい年頃だろうし、そんな時に母親の彼氏と仲良くやれる方がおかしいでしょ」

「うーん、二人とも仲良くしたそうではあるんだけど、二人とも自分からアプローチできなくて打ち解けられない感じ？　なんか内向的な子供二人って感じだよ」

「壮太くん、普通に社交的な感じするけどね」

弓子の言葉に目を見開いてユリは首を振る。

「あれはもう死ぬ気で頑張ってあれだから。普段は私以外の人とは必要最低限の会話しかしないもん」

ユリの言葉を私は、きりと弓子も、どこか話半分に聞いている。彼女が本当にまだ壮太くんと付き合っているのか、胡桃ちゃんと壮太くんを本当に会わせたのか、胡桃ちゃんは本当に存在するのか、私たちには分からない。それでももう、私たちは彼女の核心に迫ることはしない。今居酒屋で目の前にいるユリだけが、私たちにとってのユリなのだ。

「弓子さんはどうします？　ご家族四人で来ます？　旦那さんと二人でもいいですよ」

「どうしよっかな。彰人と幸人と三人か、いや、一人で行ってもいいかな。少なくとも旦那とは行かない」

そうですか？　と言いながら目が合うと、ユリはとぼけたような表情を作って肩をすくめて見せる。お待たせしましたーという言葉と共にトンテキとササミチーズフライが出され、「うわーめっちゃ太りそう、美玖執行猶予三ヶ月でしょ？　ダイエットしなくていいの？」と弓子が顔を歪めながら一番にササミフライに箸を伸ばした。まあササミだし、と自分に言い訳していた自分を暴かれた気分でササミに伸ばしかけていた手をキャベツに向ける。

「別に美玖はダイエットの必要なんてないよ。晴れ舞台のために日常的には続けられないような制限をするなんてバカげてる。結婚前のダイエットなんて悪しき風習だよ。男側はダイエットなんてしないのに」

だよね、と言いながらササミに手を伸ばす。でも結婚式の写真は一生もの、ずっと残るものだよ。皆に見られるし。と弓子はまた攻撃してくる。

「今は画像の加工技術が上がってるから大丈夫。全く問題ないよ。それにいつ離婚するか分からないんだから、一生ものなんて古臭い考え方止めなよ」

「ユリさ、それこれから結婚する人に向かって言うことじゃないでしょ」

「弓子はあらゆる人に忖度しすぎ。何度も言ってるけどそんなんだから自分が空っぽになって誰からも大切にされなくなるんだよ」

「ちょっとちょっと、止めてよ私の結婚式話で喧嘩するの。あ、次のお酒どうする？

今日は日本酒ボトルで頼んじゃう？」

　いいねそうしよう、とユリはまだ銘柄を決めてないのに店員を呼んでしまう。

「えっとじゃあ、くどき上手にしましょうか。ユリにも弓子さんにも足りてない能力ですねくどき上手って」

「あと鶏もつ煮と鮮魚のなめろうください」

　店員の威勢の良い「かしこまりました！」が響き、タイミングを失った私がチャンジャを噛み砕いていると「冷めるから食べちゃうよ」とユリが最後のササミフライを食べてしまった。

「元々、そんなにすごく結婚したかったわけじゃないけど、こうして色々、先のことが決まっていくとほっとするっていうか、前向きになるもんですね」

「ユジュンさんと付き合い始めて、一年くらい？　ずっと良いことずくめだもんね。借金返済も終わったし、ほら、レッティに書評ページも持ったし」

　違います借金返済してから付き合い始めたんですよ、と私は強めに言う。借金持ちの彼女持ちというダークな存在にさせないため、ユジュンと知り合ってから私は必死に出勤して本来あと四ヶ月くらいでと想定していた借金を二ヶ月ちょっとで返済したのだ。出会いはナンパだったし、彼の仕事のことすらよく分かっていなかった、それなのにどうしてか、私にはユジュンとは長い付き合いになるという確信があった。松本さんに対して持っていた激しい情熱とは違うけれど、丁寧に薪をくべ続け誰かの手や物を頼りながら守っていく焚火、そんな穏やかかな火が灯ったのを感じていた。

「三次選考通過したしね」

「受賞しなきゃ意味ないけどね」

「そんなことないよ！　一次にも引っ掛からなかったら美玖はまた小説書くのを諦めてたかもしれないけど、最終候補の手前まで残ったんだからきっとずっと書き続けられる。もし美玖がこの先子供を産んだり、韓国に暮らすことになったりしても、もし離婚したとしても、美玖には小説っていう永遠の同志がいる。もう二度とその手を放しちゃだめだよ」

「その手って、小説の手ってこと？」

「そう。二度と書くことを捨てちゃだめだよ。一度創作することを知ってしまった人は、それなしに生きているだけで何かを僅かずつ喪失してしまうんだよ。安易にそれを捨てた人の末路が不毛な恋愛と借金とガールズバーだよ」

「まあ、焦らずじっくり、次の作品を書いていくよ」

応援してる、と弓子とユリが声を合わせて、私たちは三人で笑い合う。この三人で私の結婚式と小説の話をする、そんな日が訪れるなんて思ってもいなかった。私たちは為す術もなく、おしなべてこの何が起こるか分からない人生の奴隷なのだと思う。

「じゃあそろそろ、弓子さんと旦那さんの不和のその後について聞きましょうか」

また弓子とユリが衝突しそうな燃料を投下すると、私たちは不穏な空気を祝福するようにお猪口《ちょこ》をぶつけた。

解説

王谷晶

金原さんがこの小説を純文学として書かれたかどうかは分からない（そもそもいちいちそんなことを考えながら書く方ではない可能性もある）。しかし『fishy』という極めて都会的な小説を読んで頭に浮かんだのは、道のない草原を裸馬で疾《はし》走るような純文学の粗野な光景だった。

作家業をしていると、たまに「芥川賞と直木賞ってどう違うの？」「純文学と〝普通〟の小説って何が違うの？」という質問をされることがある。文学を専門的に学んだわけでもない、ただ書いているだけの人間にはとても回答しにくい難しい質問で、明晰《めいせき》に答えられたことは一度もない。

純文学とそれ以外の小説を分離するための定義を定めるのは不可能であると思う。が、純文学というジャンルに独立性がないとも言えない。多ジャンルを横断して書いている無節操な立場から言えるのは、「純文学が一番無茶をやれる」だろうか。他のフィールドに比べると、制約もルールもかなり少ない。純文学は読むのも書くのも、ある種の野蛮さを強く感じるときがある。

『fishy』は居酒屋でたまに会っては近況を話し合う飲み仲間の三人の女が主人公で、全員が東京で暮らし、仕事を持ち独立している。会話の内容は主に美容と、不倫を含んだ恋愛話。要素だけを抜き出すと、不安になるくらいシンプルでよくある設定だ。実際、作中で大きな事件はほとんど起こらない。しかしこの小説は前出のある種の野蛮さをもって都会の荒野を走り回り、読み始めからは予想もつかない地点へ読者を連れて行く。

タイトルのfishyという単語は、直訳では「魚のような」、転じて「生臭い、うさんくさい」という意味を持つが、ドラァグクイーン業界などでは俗語として「女らしい、フェミニンな」という意味でも使われている。なんで魚が「女らしい」のか？　それは洗っていない女性器の臭いが「魚臭い」という、揶揄《やゆ》の文脈から生まれたスラングだそうだ。

事程左様に女、特に女同士の関係は、生臭い、ドロドロしている、表面上は仲良くしていても一皮剝《む》けば本心は分からない、という嘲《あざけ》りを何十年何百年と繰り返されている。都度当事者たる女たちからそれは偏見だ、そんなもん人によるだろと反論がなされてきたが、キャットファイトを眺めたい連中はニヤニヤしながら「女の敵は女」という化石フレーズを手放さない。

そういう、ともすれば「ほ～ら女同士はドロドロしてる」と指差されてしまいそうな物語を、ドロドロの何が悪いと描き切る強さがこの作品にはある。それがとても痛快だし、勇敢だ。飲み屋でギスギスした会話を繰り返す女たちの、その生臭さに妙に元気づけられてしまう。

美玖《みく》二十八歳、弓子《ゆみこ》三十七歳、ユリ三十二歳という三人の年齢の違いも絶妙。最年少と最年長でほぼ十歳差。大人になると、五歳以上の開きがある友達って、なかなかできにくい。例外はオタク趣味で繋《つな》がる場合くらいだろうか。美玖と弓子も最初は仕事関係で知り合っている。三十を目の前にした二十代、四十に近付いた三十代、もう二十代ではないことを飲み込まなければいけない三十代。いずれも、どんなに理論武装をしていても、心の中の何かが揺れる年齢だ。その何かは、キャリアであったり、結婚・出産であったり、恋愛であったりする。

三人は特に、異性との恋愛やセックスや夫婦での生活について、ひたすらに語りまくる。恋愛や性愛について語り考えることで、世の中と切り結んでいるような切迫感がある。

恋愛とは社会のシステムの中で行われる行為だ。いやいや二人（ないしはそれ以上）の間の気持ちでやるものでしょと反論されるかもしれないけれど、ちいさな恋から大恋愛まで、ヒトの恋愛・性愛は社会構造と政治から切り離すことはできない。

例えば私は同性愛者なので、同性に恋をしたり、時にうまくいけばその相手と双方向の恋愛関係になったりするのだが、それを誰かに「異性愛と何も変わらない、愛は愛ですよね！」と悪気なく言われると、いや、いろいろけっこう違うんスよ……と返したくなってしまう。実際、違うのだ。日本では法律婚ができない中で関係性の〝先〟をどう考えるか、人目のあるところで手を繋いだり肩に触れたりするのを躊躇《ためら》ったり緊張したりする、デートをしていても周囲からはほぼカップル扱いされない、家族や友人に言えるかどうか……等々。これらは恋愛の主体である二人の問題ではなく、それを取り巻く社会の問題だ。二人でしている恋愛なのに、その周囲を取り囲んでいるのは社会であり、世界であり、恋する者たちは絶えずその干渉を受け続ける。そこから逃げ出し、それを剝ぎ取るには、無人島にでも行って完全に二人きりの自給自足サバイバル生活でもするしかない。

美玖の恋愛が不倫というカテゴリに入れられるのも、婚姻という社会制度があるためだし、逆に夫に不倫をされた弓子が苦しむのも、家族という群れ単位で生活しているからだ。三人の中では奔放でミステリアスな生活をおくるユリだけが、一見さまざまな軛《くびき》から自由なように見えるが、彼女もまた社会的生物としての自我からは解放され得ない。

『fishy』は都市の小説だ。いつの間にかすっかりナンパスポットとして有名になってしまった銀座のコリドー街から始まり、瀟洒《しょうしゃ》なマンションやホテル、満員電車の中で物語は動いていく。いくら都会は冷たい、他人に関心がない等の決まり文句を並べても、東京はとにかく人が多い。そこには他人の目がひしめき、気を抜くと好むと好まざるとにかかわらず次々と人間関係ができてしまう。美玖・ユリ・弓子の三人も、そんな人が洗濯機の中に居るようにぶんぶん振り回される都会の波の中で出会い、不可抗力のように友人関係のようなものを結んでいる。

三人の関係のバランスがグラつくのは、トリックスターであるユリの存在が大きい。嘘《うそ》か本当か分からないさまざまなパターンの自分の「過去」を立て板に水で語りだすユリは、クリストファー・ノーラン監督の『ダークナイト』に出てくる稀代《きたい》の悪役・ジョーカーのようだ（ちなみにこれは推測だが、作中ユリが美玖に対して「ものすごい愚作」と語る映画はトッド・フィリップス監督の『ジョーカー』ではないだろうか？　だとしたら、私はユリの評にほぼ同意）。

尤《もっと》もらしい、本当にありそうな不穏なエピソードを次から次へと繰り出すユリこそ小説家の才能があるように見えるが、彼女は書かず、美玖に作家になる道を勧め続ける。四六時中、見てきたような嘘を考え続けるのが小説家の仕事だが、本物のうそつきは純度が高すぎて小説を書くことができないのを知っているのかもしれない。

各章は、シークエンスごとに三人の女それぞれの名前が書かれ、誰の視点の語りなのかが明示されている。しかしそれなのに、プロフィールや考えていること、状況も環境も全く違うはずの三人の女が、次第に融解し、混ざり合っていくような気分になる。

ロバート・アルトマン監督の『三人の女』という古い映画がある。やはり立場も年齢も違う三人の女たちが不穏な関係を結んでいく物語で、決して分かりあえない者同士が、その分かりあえなさを媒体に繋がっていく不思議な映画だ。ストーリーも背景もまるで違うが、この「分かりあえなくても繋がれる」という感覚が、本作を読んで蘇《よみがえ》ってきた。

シスターフッドというフレーズがコンテンツ業界で一つのジャンルとして定着しつつあるが、それはただ女同士が仲良くしたり労《いたわ》りあったりするだけでなく、時に嫌い時に憎みながらどうしようもなく人生に侵食され、侵食していく不穏さや刺々《とげとげ》しさも含まれていてほしいと個人的には思っている。優しく甘いだけが女だと思われるのもまた、癪《しゃく》に障るからだ。

柔らかく熱い肉体に食い込む冷たいアクセサリーやフィラー剤のように、女たちは寄り添ったり突き放したりを繰り返す。本の中の物語が終わったあとも、三人の女がグラスをぶつけ合う様を想像してついほくそ笑んでしまう。『fishy』はそんな、本人のいないところで陰口を言いたくなる悪友のような小説だ。

（おうたに　あきら／作家）

fishy
朝日文庫
2023年1月30日　第1刷発行

著　者　金原《かねはら》ひとみ

発行者　三宮博信
発行所　朝日新聞出版
〒104-8011　東京都中央区築地5-3-2
電話　03-5541-8832(編集)
03-5540-7793(販売)
印刷製本　大日本印刷株式会社

ISBN978-4-02-265084-9

金原　ひとみ
クラウドガール

利那的な美しい妹と規律正しく聡明な姉。姉妹にしか分からない、濃密な共感と狂おしいほどの反感が招く衝撃のラストとは？《解説・綿矢りさ》

綿矢　りさ
私をくいとめて

黒田みつ子、もうすぐ三三歳。「おひとりさま」生活を満喫していたが、あの人が現れ、なぜか気持ちが揺らいでしまう。《解説・金原ひとみ》

村田　沙耶香
しろいろの街の、その骨の体温の

《三島由紀夫賞受賞作》

クラスでは目立たない存在の、小学四年と中学二年の結佳を通して、女の子が少女へと変化する時間を丹念に描く、静かな衝撃作。《解説・西加奈子》

津村　記久子
ウエストウイング

会社員と小学生――見知らぬ三人が雑居ビルで物々交換から交流を始める。停滞気味の日々にさしこむ光を温かく描く長編小説。《解説・松浦寿輝》

今村　夏子
星の子

《野間文芸新人賞受賞作》

病弱だったちひろを救いたい一心で、両親は「あやしい宗教」にのめり込み、少しずつ家族のかたちを歪めていく……。《巻末対談・小川洋子》

今村　夏子
むらさきのスカートの女

《芥川賞受賞作》

近所に住む女性が気になって仕方のない〈わたし〉は、彼女が自分と同じ職場で働きだすように誘導し……。《解説・ルーシー・ノース》